에타와 오토와
러셀과 제임스

ETTA AND OTTO AND
RUSSELL AND JAMES

에타와 오토와 러셀과 제임스

엠마 후퍼 장편소설
노진선 옮김

나무옆의자

C와 T에게
언제나 언제나
영원히 영원히

I

오토에게

파란 잉크로 쓴 편지는 이렇게 시작되었다.

떠납니다. 바다를 본 적이 없어서 보러 가요. 걱정 말아요. 트럭은 두고 가니까. 걸어갈 수 있어요. 잊지 않고 돌아오도록 할게요.

(언제나) 당신의
에타.

편지 밑에는 레시피를 적어둔 카드가 수북이 쌓여 있었다. 모

두 평소 그녀가 하던 요리였고, 역시 파란 잉크로 적혀 있었다. 그녀가 없는 동안에 무엇을 어떻게 해 먹어야 할지 알 수 있도록. 오토는 식탁에 앉아 카드가 한 장도 겹치지 않게 가로세로로 정렬했다. 코트를 입고 신발을 신고 밖으로 나가 그녀를 찾아볼까 생각했다. 이웃 사람들에게 에타가 어디로 갔는지 봤냐고 물어볼 수도 있었다. 하지만 그러지 않았다. 그저 편지와 레시피 카드를 앞에 둔 채 식탁에 앉아 있었다. 손이 떨리자 두 손을 포개 진정시켰다.

한참 후에 자리에서 일어나 지구본을 가져왔다. 지구 속 한가운데 전구가 설치되어 있어 불을 켜면 적도와 위도 너머로 빛이 비쳤다. 오토는 지구본의 불을 켜고 부엌 등을 껐다. 편지와 레시피 카드에서 멀리 떨어진 식탁 모퉁이에 지구본을 놓고 손끝으로 경로를 훑었다. 만약 동쪽 핼리팩스로 간다면 3,232킬로미터를 횡단해야 한다. 서쪽 밴쿠버로 간다면 1,201킬로미터다. 하지만 에타는 틀림없이 동쪽으로 갔으리라. 가슴이 조여들며 강하게 그런 느낌이 들었다. 현관 벽장에 있던 라이플이 사라지고 없었다. 해가 뜨려면 아직 한 시간 정도 기다려야 했다.

★★★

　어린 시절 오토에게는 열네 명의 형제자매가 있었다. 오토까지 합쳐 모두 열다섯이었다. 당시는 독감에 걸리면 죽고, 토양은 여느 때보다 훨씬 건조하며, 은행은 대대적인 개혁을 하고, 농부의 아내는 키우는 자식보다 죽는 자식이 더 많던 시기였다. 따라서 집집마다 아이를 가지려고 노력하고 또 노력했으며, 다섯 번 임신하면 세 번 출산하고, 세 번 출산하면 한 아이만 살아남았다. 당시 농부의 아내들은 거의 늘 임신부였다. 아름다운 여인의 실루엣이란 출산의 가능성으로 배가 둥글게 부푼 여인이었다. 오토의 어머니도 다를 바 없었다. 늘 배가 둥글게 부풀어 아름다웠다.

　하지만 다른 농부와 아낙네들은 그녀를 경계했다. 그녀는 저주 혹은 축복을 받은 몸이었다. 정말 불가사의해요, 그들은 우편함을 사이에 두고 그렇게 쑤군거렸다. 왜냐하면 오토의 엄마 그레이스는 한 번도 아이를 잃은 적이 없기 때문이다. 매번 혈기왕성한 임신부였다가 혈색 좋은 아이를 순조롭게 출산했다. 아기들은 모두 귀가 큰 아이로 자라 짙은 회색과 옅은 회색 잠옷을 입은 형제자매들과 일렬로 섰다. 몇몇은 아기를 안은 채, 몇몇은 손을 잡은 채. 그러고는 부모님의 침실 문 안에서 나는 신음 소리를 들었다.

반면 에타는 언니 하나뿐이었다. 칠흑처럼 검은 머리칼을 가진 앨마. 그들은 도시에 살았다.

수녀놀이 하자. 한번은 방과 후 저녁을 먹기 전에 에타가 말했다.

왜 하필 수녀야? 앨마가 물었다. 그녀는 에타의 머리를 땋아주는 중이었다. 소똥처럼 지극히 평범한 색깔의 머리를.

에타는 가끔씩 변두리에서 언니와 함께 봤던 수녀들을 생각했다. 그들은 유령처럼, 성령처럼 가게와 성당 사이를 오갔다. 때로는 병원 근처도. 늘 깔끔한 흑백 수녀복 차림이었다. 에타는 신고 있던 빨간 구두를 내려다봤다. 파란 버클이 풀려 있었다.

수녀는 아름다우니까. 에타가 말했다.

아냐, 에타. 수녀는 아름다우면 안 돼. 모험을 해서도 안 되고. 다들 수녀는 잊어버린다고.

난 아냐. 에타가 말했다.

어쨌든 난 결혼할 거야. 너도 그럴 거고.

싫어.

그럼 하지 말든가. 앨마는 허리를 숙여 동생의 신발 버클을 채워주었다. 그럼 모험은 안 할 거야?

수녀가 되기 전에 실컷 하면 되지. 에타가 대답했다.

그러다 그만둬야 하는데? 앨마가 물었다.

그러다 그만두지 뭐.

2

에타가 집을 나서서 처음으로 지나간 농장은 그들 소유였다. 그녀와 오토의 농장. 간밤에 이슬이 내렸다면 아직 밀밭에 그대로 남아 있으리라. 하지만 그녀의 다리가 스쳐간 곳에서는 먼지만 피어올랐다. 따뜻하고 메마른 먼지. 농장을 금세 통과했는데도 벌써 부츠 속 발이 아팠다. 지금까지 2킬로미터. 다음은 러셀 파머의 농장이다.

에타는 오토에게 떠나는 모습을 보이고 싶지 않았다. 그래서 그렇게 일찌감치, 조용히 떠난 것이다. 하지만 러셀은 상관없었다. 어차피 러셀은 그녀를 쫓아오고 싶어도 쫓아오지 못할 테니까.

러셀의 농장은 그들의 농장보다 500에이커나 더 컸다. 집도 훨씬 더 높았다. 혼자 살았고, 집에 거의 붙어 있지 않았는데도. 그날 아침에는 집과 농장 끝의 중간 지점, 아직 여물지 않은 밀

밭 한복판에 서 있었다. 그렇게 서서 바라보고 있었다. 에타는
15분 동안 걸어가 러셀 앞에 섰다.

뭐 볼만한 게 있어요, 러셀?

그냥 보통이오. 아직 아무것도 없소.

아무것도요?

볼만한 건 아무것도 없소.

러셀은 사슴을 찾고 있었다. 이제는 너무 늙어 직접 농사를 지
을 수 없었기에 일꾼에게 맡기고 자기는 사슴을 찾아다녔다. 일
출 직전부터 한두 시간, 그리고 다시 일몰 전 한두 시간부터 일
몰 직후까지. 가끔 한 마리씩 보기도 했지만 대개는 전혀 보지
못했다.

당신 말곤 아무것도 없소. 어쩌면 사슴이 당신을 보고 달아났
을 수도 있고.

그럴 수도 있겠네요. 미안해요.

러셀은 말하는 동안에도 사방을 둘러봤다. 처음에는 에타를,
이내 그녀 주위를, 머리 위를 그리고 다시 에타를. 그러다 둘러
보는 걸 멈추고 에타만 바라봤다.

미안하다고 했소?

사슴을 쫓아서 미안하다고요, 러셀. 다른 거 말고요.

정말이오?

정말이에요.

아, 알겠소.

난 이제 갈게요, 러셀. 사슴을 꼭 찾길 바라요.

알겠소, 즐거운 산책 하시오. 오토에게 안부 전해주고. 혹시 사슴을 보게 되면 사슴에게도.

물론이죠. 즐거운 하루 보내요, 러셀.

당신도 즐거운 하루 보내요, 에타. 러셀은 혈관이 붉어지고 주름진 그녀의 손을 잡아 키스했다. 1초, 2초 동안 입술에 대고 있었다.

도움이 필요하면 언제든 말하시오. 러셀이 말했다.

알았어요. 에타가 말했다.

그래요, 그럼 잘 가시오.

러셀은 그녀에게 어디로 가는지, 왜 떠나는지 묻지 않았다. 그저 돌아서서 사슴이 있을 만한 곳을 바라보았다. 에타는 동쪽으로 계속 걸어갔다. 그녀의 가방과 주머니와 손에는 이런 것들이 있었다.

속옷 네 벌

따뜻한 스웨터 하나

약간의 돈

약간의 종이, 대부분 백지지만 주소가 적힌 종이와 이름이 적힌 종이 한 장씩.

연필 하나와 볼펜 하나

양말 네 켤레

우표

쿠키

작은 빵 한 덩어리

사과 여섯 개

당근 열 개

약간의 초콜릿

약간의 물

비닐봉지에 든 지도

총알이 장전된 오토의 라이플

작은 물고기 머리뼈

★★★

여섯 살 소년인 오토는 닭장에 여우가 들어갈 만한 구멍이 있는지 살피고 있었다. 여우는 그의 주먹보다 크기만 하면 어디든, 심지어 땅속이나 아주 높은 곳에도 들어갈 수 있다. 오토는 닭장에 뚫린 구멍을 발견하고 살며시 손을 넣어 여우인 척했다. 닭들은 달아날 것이다. 닭 모이 담당인 와일리 형이 곁에 있지 않는한. 지금은 형이 없으므로 닭들은 오토의 주먹을 무서워했다. 나는 여우다. 오토는 주먹 앞으로 엄지를 가져가 주둥이처럼 움직였다. 나는 여우다, 날 들어가게 해줘, 너희를 잡아먹겠다. 오토는 배가 고팠다. 거의 늘 배가 고팠다. 가끔은 닭 모이로 준 곡물을 살짝 집어 먹기도 했다. 씹는 맛이 좋았다. 물론 와일리 형이 없을 때만.

오토가 닭장의 세 면과 나머지 한 면을 반쯤 살펴봤을 때 세살 반인 동생 위니가 다가왔다. 셔츠도 입지 않은 채 거친 무명천으로 만든 바지만 입고 있었다. 그날 아침에 오토가 셔츠를 입혀주었지만 워낙 더워서 벗어버린 모양이었다. 저녁 먹으래, 위니가 말했다. 그 소리가 들릴 정도로 가까이 있기는 했지만 그래도 적당히 떨어져 있었다. 위니는 닭을 무서워했다. 오토 오빠, 저녁 먹으래. 위니는 다시 한번 그렇게 말하더니 이번에는 거스를 찾아 똑같이 말하기 위해 자리를 떴다. 그게 위니가 맡은 일이었다.

오토네 집 아이들은 이름뿐 아니라 고유 번호가 있었다. 그래야 인원을 파악하기가 더 쉽기 때문이다. 마리-1번, 클라라-2번, 에이머스-3번, 해리엇-4번, 월터-5번, 와일리-6번, 오토-7번 등등. 1번 마리가 장녀였고, 이렇게 번호를 붙이는 건 그녀의 아이디어였다.

1번?

네.

2번?

네.

3번?

네.

4번?

네, 여기요.

5번?

네, 네, 여기요.

6번?

있어요.

7번?

네.

8번?

있어요.

9번?

여기요!

늘 전원 다 있었다. 저녁을 거르는 사람은 아무도 없었다.

그럼 다 모였구나. 다들 손 씻었니? 오토의 엄마가 말했다.

오토는 맹렬히 고개를 끄덕였다. 손을 씻었고, 배가 고파 죽을 지경이었다. 다들 고개를 끄덕였다. 위니의 손은 더러웠고 다들 그걸 알고 있었지만 고개를 끄덕였다. 위니를 포함해서.

좋아. 그렇게 말하는 엄마의 둥글게 부푼 배 위에 국자가 놓여 있었다. 그럼 수프를 먹자!

다들 우르르 식탁으로 달려가 의자에 앉았다. 오토만 제외하고. 오늘은 오토가 앉을 의자가 없었다. 더 정확히 말하면, 의자가 있기는 했지만 거기에 다른 소년이 앉아 있었다. 처음 보는 소년이었다. 오토는 그 애를 바라보다가 손을 뻗어 그 애가 들고 있던 스푼을 뺏었다.

이건 내 거야. 오토가 말했다.

알았어. 소년이 답했다.

오토는 나이프를 잡았다. 이것도 내 거야. 그리고 이것도. 아직 비어 있는 그릇을 잡으며 오토가 말했다.

알았어.

소년은 더 이상 말이 없었고, 오토는 뭐라고 해야 할지, 어떻게 해야 할지 알 수 없었다. 그냥 의자 뒤에 서서 식기를 떨어뜨리지 않으려고, 울지 않으려고 애썼다. 오토는 규칙을 알고 있었다. 피를 보거나 동물과 연관된 일이 아니면 부모님을 귀찮게 해서는 안 된다. 오토의 엄마는 냄비와 국자를 들고 다니며 아이들에게 차례로 수프를 떠주고 있었다. 그러니 오토는 식기를 몽땅 들고 조용히 흐느끼면서 엄마가 올 때까지 기다려야 했다. 소년은 그저 정면을 바라보고 있었다.

오토의 엄마는 그릇마다 정확히 한 국자씩 덜어주었다. 정확히 한 국자씩. 그러다 잠시 동작을 멈췄다.

넌 오토가 아닌 거 같은데.

네, 저도 그렇게 생각해요.

제가 오토예요. 저 여기 있어요.

그럼 이 아이는 누구지?

저도 몰라요.

전 옆집에 살아요. 배고파 죽겠어요. 전 러셀이라고 해요.

하지만 파머 부부에게는 아이가 없는데.

조카가 있어요. 하나뿐인 조카. 바로 저예요.

오토의 엄마는 잠시 침묵하다 입을 열었다. 2번 클라라, 찬장에서 그릇 하나 가져오렴.

***

최근까지 러셀의 부모는 도시에서, 새스커툰에서 살았고, 최근까지 러셀도 거기서 부모와 함께 살았다. 하지만 5주 전, 은행이 줄줄이 파산을 선언했고 아직 모르는 사람들을 위해 그 소식이 신문에 실렸고 3주 전, 도심 한복판에서 렌치와 레몬 사탕과 무늬가 있는 면직물을 파는 만물상 주인인 러셀의 아빠는 안색이 약간 창백해지더니 약간 어지러워졌고, 그래서 의자에 앉아야 했고, 나중에는 침대에 누워야 했고, 그렇게 누워 땀을 흘리고 또 흘렸고, 러셀은 제일 큰 청동 주전자를 들고 부엌에서 찬물을 잔뜩 받아 얼음처럼 차가워진 주전자를 품에 안은 채 계단을 올라가 아빠가 누워 있는 침실로 갔고, 처음에는 아빠 혼자누워 있다가 곧 침대 옆에 의사가 서 있더니 머지않아 의사와목사가 함께 서 있었고, 그동안 러셀의 엄마는 그들을 위해 요리하고, '망할 놈의 서류 정리'를 하다가 마침내 2주 전, 러셀이 열두 번째로 청동 주전자를 나르며 주전자 속 찬물 때문에 가슴과배가 타는 듯이 얼얼해졌을 때 러셀의 아빠는 삶을 포기하고 세상을 떠났다. 엄마는 한숨을 쉬었고 딱딱한 레이스 칼라가 달린검은 원피스를 입고 가게를 폐업했다. 이제부터는 리자이나에서타이피스트로 일할 예정이었다.

러셀은 엄마와 기차를 탔다. 기차를 타는 건 태어나서 처음이었다. 비쩍 마른 소들이 차창 밖으로 쏜살같이 지나갔다. 러셀은 창밖으로 몸을 내밀어 최대한 눈을 크게 뜨고 바람에 눈을 말리고 싶었다, 영원히. 하지만 창문이 열리지 않았다. 그래서 대신 엄마가 입은 원피스의 칼라를, 구불구불한 레이스의 무늬를 손끝으로 오르락내리락 훑었고, 눈에 눈물이 맺히도록 내버려두었다. 새스커툰과 리자이나의 딱 중간쯤 되는 지점에서 열차가 멈췄고 러셀이 내렸다. 하지만 엄마는 내리지 않았다.

농장이 마음에 들 거야. 도시보다 시골이 나아. 엄마가 말했다.

알았어요. 러셀이 말했다.

사람들도 더 좋고. 엄마가 말했다.

알았어요. 러셀이 말했다.

우린 곧 다시 만날 거야. 엄마가 말했다.

네. 알았어요. 러셀이 말했다.

러셀의 고모와 고모부가 플랫폼에서 기다리고 있었다. 우유 상자의 널빤지로 만든 작은 팻말을 든 채. '집에 온 걸 환영한다. 러셀!' 오랜 세월 노력했음에도 불구하고 그들에게는 아이가 없었다.

같은 해, 에타 역시 여섯 살이던 해에는 비가 내리지 않았다. 단 한 번도. 이상한 일이었고, 나쁜 일이었다. 설상가상으로 눈도 오지 않았다. 우거진 수풀을 지나 마을 밖으로 걸어가면 1월인데도 여름과 똑같은 풍경이 펼쳐졌다. 서리도, 눈가루도 없었다. 하지만 수풀을 만지거나, 그 위에 새가 내려앉으면 얼었던 줄기가 바스러졌다. 앨마는 에타를 데리고 산책을 나갔다. 개울이 있던 시절에 개울이 있던 곳으로. 그들은 물고기 뼈를 바라보았다. 말라버린 강바닥을 따라 새하얀 물고기 뼈들이 줄지어 있었다. 벌레나 딱정벌레가 구멍을 뚫어놓은 뼈가 있으면 집으로 가져가 목걸이로 만들었다. 물고기 머리에는 당연히 원래 구멍두 개가 뚫려 있었지만 앨마는 머리는 가져가지 않았다.

머리에 살갗이 닿으면 죽은 영혼이 부활해서 말을 한대. 그러니까 그냥 둬. 앨마가 말했다.

알았어. 에타는 그렇게 말했지만 앨마가 보지 않을 때 작은 머리뼈를 엄지장갑 속에 쑤셔 넣었다. 손가락을 구부릴 수 있도록 손등에.

귀 시려? 앨마가 물었다.

조금. 전혀 시리지 않은데도 에타는 그렇게 말했다. 엄지장갑을 낀 손으로 귀를 막고 물고기 머리가 말하는 소리를 들어보려 했다. 손등이 닿기만 해도 죽은 영혼이 깨어나는지, 그래서 말하는지 알아보려 했다. 그날은 바람이 셌는데도 장갑 속 손등을 물고기 머리에 세게 누르자 무언가가 들렸다. 속삭임이었다.

물고기는 무슨 언어로 말하지?

앨마는 아름다운 물고기 가시, 거의 투명에 가까운 가시에서 먼지를 털어낼 뿐 고개를 들지 않았다. 아마 할머니처럼 프랑스어로 말하겠지.

에타는 엄지장갑을 귀에 바싹 대고 속삭였다. 난 수녀가 돼야 할까?

바람이 불었고 장갑 안쪽에서 속삭임이 들렸다. Non, non, non(아니, 아니, 아니).

3

에타는 걸어가며 노래를 불렀다. 단어는 절대 잊지 않았다.

우리는 앉아서 평원 너머를 바라보며
왜 비가 한 방울도 내리지 않는지 생각하지
가브리엘 천사는 트럼펫을 불며 말하네
'비, 그녀가 놀러 나갔다.'

에타는 길에서 벗어나 아직 곡식이 여물지 않은 밭을 가로질렀다. 농부들은 싫어하겠지만 길로 가면 지나가는 트럭마다 멈춰서 안녕하시냐, 어디 가시냐, 아침부터 뭐가 그리 바쁘시냐고 말을 걸기 때문이다. 그래서 작물을 너무 세게 밟지 않으려고 조심하면서 밭을 가로질렀다. 가끔씩 보이는 소를 제외하고는 아무엇도 없고 광활했기에 에타는 큰 소리로 노래했다.

식사를 하려고 홀드패스트에 있는 휴게소에 들어갔다. 앨마와 마지막으로 왔던 때와는 다르게 테이블과 의자가 바뀌어 있었다. 덜 알록달록하고 덜 깨끗했다. 아무도 에타가 들어오는 걸 눈치채지 못했고, 나가는 것도 눈치채지 못했다. 웨이트리스와 계산대의 소년만 제외하고.

캐비지롤 세 개와 버터를 곁들인 흰 빵 두 조각, 루바브파이 한 조각을 먹고 계산한 다음, 일회용 케첩 열 개와 일회용 다진 피클 여덟 개를 코트 주머니에 쑤셔 넣고 나왔다. 다진 피클은 채소와 설탕이고, 케첩은 과일과 설탕이니 배고플 때 이걸로 버틸 수 있으리라.

조금씩 어두워질 무렵부터 밭의 작물이 줄어들기 시작하더니 땅에 점점 모래가 섞였고 마침내 완전히 모래가 되었다. 오렌지색 지평선 아래로 막 해가 졌을 때 에타는 걸음을 멈췄다. 그녀는 호숫가에, 물 바로 옆에, 하지만 밀려오는 파도에 젖지 않을 만큼 떨어져 있었다. 핼리팩스까지 가는 길에 당연히 호수 같은 장애물을 만나리라고 예상했다. 특히 온타리오 주는 호수 천지라고 들었다. 하지만 이렇게 빨리 나올 줄은 몰랐다. 에타는 축축한 호숫가에서 멀지 않은 모래밭에 앉았다. 앉으니 기분이 좋았다. 수영을 해볼까? 많이 힘들려나? 사람이 쉬지 않고 수영하면 어디까지 갈 수 있을까? 에타는 모래밭에 누워 파도 소리에

25

귀를 기울였다. 낯선 소리였다. 에타는 눈을 감았다.

　으악, 저기 사람이 죽었어.

　설마!

　아닌가?

　음, 가서 확인할 거야?

　나랑 함께 가줘.

　물론이지.

　사랑해.

　나도 사랑해. 봐, 죽지 않았어. 숨을 쉬잖아.

　죽은 뒤에도 가끔씩 숨을 쉰다고 들었어.

　시체가 숨을 쉰다고?

　응.

　그럴 리 없어.

　진짜라니까.

　아냐.

　부들부들 떨며 모래밭을 가로지르는 발소리에 에타는 잠에서 깼다. 하지만 계속 눈을 감고 다가오는 발소리를 들으며 얕은 숨을 쉬었다. 잠든 동안 두 다리가, 몸통이 모래 속에 파묻혀 있었다. 모래가 몸을 감싸니 마음이 편안했다. 숨을 들이쉬면 모래도 함께 벌어졌다가 내쉬면 다시 오므라들었다. 만약 내가 눈을 뜨면 누구냐고 물어보겠지. 하지만 눈을 뜨지 않으면 죽은 줄 알고 경찰을 부를 거야. 에타는 계속 눈을 감은 채 생각을 끌어모으고 마음을 쭉 늘려서 열었다. 모래. 모래의 감촉. 엉덩이의 피로감. 밤. 목소리. 미풍. 검은 머리카락의 언니. 도심의 집. 편지지. 종이.

두 사람은 여전히 정신없이 이야기하는 중이었다. 에타는 눈을 감은 채 종이를 꺼내기 위해 코트 주머니에 손을 넣고 아까 식당에서 가져온 일회용 케첩과 피클 사이를 더듬거렸다. 그러자 주머니에 있던 모래가 폭포처럼 흘러내렸다. 눈에 띄게, 적나라하게. 그리고 그 안에 종이가 있었다. 접힌 종이. 그녀는 종이를 꺼내 펼쳤다. 분명 이젠 내가 죽지 않았다는 걸 알았겠지. 분명 기다리고 있을 것이다. 겁에 질렸거나. 에타는 눈을 떴다. 어두웠기 때문에 종이를 코앞에 대야 했다.

너는
디어데일 농장에 사는 에타 글로리아 키닉. 올해 8월로 83세.

에타 글로리아 키닉, 그녀는 중얼거렸다. 좋아. 그래, 좋아.

난 죽지 않았단다. 옆에 서서 자신을 내려다보는 두 학생에게 에타가 말했다. 난 에타 글로리아 키닉이야. 사람은 죽으면 숨을 쉴 수 없어.

맙소사! 아니, 그러니까 잘됐네요! 아니, 그게, 안녕하세요. 남학생이 말했다.

봐, 내가 뭐래. 여학생이 말했다.

27

괜찮으세요? 남학생이 말했다.

응, 응, 난 괜찮다.

아, 네, 잘됐네요.

…….

…….

집까지 모셔다 드릴까요?

난 집에 가는 길이 아니란다. 그러니 괜찮아.

노숙자세요?

조지!

아니 그게, 전혀 노숙자처럼 보이지 않아서 하는 말이야.

난 노숙자가 아니야. 그냥 집에 안 갈 뿐이지.

그럼 어디로 가세요?

동쪽으로.

그럼 라스트마운틴 호수를 건너야 하잖아요.

아니면 돌아가거나.

그럼 정말 오래 걸릴 텐데요.

모르겠구나. 아마 그러겠지?

그렇다니까요. 우리 오두막에 지도가 있어요. 정말 오래 걸려요.

…….

…….

저기, 저희가 일으켜드릴까요?

에타를 발견한 고등학생 몰리와 조지는 파티장에서 빠져나온 상태였다. 7분 간격을 두고 몰래 따로따로 빠져나와 호숫가에서 100미터 떨어진 램버트의 오두막 뒤에서 만났다. 그러고는 30분쯤 뒤에 다시 파티장에 돌아가다가 에타를 만난 것이다. 에타를 발견하고, 죽지 않은 것을 확인하고, 일으켜주고, 다리와 어깨에 묻은 모래까지 털어주었으니 이제 다시 거기로, 파티장으로 돌아갈 생각이었다. 둘 다 노란 농어를 잡는 그물 냄새를 풍기고, 등과 배에 아가미 무늬가 찍힌 채.

저기, 좋은 생각이 있어요. 몰리가 말했다.

뭔데? 조지가 말했다.

뭔데? 에타가 말했다.

저희랑 함께 파티에 가요.

응? 조지가 말했다.

응? 에타가 말했다.

네! 이미 에타의 손을 잡고 있던 몰리는 왁자지껄한 소음과 빛을 향해 호숫가로 내려갔다.

사랑하는 오토

난 지금 보트에 타고 있어요. 작은 보트, 싸구려 고무보트요. 잘
된 일이죠. 어차피 이걸 원래 주인에게 어떻게 돌려줘야 할지,
과연 돌려줄 수 있을지 모르겠거든요. 고무보트의 주인은 어젯
밤 라스트마운틴 호수의 서쪽 호숫가에서 만난 남학생의 쌍둥
이 여동생이에요. 우린 파티장에 있었어요. 한 여학생이 말하
길 내가 돌아가신 자기 할머니 같다는 거예요. 그래서 난 누구
의 할머니도 아니고 죽지도 않았다고 했죠. 그랬더니 그 여학
생이 그래서 더 좋다더군요.
난 호숫가에서 주운 노를 쓰고 있어요. 누구 노인지는 모르겠
어요. 쌍둥이들은 노를 저어야 할 정도로 멀리 가고 싶은 적이
없었나 봐요.
호수를 다 건너가면 고무보트에 노를 넣어 다시 호수로 보낼
거예요. 이렇게 적은 쪽지와 함께요. 보트 주인: 맥팔런 쌍둥
이. 노 주인: 모름. 벌써 냅킨에 써뒀어요. 제대로 된 종이(이
편지지처럼)가 있기는 하지만 아껴 써야 하니까요.
보트와 노뿐 아니라 맥주 두 개와 라이 위스키 스무 개도 줬어
요. 추울 때 도움이 될 거라더군요. 정말 착한 애들이에요. 사랑
에 빠진 애들도 있고요.

밖에서 일할 때 꼭 모자 써요. 시금치가 나면 챙겨서 먹고요.

당신의
에타.

에타가 편지에 적은 날짜에서 닷새가 지난 후에 오토는 편지를 받았다. 다른 우편물과 함께 편지가 도착했을 때 오토는 노란 레시피 카드에 적힌 대로 오븐을 청소하는 중이었다.

준비물:
베이킹소다와 물.
방법:
묻힌다, 기다린다, 닦는다.

에타가 떠난 지 일주일이 되었다. 첫째 날에는 평상시처럼 밭에 나가 일하려 했지만 자꾸 뒤를, 집을 돌아보게 되었다. 러셀이 사슴을 찾을 때처럼.

그 후로는 집 근처 정원을 돌보거나 집안일을 했다. 그보다 멀리 가면 배가 아팠다. 정원 흙을 뒤엎고 갈퀴로 긁었다. 다음 날도 똑같이 했다. 갈퀴 자국이 똑바로, 나란히 파이게 했다. 에타가 매니토바 주에 도착할 때까지 오토는 아무것도 심지 않았다. 시금치도 당근도 무도.

***

어릴 때 농장에서 오토가 맡은 일은 두 가지였다. 저녁식사 전에는 닭장을 확인하고, 저녁식사 후에는 돌을 고르고. 돌을 고를 때도 주먹을 이용해 주먹보다 작은 돌은 그냥 두었다. 주먹보다 크면 끌고 다니던 밀가루 포대에 집어넣었다. 포대가 점점 무거워져 끌기 힘들어지면 농장 가장자리로, 파머 씨와 그들의 농장을 가르는 도랑으로 끌고 가서 돌을 버렸다. 여기는 바위 골짜기였고, 농장 일을 하지 않아도 되는 일요일이면 오토와 형제자매 그리고 이제는 러셀까지 합세해 이 골짜기로 위험천만한 여행을 떠났다. 돌이 너무 커서 혼자 들 수 없을 때는 4번 해리엇과 5번 월터를 부르거나, 달려가서 두 사람을 데려와야 했다. 해리엇과 월터는 땅다람쥐를 익사시키는 일을 맡았는데, 그냥 내버려두었다가는 녀석들이 땅을 모두 파헤치기 때문이다. 해리엇과 월터는 오토보다 팔의 힘이 세므로 더 큰 돌도 거뜬히 들어 올렸다. 하지만 대부분은 오토 혼자서 해결할 수 있었다. 특히나 러셀이 함께 다닌 후로는. 러셀은 오토보다 다섯 달 늦게 태어났기 때문에 오토의 엄마는 7과 2분의 1번 러셀이라고 불렀다. 그녀는 러셀에게 이렇게 말했다. 우리와 함께 먹어도 좋아, 7과 2분의 1번 러셀. 그 집에 너 혼자 있으면 분명 외로울 테니까. 하지만 여기 있으려면 너도 다른 아이들처럼 일을 해야 해. 알겠니?

알겠어요. 러셀이 말했다. 겁에 질린 목소리였다. 그런 목소리를 들으니 오토는 기분이 좋았다. 비록 이제부터는 러셀이 졸졸 따라다니며 사사건건 끼어들게 되었는데도.

네 고모와 고모부는 농장 일 안 시켜? 오토가 낫질을 하듯 주변 땅을 앞뒤로 훑어보며 말했다. 땅속의 돌을 모두 찾아내기 위해 고안해낸 시스템이었다. 혹시라도 놓친 돌이 있을 경우를 대비해 두세 걸음 뒤에서 러셀이 따라오고 있었다. 러셀이 오토의 일을 도와주기 시작한 지 엿새째 되는 날이었다.

응. 두 분은 아이에게 일을 시키면 안 된다고 생각하셔. 다칠 수도 있으니까. 러셀이 말했다.

흠. 그럼 농장 일은 어떻게 배우려고?

배워야 할지 잘 모르겠어. 게다가 난 학교에 다니거든.

둘은 평소처럼 한 명은 앞에서, 한 명은 뒤에서 걷고 있었기 때문에 거의 고함치듯이 말해야 했다. 바람에 먼지가 날려 혀와 입천장이 텁텁해졌다. 오토는 러셀에게 10분마다 침을 뱉어 입 안을 깨끗이 하라고 알려주었다.

우리도 학교에 가. 오토가 말했다. 지금 같은 여름이나 추수 때, 크리스마스, 부활절만 제외하고. 열까지 셀 수도 있어. 꼬맹이 위니도 할 수 있지. 하지만 숫자를 센다고 해서 여우가 닭을 몽땅 잡아먹지 못하도록 막을 순 없잖아. 그랬다간 아침에 먹을 달걀도 없고, 케이크에 넣을 달걀도 없어진다고.

글쎄, 우린 케이크 별로 안 먹어. 러셀은 그렇게 말하며 작은 돌을 발로 찼다. 그리고 난 학교가 좋아.

결과적으로 러셀은 보걸 집안의 아이가 되었다. 그들과 함께 일하고, 함께 밥을 먹고, 함께 학교를 땡땡이치며 함께 자랐다. 나이 어린 아이들은 러셀이 친형제가 아니라는 걸 잊어버리거나 아예 몰랐다. 오후 5시만 되면 러셀은 고모 집으로 돌아가 저녁을 먹고 기도하고 잠자리에 들었는데도. 러셀의 침대에는 언제나 뜨거운 물이 담긴 물주머니가 들어 있었다. 하지만 물이 귀해 밤마다 그 안의 물을 따라내 덥혔다가 다시 넣었다. 이 점만 제외하고 러셀은 보걸 집 아이였다. 따라서 러셀이 트랙터를 한 번도 타지 않았다는 걸 알게 됐을 때 보걸 집 아이들은 깜짝 놀랐다.

그럴 수도 있지. 여자아이들은 열 살, 남자아이들은 열두 살이 되어야 트랙터를 운전할 수 있으니까.

운전하지 않았다는 말이 아니야. 트랙터에 타본 적이 없대.

한 번도?

한 번도.

오토와 월터의 대화였다. 그들은 농장 일을 하다가 잠시 쉬면서 집에 물을 가지러 가는 길이었다. 러셀과 해리엇은 여전히 밭에 남아 돌 고르는 일과 땅다람쥐 구멍 찾는 일을 하고 있었다. 무더운 날이었다. 도미니언데이(캐나다의 건국 기념일로 7월 1일이다. 1982년부터 명칭이 캐나다데이로 바뀌었다-옮긴이) 직후라서 마른 먼지가 피어오를 정도로 건조했다. 월터는 너무 커서 이마까지 푹 내려오는 모자를 쓰고 있었다. 오토는 모자 챙기는 걸 늘 잊어버리는 탓에 쓰고 있지 않았다. 햇빛이 강렬해 가르마 사이의 두피가 오늘도 벌겋게 달궈졌다. 나중에 벗겨진 두피 껍질을 떼어내야 할 것이다. 오토는 그게 너무 싫어서 모자를 찾아내 다시는 잊어버리지 않도록 침대 기둥에 걸어둘 테지만 또 잊어버릴 것이다. 세월이 흐르면서 가르마는 5월에서 9월까지 늘 붉은 색이었다. 머리숱이 줄어들고 백발이 된 후에도. 이웃 사람들은 그것을 일종의 달력으로 삼아 오토의 두피가 붉어지기 시작하면 시금치를 심고, 붉은색이 사라지면 비닐로 토마토를 덮었다.

불쌍한 러셀. 월터가 말했다.

응. 오토는 그렇게 말했지만 내심 기뻤다.

해리엇 누나!

누나가 왜?

해리엇 누나가 열 살이잖아! 트랙터를 운전할 나이가 됐어.

응…… 하지만 운전하면 안 될 거야. 지금 우리에겐 트랙터와 관련된 일이 하나도 없잖아. 땅다람쥐도 다 못 찾았고.

땅다람쥐는 늘 어딘가에 있을 거야. 네가 모든 돌을 다 골라낼 수 없듯이.

그럴지도 모르지만 노력해야지.

불가능하다니까. 집에 가서 물을 가져다가 해리엇과 러셀에게 주자. 그런 다음 해리엇에게 트랙터를 운전하게 하고 러셀도 태우는 거야. 해보자! 금방 끝나. 밭 가장자리로 한 번만 내려가면 되니까 15분이면 충분해. 그런 다음에 다시 돌을 치우고 땅다람쥐를 잡자. 응?

알았어. 오토가 말했다.

좋아. 트랙터를 모는 건 쉽지. 문제없다고. 해리엇이 말했다.

정말? 자신 있어? 오토가 물었다.

응. 자신 없을 게 뭐야. 15분도 안 걸릴 텐데.

내가 뭐랬냐. 월터가 말했다.

넌 어떻게 생각해? 오토가 러셀을 돌아보며 말했다. 지금까지 러셀은 아무 말도 하지 않았다.

나도 좋아. 러셀이 말했다.

트랙터에는 두 사람이 탈 수 있는 공간밖에 없었다. 더 정확히 말하면 한 사람만 탈 수 있었다. 해리엇보다 다리가 훨씬 긴 사람에게 높이가 맞춰진 초록색 금속 의자 하나뿐이었기 때문이다. 하지만 의자 뒤에 공간이 있어서 누군가 운전자의 어깨를 잡고 설 수 있었다. 덩치가 아주 작으면 운전자의 무릎에 앉아 운전대 뒤에 끼어 앉을 수도 있다. 보걸 집안의 아이들은 대부분 그렇게 처음 트랙터를 탔다. 엄마나 아빠의 무릎에 앉아. 하지만 러셀은 해리엇의 무릎에 앉기에는 덩치가 너무 커서 뒤에 서 있기로 했다. 월터와 오토는 아래서 지켜보기로 했다.

해리엇이 모는 트랙터가 밭 가장자리를 따라 아래로 내려가자 월터와 오토는 환호했다. 우두커니 서서 멀어지는 트랙터를 1분간 바라보다 트랙터가 사라지자 각자 하던 일로 돌아갔다.

트랙터가 지나가며 움푹 파인 자국을 따라 땅다람쥐와 돌을 찾아 천천히 걸어 내려갔다.

큰 돌 두 개와 땅다람쥐 한 마리를 찾아냈을 때였다. 월터와 오토는 베리로 물든 손을 머리 높이 흔들며 그들 쪽으로 달려오는 사람이 에이머스 형이라고 생각했다. 이맘때 새스커툰 베리를 따서 커다란 양동이 두 개에 담는 것이 에이머스가 맡은 일이었고, 따라서 그의 손끝은 늘 진한 자주색으로 물들어 있었기 때문이다. 모자 아래로 내려온 땋은 머리를 보고서야 오토는 그게 에이머스가 아닌 해리엇임을 깨달았다. 가까이서 보니 손끝은 자주색이라기보다 빨간색이었고, 해리엇은 기차처럼 숨을 폭폭 내쉬고 있었다.

코요테. 해리엇이 말했다. 러셀이 코요테를 보고 놀랐어. 러셀 잘못이 아니고, 내 잘못도 아냐. 코요테 때문이야.

해리엇은 오토의 손을 잡았고, 월터의 손도 잡았다. 셋은 트랙터 타이어가 파놓은 골을 따라 함께 뛰어 내려갔다.

오토는 죽어가는 것들을 수없이 보았다. 수없이 많이. 해리엇과 월터 손에 익사하는 땅다람쥐도 보았다. 혹은 익사하지 않고 물에서 튀어나와 달아나다 해리엇이 쏜 총에 맞아 죽는 땅다람쥐도 보았다. 대개 머리에 총을 맞고 그 자리에서 즉사했지만, 예상치 못한 방향으로 움직여 다리나 옆구리에 맞으면 계속 조금씩 움직여 어떻게든 살아보려 했다. 그러면 해리엇이 다시 총을 쏘아 고통 없이 죽게 했다.

여우가 반쯤 먹고 남은 닭도 봤고, 창문에 부딪혀 죽거나 고양이에게 잡아먹힌 새도 보았다.

그리고 한번은 더 어릴 때, 네 살밖에 안 됐을 때 아주 작은 새끼 고양이를 발견한 적이 있었다. 갓 태어난 작고 약한 새끼였는데 옥외 변소 뒤 울창한 수풀에 버려져 있었다. 회색과 핑크색이 감돌았고 아주 조그마했다. 집에서는 애완동물을 기르는 게 허락되지 않았기 때문에 오토는 이 일을 비밀로 했다. 크리스마스에 칠면조를 구울 때만 사용하는 로스팅 팬을 꺼내 넝마와 연필 부스러기로 채워 멋진 침대를 만들고 새끼 고양이를 넣은 다음, 녀석을 발견했던 자리의 풀을 뜯어 다시 그 위에 덮어주었다. 고양이를 숲에 두고 갈 때는 늑대와 개가 잡아먹지 못하도록 뚜껑을 덮어두었다. 고양이는 너무 작아서 넝마와 연필 부스러기 속에 쉽게 숨을 수 있었고, 우유나 우유에 적신 빵을 가져갈 때면 고양이를 찾기 위해 매번 그 안을 뒤져야 했다. 오토는 한 손으로 고양이를 들어 올려 코앞에 대고 이렇게 말했다. 넌 지금 작지만 곧 아주 커질 거야. 그러니까 무서워하지 마. 넌 고양이들의 여왕이 될 거야. 겁먹지 마, 슬퍼하지 마. 넌 아주 아주 아주 훌륭해질 거야. 오토는 새끼손가락으로 고양이의 쭈글쭈글한 얼굴을 쓰다듬으며 고양이가 눈을 뜨길 바랐다. 고양이는 발톱으로 오토의 손가락에 매달렸는데 아프다기보다는 간지러웠다. 오토는 고양이에게 신시아라는 이름을 지어주었다.

하지만 신시아는 눈을 뜨지 않았다. 우유에 적신 빵도 먹지 않았고, 우유도 거의 마시지 않았다. 움직임이 점점 줄어들고 잠이 점점 많아지더니 이윽고 잠만 잤다. 오토가 들어 올려도 움직이지 않았다. 오토는 신시아의 머리를 쓰다듬고 또 쓰다듬으며 신시아가 눈을 뜨도록 눈꺼풀을 살짝 잡아당기기도 했지만 소용없었다. 손에 들고 천천히 앞뒤로 흔들며 신시아, 신시아, 눈을 떠, 눈을 떠, 눈을 떠, 라고 했지만 신시아는 아팠고 오토는 아픈 게 뭔지 알고 있었다. 옆집 갓난아기처럼 아픈 것이다. 그래서 어느 날 밤, 변소에 간 김에 아픈 신시아가 들어 있는 로스팅 팬을 수풀 속에서 꺼내 들고 조심조심 조용히 침실로 갔다. 침실에 들어서자 현명하고 모르는 게 없는 여덟 살짜리 형 에이머스가 잠에서 깼다.

오토? 에이머스가 속삭였다. 다른 사람들은 다들 자고 있었다.

응?

웬 칠면조 굽는 팬을 들고 있어?

비밀 지켜줄 거야?

응.

와서 봐.

에이머스는 같은 침대에서 자는 월터가 깨지 않도록 조심해서 일어났고, 둘은 함께 복도로 나갔다. 오토는 바닥에 로스팅 팬을 내려놓았다. 내 고양이야. 신시아라고 하는데 지금 아파. 오토는 로스팅 팬의 뚜껑을 들어 올렸다. 신시아를 찾으려면 이 안을 뒤져야 해. 잘 숨거든. 오토는 연필 부스러기 속, 한쪽 구석에 숨어 있는 신시아를 발견해 늘 그랬듯이 오른손으로 들어 올렸다. 신시아의 등과 머리에 부스러기가 묻어 있었다. 계속 잠만 자. 오토가 말했다.

털이 없네. 에이머스가 말했다.

응.

둘은 몇 초 동안 신시아를 바라보았다. 뒤쪽 방에서 다들 쌕쌕 자는 숨소리가 들렸다.

죽은 거 알지? 에이머스가 말했다.

응. 오토가 말했다. 목구멍이 바짝 말랐다. 오토의 손은 여전히 아주아주 조심스럽게 신시아를 들고 있었다.

그래. 에이머스는 그렇게 말하며 오토의 어깨에 손을 올렸고, 계속 그대로 있었다.

그래. 오토가 말했다.

그로부터 거의 1년쯤 지나 농장 일을 마치고 저녁을 먹으러 가는 길에 에이머스가 오토에게 말했다. 있지, 신시아는 땅다람쥐야. 고양이가 아니라. 어차피 죽었을 거야. 땅다람쥐니까.

오토는 아무 말 없이 고개만 끄덕였다.

그리고 오토는 죽은 송아지도 보았다. 출산하다 잘못된 녀석들이었는데 이미 죽었거나, 손을 쓰든 안 쓰든 곧 죽을 녀석들이었다. 눈이 머리보다 컸고, 다리가 둘씩 꼬여 있었다.

트랙터에 반쯤 깔린 채 두 다리는 감초 젤리(가느다란 꽈배기 모양이다-옮긴이)처럼 꼬여 있는 러셀과 가장 비슷해 보이는 게 바로 그 송아지였다. 다만 러셀의 눈은 감겨 있었다. 신시아처

40

럼. 오토는 러셀을 바라보았다. 그러고는 몸을 돌려 토했다.

갑자기 코요테가 튀어나왔어. 해리엇이 말했다. 코요테가 트랙터 옆으로 지나가는 바람에 러셀이 겁을 먹고 손을 놔버렸어. 내가 코요테를 치지 않으려고 방향을 틀었더니 러셀이 미끄러져 떨어진 거야. 러셀 탓도 아니고 내 탓도 아냐. 러셀 탓도 아니고 내 탓도 아냐. 내 탓도 아냐. 해리엇이 말했다.

다들 바지를 입고 있었는데 오토만 월터에게 물려받은 멜빵바지를 입고 있었다. 아직 커서 바짓단을 걷어 입어야 했다. 그들이 입은 옷 중에서 그게 가장 컸기에 오토는 멜빵바지를 벗었고, 그들은 의식을 잃은 러셀을 들어 올려 멜빵바지 위에 눕혔다. 그러고는 멜빵바지를 들것 삼아 다리는 계속 꼬여 있고 눈도 계속 감고 있는 러셀을 집으로 운반했다. 해리엇과 월터는 멜빵바지의 가랑이를 하나씩 잡았고, 오토는 티셔츠와 팬티 바람으로 어깨끈을 잡은 채 러셀의 감긴 눈을 지켜봤다.

러셀은 죽지 않았지만 한쪽 다리는 죽었다. 오른쪽 다리가 감초 젤리처럼 영원히 꼬여버렸다. 그래서 그가 들판을 걸어올 때면 아무리 눈이 부셔도 늘 알아볼 수 있었다. 두 번째 걸음을 내디딜 때마다 구부러진 오른발 쪽으로 몸이 기울었다가 올라왔고, 그 과정에서 매번 왼쪽 다리와 등, 배의 힘을 모두 빼앗아 다시 일어나기 힘들게 만들었다. 넓은 들판을 가로질러 걸어오는 그의 모습은 혼자서 왈츠를 추는 듯했다.

그로부터 몇 년 지나지 않아 에타와 앨마는 차를 타고 말없이 홀드패스트로 갔다. 에타는 열다섯 살이었고, 앨마는 베이지색 하이힐을 신고 운전 중이었다. 앨마가 춤출 때 신는 신발이었다. 에타는 저런 신을 신고 운전하면 불편할 거라고 생각했지만 아무 말도 하지 않았다. 바람 소리가 차 소리보다 더 요란했다. 두 사람은 휴게소에 들어갔고, 앨마는 벽 옆자리를 가리켰다. 그들은 전에 본 적이 없는 웨이트리스에게 주문을 했다. 그러더니,

나 아파, 에타. 앨마가 말했다. 평소 틀어 올리던 검은 머리가 풀어져 있었다. 머리를 내리니 얼굴형이 달라졌다. 강한 선이 가려졌고, 그녀가 가려졌다. 운전할 때 불었던 바람에 머리가 헝클어져 있었다.

아파 보이지 않는데. 에타가 말했다. 아프면 안색이 회색이나 노란색으로 변하고, 기침을 많이 하고, 목소리가 안 나오고, 이런저런 이유로 먹지 못한다는 걸 에타는 알고 있었다. 하지만 앨마는 그 어디에도 해당되지 않았다. 평소보다 목소리가 작기는 해도 여전히 말할 수 있었다. 얼굴이 머리카락에 가려지긴 했어도 안색은 좋았다. 게다가 먹을 수 있었다. 그들은 파이를 주문했다. 앨마는 사워크림 건포도파이, 에타는 새스커툰 베리파이. 그들이 아주 어렸을 때를 제외하고는 오랫동안, 몇 년 동안 독감도 돌지 않았다. 대부분 시골 아이들만 감기에 걸렸다. 그들처럼

작업등이 있고, 집 안에 화장실이 있는 도시에서 사는 아이들은 걸리지 않았다. 그런데도 에타는 심장박동이 빨라졌다. 언니는 건강해 보이는데. 에타가 말했다.

앨마는 손바닥이 위로 가게 해서 두 손을 테이블에 올려놓았다. 에타도 똑같이 하려다가 참았다. 늘 앨마를 따라 하고 싶은 게 그녀의 가장 강렬한 본능이었다. 대신 두 손을 손바닥이 위로 가게 해서 테이블 밑에 딱 붙였다.

난 독감에 걸린 게 아냐. 앨마가 말했다.

알았어. 에타가 말했다.

내가 모든 걸 망쳤어.

언니가?

우리가.

'우리'가?

그래도 그 사람에겐 말하지 않을 거야.

누구에게? 뭘?

짐.

아. 에타가 말했다. 가슴이 철렁 내려앉았고 얼굴이 차가워지며 초록색으로 변하는 듯했다. 앨마에게 들키지 않았기를 바랐다. 에타는 짐을 사랑했다. 짐은 에타를 데리고 드라이브했다. 물론 앨마도 함께. 짐은 부모님을 웃게 만들었다. 오, 오, 오.

웨이트리스가 파이를 가져왔다. 고맙습니다, 그들이 말했다.

천만에. 웨이트리스는 고개를 갸웃하고 미소를 지으며 그렇게 말했다. 그러고는 뒤돌아 부엌으로 돌아갔다. 앨마와 비슷한 구두를 신고 있었다. 다만 더 낡아서 굽과 앞코에 홈집이 있었다. 에타는 언니를 바라봤다. 얼굴이 아니라 얼굴을 제외한 나머지를. 가슴과 팔, 어깨. 테이블 때문에 배는 보이지 않았지만 푸른 면 드레스 안에서 당겨져 있을 배, 그 배의 하얀 살갗을 상상했다.

떠나야겠어. 몇 번을 생각해도 답은 하나야. 가야겠어. 앨마가 말했다.

떠난다고?

응.

어디로?

자매님들이 있는 곳으로.

언니한테 나 말고 자매가 어딨어?

그 자매 말고.

난 그냥, 에타는 말을 멈추고 앞에 놓인 접시를 내려다봤다. 푸른 꽃이 핀 포도 덩굴이 접시 가장자리를 구불구불 지나갔다. 아프지는 않았지만 입맛이 떨어져서 파이를 먹고 싶지 않았다. 아, 짐도 함께 가? 에타가 물었다.

몰라. 아닐걸. 짐이 가야 할 이유가 없잖아.

하지만 짐이-

그렇게는 안 돼, 에타.

에타는 포크로 파이의 패스트리를 잘랐다. 붉은 보라색. 나 따라가도 돼?

44

안 돼, 에타. 앨마가 말했다.

앨마는 찐득하고 크림이 뚝뚝 떨어지는 파이를 먹었다. 그래서 에타도 자신의 파이를 먹었다. 그들이 직접 만든 파이보다 맛이 없었다. 우린 성당도 안 다니잖아. 에타가 말했다.

상관없대. 앨마가 말했다.

기도하는 법도 모르는데.

난 알아, 이젠.

그럼 태어날 아기도 수녀가 되겠네. 에타는 베일(여기서는 수녀들이 머리에 쓰는 천을 말한다-옮긴이)로 머리를 가린 여자들에게 둘러싸여 수녀복으로 몸을 감싼 자그마한 아기를 상상했다. 다들 검은 옷을 입은 모습이 아름다울 지경이었다. 다 함께 경건한 자장가를 부르고 있었다.

아니. 아기는 다른 사람에게 줄 거야. 앨마가 말했다.

다른 사람에게?

응. 그리고 난 기도할 거야.

영원히?

영원히. 넌 가끔 와도 돼. 수녀복이 다 검은색은 아냐. 푸른색도 있어. 연한 푸른색.

에타는 눈을 감았다. 눈꺼풀이 심장처럼 고동쳤다. 검은색 너머로 푸른색을, 하늘처럼, 바다처럼 연한 푸른색을 보려고 노력했다.

그 후로 일주일도 채 되지 않아 앨마는 떠났다. 언니가 네게 물들었나 보다, 에타. 기차역에서 집으로 걸어가는 길에 아버지가 말했다. 우리 앨마가 수녀원에 있는 모습을 상상해보렴. 우리 앨마. 상상해봐. 맨 앞에 아버지, 그다음에 에타, 그리고 어머니 순서대로 누렇게 변한 잔디 사이의 자갈길을 걸었다.

앨마가 자랑스럽구나. 아버지가 말했다.

네. 에타가 말했다.

네. 엄마가 뒤에서 말했다.

부모님이 그 사실을 아는지 모르는지 에타는 알 수 없었다.

수녀원은 프린스에드워드섬에 있었다. 오랫동안 기차를 타고 간 후에 다시 배를 타고 들어가야 했다. 에타와 앨마가 아는 배라고는 흙탕물투성이의 개울에 반쯤 가라앉아 흘러 내려가던 종이배뿐이었다. 너무 멀다. 앨마가 떠나기 전날, 에타는 캄캄한 침실을 가로질러 앨마가 있는 곳을 향해 말했다. 비록 밤인 데다 커튼까지 쳐서 앨마는 보이지는 않았지만. 왜 하필 그렇게 먼 곳으로 가?

거기에 가야 연푸른색 수녀복을 입을 수 있으니까. 앨마가 말했다.

4

사랑하는 에타

당신이 갈 거라고 짐작되는 길을 따라 여기, 집에서부터 지구
본을 가로질러 점선을 그리는 중이오. 기껏해야 하루에 선 한
두 개가 전부고, 거대한 지구본에서 눈곱만큼 작은 선이지만
그래도 기분이 좋군. 매일 진전이 있고 그걸 내가 볼 수도 있으
니까. 헨젤과 그레텔이 빵부스러기로 길을 표시했듯 혹시라도
당신이 길을 잊어버리면 여기로 돌아오게 해줄 거요. 비록 지
금은 당신이 이걸 혹은 나를 볼 수 없다는 걸 알지만.
지금쯤 매니토바 주에 도착했겠군.
봄의 씨앗을 뿌렸소. 시금치와 당근, 무.
이 편지를 4번 해리엇 누나의 아들인 윌리엄에게 보낼 거요. 지

· 금 브랜던에 살고 있는데 기억할지 모르겠지만 회계사요. 혹시 당신이 거기 들러서 자고 갈 경우를 대비해서 말이오. 만약 들른다면. 아마 안 들를 테지만. 윌리엄은 편지 봉투에 적힌 이름을 보고 어리둥절해서('윌리엄 포터 댁 내 에타 보걸') 이 편지를 반송할 거요. 하지만 상관없소. 당신이 돌아오면 보여주리다. 당신이 보낸 편지들 옆에 보관해두겠소. 둘 다 식탁에 있소. 식사할 때 식탁 전체를 다 쓰는 건 아니니까.

지난주 이후로 러셀의 농장에 가지 않았소. 내가 기침을 해서 사슴이 달아날 수도 있으니 당분간 안 오는 게 어떠냐고 러셀이 그러더군. 그래서 러셀의 농장 근처에는 가지 않소. 하지만 가끔씩 사슴 찾는 일이 끝나면 러셀이 우리 집에 들러 함께 커피를 마시거나, 또 가끔은 지나는 길에 우리 집 문에 메모를 남겨놓고 간다오. 러셀은 잘 있소. 당신이 어디 갔는지는 말하지 않았소. 그냥 잠깐 나갔다고만 했지.

집에서
오토.

추신. 당신이 바다를 보러 떠났다는 건 알고 있고, 나도 당신이 바다를 꼭 봐야 한다고 생각하오. 하지만 혹시 다른 이유로 떠났다면, 혹시 내게 직접 말하고 싶지 않은 무언가를 알게 됐거나 혹은 그걸 잊어버려서 떠난 거라면, 그런 경우라면, 언제든

48

편지에 적어주시오. 여기에 풀어놓고 종이와 잉크(혹은 연필) 밖의 세상에서는 절대 언급하지 맙시다.

에타는 매니토바 주에 도착했다. 자동차 번호판이 바뀐 걸 보고 알 수 있었다. 집을 나선 지 오늘로써 14일째였다. 강과 시내가 나올 때마다 목욕을 하고 머리를 감았다. 옷이 더러우면 옷을 입은 채 들어갔다. 너무 깊이는 아니고, 옷에 묻은 때와 땀이 물살에 떠내려갈 정도로만. 그런 다음, 눈을 감고 숨을 멈춘 채 머리를 물속에 집어넣었다. 두피를 적시며 숱이 없는 백발 사이로 흘러가는 물살의 감촉. 집에서는 머리를 구불구불하게 말아서 숱이 많아 보이게 했지만, 여기서는 그냥 말려서 가느다란 직모를 아이처럼 귀 뒤로 넘겼다. 옷이 더럽지 않을 때는 알몸으로 들어갔다. 무릎, 성기, 배꼽, 가슴, 입, 머리카락 등 군데군데 냉기가 느껴졌다. 강과 시내가 나오지 않을 때도 있었는데 그럴 때면 며칠씩 씻지 못했다.

몇 달 전부터 에타는 밤마다 자기 꿈이 아닌 오토의 꿈에 끌려 들어갔다. 꿈속으로 곧장 끌려가 거기에, 바다에, 바지를 입고, 피로 물든 바닷물이 무릎을 찰싹찰싹 때리는 잿빛 해변에 서 있었다. 주위 남자들은 고함을 질렀고 그녀는 거기 있었다. 때로는 스푼을 들고, 때로는 타월을 들고, 때로는 아무것도 없이. 매일 밤마다.

에타는 오토와 조금이라도 몸이 닿지 않도록 거리를 두고 잤다. 그의 기억이 접점을 찾아내 그녀에게 흘러 들어오지 않도록.

★★★

러셀이 걷지 않고 왈츠를 췄기 때문에, 혹은 밤이면 고모 집에 가서 자느라 아주아주 늦은 밤 보걸 부부가 라디오를 켠 채 혹은 그냥 단둘이 식탁에 앉아 여러 나라에서 벌어지는 일, 많은 사람과 집, 모든 것이 파괴되고, 사람들 특히 젊은 남자들, 그들과 그들의 형제 같은 젊은 남자들이 끌려가는 일에 대해 이야기하는 소리를 듣지 않았기 때문일 수도 있다. 러셀은 그 소리를 듣고 잠에서 깨 아래층에서 들리는 뉴스를 들으려고 귀가 찔리지 않도록 조심하며 거친 나무 바닥에 귀를 댄 적이 없기 때문에, 혹은 아마도 걷지 않고 왈츠를 췄기 때문에 오토와 함께 열여섯 살이 되던 가을에 다른 사람들과 달리 두렵지 않았고, 그해 가을 이제 보걸 집에는 농장 일을 거들 형제자매가 열네 명이나 있었기 때문에 마침내 제대로 학교에 다니며 제대로 공부하기 시작했다. 오토와 달리 러셀은 공부가 전혀 부담되지 않아 왈츠를 추고 휘파람을 불며 학교에 갔다. 오토와 러셀은 돌아가며 등교했는데 그나마 전날에 농장 일을 모두 다 마쳤을 때만 갈 수 있었다. 짝수 날에 오토가 수업을 걱정하며 등교하는 동안, 러셀은 농장에 남아 진물이 줄줄 흐르는 소의 눈에 물을 넣어주고, 짐짝만 한 건초를 이쪽에서 저쪽으로 옮겼다. 홀수 날에는 오토가 똑같이 농장 일을 했고, 러셀은 휘파람을 불며 학교에 갔다.

오토는 오언이라는 아이와 한 책상을 썼다. 오언은 열네 살밖에 안 됐지만 모든 과목에서 오토를 앞질렀다. 심한 갈색 곱슬머리에 꽃향기가 섞인 비누 냄새가 났다. 랭커스터 선생님이 칠판에 쓴 단어를 놓치지 않으려고 오토가 떨리는 손으로 받아 적는 동안 오언은 그런 오토를 지켜보았다. 안녕하세요. 내 이름은. 고맙습니다. 고양이. 두더지. 물고기. 태양. 비. 구름. 랭커스터 선생님은 한 단어씩 큰 소리로 천천히 말한 다음, 돌아서서 칠판에 쓰고 다시 돌아서서 단어를 말했다.

안녕하세요,

안녕하세요

안녕하세요.

오언은 좋아하는 왕이나 왕비에 대해 200자로 쓰라는 숙제를 받고 부디카 여왕을 주제로 썼다. 그리고 일찌감치 다 끝낸 후 오토의 떨리는 손을 바라보았다. 오언은 걸핏하면 오토를 바라보았다.

오토, 여기 봐봐. 오언은 그렇게 속삭이며 오토가 적은 '내 이름은'과 '고맙습니다' 사이의 빈 공간을 가리켰다. 이렇게 하면 안 돼. 이 사이에 네 이름을 넣어야 해. 이름이 없으면 말이 안 된다고. 여기 말이야. 오언은 그렇게 말하며 손으로 가리킨 부분에 ^ 표시를 했다. 여기에 이름을 적어. 랭커스터 선생님이 확인하러 오기 전에 빨리.

둘 다 눈을 들었다. 랭커스터 선생님은 아직 칠판에 적는 중이었다. 오토는 다시 고개를 숙여 ^ 표시를 바라보았다. 우물쭈물

하는 동안 칠판에는 새 단어가 두 개로 늘어났다. 보다. 냄새를 맡다. 오언이 기다리며 지켜보고 있었다. 내 이름, 오토는 생각했다. 랭커스터 선생님은 오토의 이름을 칠판에 적어준 적이 없었다.

알았어, 고마워. 오토가 말했다.

오언이 미소 지었다.

내 이름, 내 이름. 오토는 생각했다. 랭커스터 선생님은 칠판에 또 다른 단어를 썼다. 점프. 뭔가 써야만 했다. 오토는 멍청하지 않았다. 지금까지 쓴 단어를 훑어봤다. 두더지. 고맙습니다. 비. 모두 글자로 이뤄져 있었다. 모든 단어가 다 그랬다. 하지만 자기 이름은 어떤 글자로 쓰는지 알 수 없었다. 그래서 지금까지 쓴 단어에서 글자를 골랐다. 두더지의 두. 고맙습니다의 고. 비의 비 등등. 그래서 오토는 이렇게 썼다. 내 이름은 ^두고비물이. 고맙습니다.

칠판 앞에서 랭커스터 선생님은 또 새로운 단어를 썼다. 핑크. 핑크, 선생님이 말했다.

정오가 되자 오언은 오토를 따라 학교에서 나왔다. 오토를 포함한 보걸 집 아이들은 대개 점심을 먹으러 집까지 걸어갔다. 엄마에게 수프나 빵을 건네받기 전에 학교에서 배운 걸 적어도 하나씩 말하곤 했다. 하지만 오늘은 오언이 따라왔기 때문에 오토는 걸음을 멈췄다.

난 멍청하지 않아. 오토가 말했다. 미친 황소도 잡아 세울 수 있어. 기저귀 두 개도 동시에 갈 수 있고.

네가 멍청하다고 말한 적 없어. 오언이 말했다.

알았어.

보걸 집 아이들이 이 동네에서 가장 똑똑하다고 들었어.

맞아.

하지만 이름은 쓸 줄 알아야 해.

쓸 줄 알아.

쓸 줄 몰라. 넌 누구 이름도 쓸 줄 몰라.

오토는 땅을 찼다. 뽀얀 먼지가 일어나 잠시 신발이 사라지더니 이내 가라앉았다.

오토, 내가 알려줄게. 다른 사람에게는 비밀로 할 테니까 나한테 배워, 응?

오토는 다른 발로 또 땅을 찼다. 균형을 맞추기 위해서. 거스(8번)가 동생들을 데리고 서서 오토를 기다리며 집에 가자고 손짓했다. 좋아. 오토는 그렇게 말하고 오언을 따라서 학교 뒤의 먼지 나는 마른땅으로 갔다.

마침 네 이름이 내 이름과 같은 글자로 시작해. 잘됐지? 오언은 그렇게 말하더니 말라비틀어진 여우꼬리를 꺼내 뾰족한 앞부분을 땅에 대고 글자를 썼다. 깃펜으로 쓰듯이. 봐, 이게 첫 글자인 O야. 그냥 원이야. 쉽지? 사실 네 이름 전체가 다 쉬워. 원과 십자가로만 돼 있거든. 교회에서 보는 십자가. 오언은 땅에 글자 세 개를 더 썼다. t t o. 그러고는 오토에게 여우꼬리를 건네고, 오토의 손을 잡은 다음 글자를 쓰기 시작했다. 동그라미, 십자가, 십자가, 다시 동그라미.

우린 교회 잘 안 가. 오토가 말했다.

이튿날 러셀이 학교 갈 차례가 되었을 때 러셀 역시 오언 옆에 앉았다. 넌 글을 잘 쓰는구나. 오언이 말했다.

그냥 보통이야. 하지만 칭찬은 고마워. 러셀이 말했다.

이튿날 오언은 오토에게 성 쓰는 법을 알려주었다. 이것도 쉬워. 잘 봐. 처음에 화살표, 다시 동그라미, 낚시하는 뚱뚱한 남자, 벗겨낸 껍질이 달린 사과, 그리고 직선. V o g e l. 봤지? 오언은 자기보다 키도 크고 나이도 많은 제자의 팔에 어깨를 두른 채 이번에는 오토 혼자서 여우꼬리로 글자를 쓰게 했다.

오토가 등교하는 날에는 농장에서 일하던 러셀이 짬을 내어 오후 3시 30분에 학교로 찾아와 오토와 함께 농장으로 돌아갔다. 가끔씩 개나 동생들을 데려올 때도 있지만 대개는 러셀 혼자 왔고, 그러면 오토와 러셀은 편안하게 이야기를 나눌 수 있었다. 러셀의 다리 때문에 천천히 걸어야 했지만 오토는 개의치 않았다. 농장에서는 모든 게 너무 빨랐으니까. 러셀이 등교하는 날에는 오토도 똑같이 학교에 찾아갔다. 오언은 매일 멀어지는 두 사람의 뒷모습을, 비대칭인 발걸음에서 피어오르는 뜨겁고 메마른 먼지구름을 지켜보았다.

이제 수녀가 된 앨마는 바다 한 조각과 메마른 땅 한참 너머에서 부모님과 동생 에타에게 편지를 보냈다. 적어도 2주에 한 번씩. 하나는 연갈색 보통 봉투로 엄마, 아빠에게. 또 하나는 좀 더 작지만 단단히 봉해진 파란색 봉투로 에타에게.

사랑하는 엄마, 아빠

두 분과 에타, 그리고 우리 집에 무한한 사랑을 보냅니다. 여긴 모든 게 순조로워요. 다들 아주 친절하고, 아주 조용하답니다. 비록 아침마다 다 함께 찬송가를 부르긴 하지만요. 대부분이 생선이지만 먹을 것도 풍족해요. 아직은 생선을 먹는 게 익숙하지 않네요. 여기서 파트리시아 마르켓이라는 친구를 만났는데 블래드워스(새스커툰에서 93킬로미터 떨어진 마을─옮긴이)에 사촌이 산대요. 그래서 내가 우리 부모님이 분명 그 사촌 집안을 알고 있을 거라고 말해줬죠.

기도를 하거나 찬송가를 부르거나 생선을 먹지 않을 때는 뜨개질을 해요. 주로 양말이죠. 양말이 필요한 사람들을 위해서요. 겨울에 발이 시리면 정말 끔찍한 데다 여기서는 바닷물에 발이 젖을 수 있으니까요. 큰 양말, 작은 양말 다 뜨지만 대부분은 큰 양말을 떠요. 남자들 그리고 성인이 다 된 소년들을 위해서요. 점점 더 많은 소년들이 이곳을 거쳐 가요. 셔츠와 바지와 모자는 모두 같은 색이지만 양말은 짝짝이예요. 왜냐하면 우린 기부받은 털실로 짜기 때문에 때로는 오렌지색, 때로는 초록색이나 빨간색, 하얀색이거든요. 그래서 신발을 벗기 전까지는 다 똑같아 보여요.

어차피 두 분은 신경 쓰지 않겠지만 매일 저녁 먹고 잠자리에 들기 전에 두 분을 위해 기도한답니다.

사랑하는 딸
앨마

그리고 푸른 봉투에는 이런 편지가 들어 있었다.

사랑하는 에타

이젠 예전처럼 많이 토하지 않아. 입맛도 좋아져서 잘 먹고 있어. 에타, 난 먹는 게 좋아. 요즘엔 생선도 좋아졌어. 너도 구할 수 있으면 한번 먹어봐. 눈알 보고 놀라지 말고.

사랑하는 언니
앨마.

편지를 읽은 에타는 서랍장으로 가서 위에서 두 번째 서랍을 열고 두 개의 스웨터 밑에서 작은 유리병을 꺼냈다. 뚜껑을 돌려서 열고 그 안에 든 물고기 머리뼈를 손바닥에 쏟아냈다. 그러고는 그것을 귀에 바짝 댔다. Ne me mange pas(날 먹지 마세요).

사랑하는 엄마, 아빠

뜨개질을 하다가도 다리에 쥐가 날 수 있다는 거 아세요? 아주 지독했어요. 기도를 해도 사라지지 않더라고요.
(양말 세 켤레 동봉합니다.)

두 분의 딸
앨마

그리고

사랑하는 에타

난 거인이 됐어. 내가 이렇게 커질 줄은 꿈에도 몰랐어. 덩치가 크다고는 생각해본 적이 없는데 말이야. 배뿐만이 아니라 몸 전체가 그래. 발, 머리카락, 가슴. 지금은 내 몸이 내 몸이 아닌 것 같아.

수녀님들은 못 본 척해주셔. 아마 오랫동안 못 본 척하는 훈련을 받았을 거야. 지금 나도 받는 중이고.

하지만 아직 못 본 척할 수 없는 게 있어. 이 작은 섬을 거쳐 가는 소년들. 이젠 수백 명씩 찾아와 섬을 무겁게 짓누르고, 우리가 짠 양말을 엄마가 직접 짜준 것처럼 감사하게 받지. 그들을 보면 짐이 생각나. 물론 짐과 닮은 구석은 전혀 없어. 그런데도 그들에게서 짐이 보여. 우리는 오후 2시부터 3시까지 창가에서 고개를 숙이고 기도해. 하지만 난 그 상태에서도 눈을 들고 삼삼오오 짝을 지어 가는 소년들을 지켜봐. 저들 중에 정말로 짐이 있기를 바라는지 아니면 절대 없기를 바라는지 잘 모르겠어.

하지만 난 행복해. 그런 거 같아. 아니면 행복하진 않고 그냥 여기, 내 자리에 있는 건지도 모르고. 어쨌거나 그건 좋은 거야. 이 섬에서는 어딜 가든 바다의 리듬이 들려.

당연히 네가 보고 싶어. 에타. 건강 잘 챙기면서 똑똑하게, 착하게 지내고 있겠지? 시간 나면 집에 별일 없는지, 넌 잘 지내는지 들려줘.

사랑하는 언니
앨마

그리고

사랑하는 엄마, 아빠

잠시 집에 다녀갈 생각이에요. 여기서 돈을 많이 벌진 못하지만 지금까지 모은 돈과 부모님이 보내주신 소량의 돈을 합하면 두 번의 기차와 페리 삯은 충당할 수 있어요. 이 편지를 쓰는 날에서 한 달 뒤면 어떨까요? 그때쯤이면 괜찮을까요? 좋다고 하시면 당장 집에 가는 티켓을 살게요. 두 분 눈에 제가 별로 달라 보이지 않았으면 좋겠네요. 물론 더 경건해 보이기는 하겠죠. 그리고 아마 더 통통해 보일 거예요. 생선을 많이 먹었거든요. (그리고 바닷가재도요. 바닷가재! 여긴 바닷가재 천지라서 가끔씩 부두나 잔디밭까지 기어 나온 녀석들도 있답니다. 맛보실 수 있게 한 마리 가져갈게요. 분명 에타는 애완동물이나 친구로 키우겠다고 할 테지만요.)

두 분을 사랑하는 딸
앨마

그리고

에타

이제 출산이 코앞으로 다가왔어. 코앞으로 다가온 정도가 아니라 예정일에서 일주일하고도 이틀이나 지났지만. 수녀님들은 별말씀 없이 나를 면밀히 주시하셔. 마거릿 레이놀즈 수녀님은 내 방에서 나와 함께 자라는 지시를 받았어. 침대 옆 바닥에 작고, 아무리 봐도 불편해 보이는 매트리스를 깔고서. 난 마거릿 수녀님께 침대(역시 작지만 그래도)에서 함께 자자고 했지만 수녀님은 거절하셨어. 아마도 지금 내 몸집이 너무 거대해서 함께 잘 수 없다고 생각하실 거야. 아니면 다른 이유 때문일수도 있고. 마거릿 수녀님은 말수가 거의 없으셔. 매일 밤 내가 잠들 때까지 기다린 후에야 잠드시지. 하지만 지금은 몸이 너무 거대하고 이상하고 뜨거워서 난 잘 수가 없어. 그래서 수녀님이 가만히 누워서 잠든 척하는 동안 나 역시 똑같이 누워서 잠든 척해. 아침이면 늘 수녀님이 나보다 먼저 일어나서 매트리스를 접어 침대 밑에 넣어두고 세면대 옆에서 기도를 하셔.

난 이제 아주 완벽하게, 철저하게 준비가 되어 있어. 이 일을 출산이라고 생각하지 않고 내가 아닌 내 몸에 어떤 일, 곧 끝나게 될 어떤 일이 일어난다고 생각하기로 했어. 하지만 늦어질수록 자꾸 어떤 아이일지 생각하게 돼. 잠든 척하면서 마거릿 레이놀즈 수녀님의 깨어 있는 숨소리를 듣는 동안, 난 아이에게 지어줄 이름을 생각해, 에타. 에타가 얼마나 멋진 이름인지 깨달았어. 제임스도(짐은 제임스의 애칭이다-옮긴이).

해변에서 주운 돌이 하나 있는데 파도에 마모돼서 아주 부드러워. 평소에 이불 속에 넣어두었다가 가끔씩 마거릿 수녀님이 늦게 오시거나, 욕실에 계시는 동안 그 동그랗고 서늘한 돌을 꺼내 얼굴이나 목, 가슴에 대지. 아마 주먹 두 개를 합친 정도의 크기일 거야. 작지만 굉장히 무거워.

빨리 집에 갔으면 좋겠다. 엄마 아빠에게 들었지? 딱 한 달만 있으면 돼. 그때는 다행히 모든 게 정상으로 돌아갈 거야. 그리고 마땅한 곳을 찾아내면 내가 수영하는 법을 가르쳐줄게.

사랑을 담아
앨마

그다음에 온 편지는 앨마의 예전 편지와 마찬가지로 같은 주소, 같은 우표, 같은 소인이 찍혀 있었지만 발신인이 달랐다. 그리고 한 통뿐이었다. 수취인은 '앨마 키닉 자매의 가족분들'로 되어 있었다.

독혈증(Toxaemia). 아주 독하게 시작해서 아주 부드럽게 끝나는 단어. 자기들이 아직 모르는 단어가 있다는 것을 깨닫기도 전에 엄마는 이 단어를 아빠에게 속삭였고, 아빠는 마치 아기 새를 안듯 아주 조심스럽게 단어를 안고 계단을 올라가 에타의 방으로 갔다. 그러고는 지금까지 말했던 어떤 단어보다도 부드럽게 그것을 에타에게 건네주었다. 에타는 처음에는 그 단어를 귀에 담았다가 머리에 담았고 불현듯 끔찍하게 가슴에 담게 되었다.

엄마가 에타의 방으로 살며시 들어왔고, 세 사람은 무언가를 안다는 것, 무언가의 진실을 안다는 것이 얼마나 부질없는지 깨달았다.

일주일쯤 지난 후에야 그들은 이 새로운 단어가 그들의 언어에 구멍을 뚫어놓았음을 알게 되었다. 자식을 잃은 부모나 언니를 잃은 동생을 지칭할 수 있는 단어는 없음을 뼈저리게 느꼈다.

그로부터 한 달 뒤, 에타는 사범대학에 입학했다.

5

 에타가 매니토바 주에 머무른 지 사흘, 건조한 사흘이 지났을
때 부츠가 새기 시작했다. 부츠 밖에서 액체가 들어오는 게 아니
라 부츠 안에서 새면서 뒤로 구릿빛 흔적을 남겼다. 아침에는 그
저 작은 방울이 흩뿌려진 정도라서 맨눈으로는 잘 보이지 않았
고 냄새만 살짝 났다. 후각이 예민한 사람들만 맡을 수 있을 정
도로. 하지만 정오가 되자 점들이 쉴 새 없이, 가늘게 흘러내려
두 개의 가는 선이 되었다. 발에서 거미줄이 뽑아져 나오듯이.
오후 중반이 되자 이 선은 마치 와인색 크로스컨트리 스키 루트
처럼 퍼졌다. 후각으로 먹고사는 사람에게는 지독한 냄새일 것
이다. 오후 6시가 되자 발에 통증이 느껴졌다. 이건 좋은 부츠
야. 아주 좋은 부츠라고. 에타가 허공에 대고, 매니토바 주에 대
고 외쳤다. 하지만 발이 아팠다. 부츠가 새고 있었고, 그녀는 기

절할 것 같았다. 젠장. 에타가 중얼거렸다. 그녀의 몸에서 부츠보다 튼튼한 부위는 없다. 그러니 부츠가 찢어졌다면 몸 어디든 그럴 수 있다. 에타는 자리에 앉아 부츠 끈을 풀었다. 미끄러지듯 벗어지는 부츠는 축축했다. 발이 피범벅이었다. 성 프란시스코 같군. 에타는 그렇게 생각했지만 성 프란시스코에게 기도하진 않았다. 누구에게도 기도하지 않았다. 대신 여분의 양말로 발을 감싸고 물 없이 최대한 닦을 수 있는 만큼 손의 피를 닦아내고 번(bun)을 먹었다. 윗부분은 일회용 피클을 얹어서, 아랫부분은 일회용 설탕을 뿌려서. 에타는 버터와 시나몬, 길고 두툼한 뱀이 똬리를 트는 듯한 시나몬번, 일요일마다 오토에게 구워줬던 시나몬번을 생각했다.

부츠에서 해방된 발은 마구 부풀어서 다시 부츠 안으로 들어갈 수 없었다. 게다가 어차피 찢어진 부츠였다. 좋아, 내일 시내에 가서 신발을 사야겠어. 좋아. 에타는 생각했다.

그날 밤, 겨자밭에서 자던 에타는 꿈을 꿨다. 바다가 나오는 꿈. 그리고 배들과 소년들과 남자들과 소년들이 나오고, 물속에서 숨을 쉬었다가 물을 뱉어내고, 모든 것이 시끄럽고 형형색색이지만 어두워지고 점점 더 어두워지고, 여기는 여자들이 있을 곳이 아니니 아래로, 아래로, 더 깊이, 깊이, 깊이 들어가고, 파도가 발과 발목에 찰싹찰싹 부딪치고, 바다는 예상보다 따뜻하고, 리드미컬하고, 위로가 되었다. 하지만 난 여자가 아니야. 힘이 세고 생존력이 강해. 에타는 스스로를 안심시켰다.

이튿날 아침 에타가 잠에서 깼을 때 코요테가 그녀의 발을 핥고 핥고 또 핥고 있었다. 양말은 벗겨져 있었고 출혈은 멎었다. 안녕. 에타가 말했다. 코요테를 방해하기 싫어 몸을 일으키지 않은 채 그대로 누워 있었다. 넌 날 도와주는 거니, 아니면 먹는 거니? 코요테가 에타를 바라보았다. 호박색 눈동자. 개의 눈동자. 응? 에타가 물었다. 코요테는 다시 발을 핥았다. 어쨌거나 고맙구나. 에타가 말했다.

그녀가 일어나서 오줌을 싸고, 생수로 입 안과 틀니가 아닌 생니를 헹구고, 물건을 챙기는 동안 코요테는 계속 옆에 있었다. 에타가 맨발로 조심스럽게 걷기 시작하자 코요테도 따라왔다. 그렇게 몇 시간이고 계속 그녀를 따라 도심 외곽으로, 거기서 다시 도심으로 들어갔고, 바닥에 떨어진 유리 조각과 껌을 조심스럽게 피해 인도를 걷다가 스포츠용품점으로 들어갔다.

우리 가게에는 개가 들어올 수 없습니다. 줄줄이 진열된 하얀 신발 옆에 서서 직원이 말했다.

내 개가 아니에요. 에타가 말했다.

하지만 부인을 따라 들어왔는걸요.

알아요. 그래도 내 개가 아니에요.

음. 직원이 말했다.

음. 에타가 말했다.

직원은 코요테에게 다가갔다. 가! 저리 가! 나가라고!

코요테는 움직이지 않은 채 윗입술을 들어 올려 누런 이빨을

드러냈다.

직원은 뒤로 물러서며 에타를 불렀다. 부인!

내 개가 아니래도요. 에타가 말했다.

그리하여 코요테가 그 자리에서 계속 그녀를 바라보는 동안, 에타는 줄줄이 진열된 운동화, 하나같이 새하얀 운동화를 바라보다 한 켤레를 구입했다. 신발을 신고 걸으니 신선한 이끼 위를 걷는 기분이었다. 코요테는 에타를 따라 가게에서 나와 인도를 걸어 내려갔고 도심 외곽을 지나 다시 들판으로 돌아갔다. 네가 날 애완동물로 생각하는지 아니면 내가 자는 동안 먹으려고 하는지 모르겠다만, 날 계속 따라다니니 이름을 지어줘야겠구나. 코요테는 두 걸음 뒤에서 따라오고 있었다. 에타는 코요테를 볼 수 없었지만 소리는 들을 수 있었다. 널 제임스라고 해야겠다. 그녀는 그렇게 말했고 둘은 계속 걸었다.

그날 밤 제임스는 에타를 먹지 않았다. 그저 약간 떨어져 그녀의 발치에서 잠들었다. 이튿날 아침, 에타가 크래커에 마요네즈를 발라 먹는 동안 제임스는 땅다람쥐를 잡아먹었다. 식사가 끝난 후에는 다시 걷기 시작했다. 동쪽, 늘 동쪽으로 간단다. 나와 함께 가자, 제임스. 에타가 말했다.

네, 네, 갑니다. 제임스가 말했다.

목적지까지 같이 갈래?

글쎄, 두고 보자고.

그날 밤 오토는 제대로 먹지 못한 채 잠자리에 들었다. 버터를 바르고 설탕을 뿌린 빵만 먹었다. 기다리면서 일하는 거야. 오토는 옷을 벗으며 중얼거렸다. 목구멍이 씰룩거렸고 기침이 나올 것 같았다. 시금치는 빨리 자랐고 주변의 잡초도 마찬가지였다. 기다리면서 일하는 거야.

하지만 이튿날 아침, 오토는 시금치 주변의 잡초를 뽑으러 나가지 않았다. 꿈도 꾸지 않은 단잠을 자고 일어나 부엌 찬장 앞에 섰다. 시큰둥한 표정으로. 알파벳 모양의 시리얼. 옥수수 시리얼. 쌀 시리얼. 진짜 음식은 하나도 없었다. 냉동실도 마찬가지였다. 진짜 음식이 먹고 싶었다. 오토는 평생 마른 체격이었는데 이제는 속이 텅 비어버렸다. 피부는 점점 얇아지고, 점점 투명해졌다. 레시피 카드는 그가 둔 그대로, 식탁의 사용하지 않는 공간을 따라 에타의 편지 옆에 완벽하게 정렬되어 있었다. 오랫동안 사용하지 않아 색이 바래 있었다. 밀가루와 버터, 설탕의 비율은 이미 에타의 머리와 손에 배었기 때문이다. 오토는 아침/간식 부문에서 카드 하나를 뽑아 들었다.

시나몬번
(논디스 숙모님의 조리법)

준비물:

이스트 1tbs

우유 한 컵 반

백설탕 1/4컵

소금 2tsp

쇼트닝 반 컵(버터가 제일 좋음)

달걀 1개

밀가루 다섯 컵에서 다섯 컵 반

흑설탕 한 컵 반

시나몬 1과 1/2tsb

만드는 법:

이스트를 부풀린다. 우유를 데워 큰 그릇에 붓는다. 여기에 설탕, 소금, 쇼트닝을 넣는다. 녹을 때까지 저었다가 실온이 될 때까지 식힌다. 부풀린 이스트와 달걀을 넣는다. 다시 잘 저어준다. 밀가루 세 컵을 먼저 넣고 젓다가 적당하다 싶을 때 나머지 두 컵(혹은 두 컵 반)을 넣는다. 미리 밀가루를 발라둔 도마에 반죽을 붓고 매끄러운 공이 될 때까지 잘 치댄다. 두 배로 부풀린다.

부풀린 공을 주먹으로 쳐서 똑같은 크기의 공 두 개로 나눈다. 10분간 둔다. 두 개의 공을 밀대로 밀어 사각형으로 만든 다음,

녹인 버터를 솔에 묻혀 여러 번 발라준다. 흑설탕과 시나몬을 섞어 사각형 반죽에 뿌린다. 반죽을 돌돌 말아 끝부분을 잘 붙인다. 2.5센티미터 간격으로 잘라 베이킹 접시나 오븐 팬(팬이 더 지저분해짐)에 촘촘히, 하지만 서로 달라붙지 않게 넣는다. 맨 윗부분에 솔로 우유를 바른다(오토에게 만들어줄 때는 흑설탕과 버터를 첨가). 두 배로 부풀린다. 190도에서 25분간 굽는다.

레시피 카드가 들어 있던 서랍 속 베이지색 상자 옆에 반듯하게 접힌 앞치마가 있었다. 오토가 앞치마를 들어 올리자 접혀 있던 자락이 툭 떨어졌다. 에타의 냄새가 피어올랐다가 사라졌다. 앞치마 위쪽 고리에 머리를 넣고 가운데 끈을 등 뒤에 묶은 다음, 레시피 카드를 집어 들고 실눈을 떴다. 혹시라도 더 확실하고 비밀스러운 방법이 숨어 있을지 몰라 카드를 코앞에 댔다. 어쩌면 글씨 뒤에서 더 작은 글씨가 떠오를지도 모른다. 하지만 아니었다. 그저 '이스트를 부풀린다'라고만 적혀 있었다.

나머지도 마찬가지였다. 좋아, 에타와 나는 같은 언어를 사용해. 그러니 이것만으로 충분히 뜻이 통하고 쉽게 만들 수 있을 거야. 오토는 그렇게 생각하며 레시피 카드를 조리대에 내려놓았다. 찬장 문을 열고 이스트를 꺼냈다. 여기 부풀린 이스트가 있군. 오토는 조그맣게 중얼거렸다.

처음 구워낸 시나몬번은 육포처럼 질겼다. 부풀어 올라야 할 반죽은 그릇 속에 죽은 듯이 누워 있었다. 좋아, 좀 더 연구해야 겠군, 좋아. 오토는 혼잣말로, 레시피 카드에 대고 말했다. 그러고는 질긴 시나몬번을 최대한 부드럽게 하기 위해 크림과 애플 소스를 잔뜩 뿌려 먹었다.

며칠 후 두 번째 시나몬번에 도전하려던 오토는 기름으로 얼룩져 알파벳 순서대로 정렬된 레시피 카드를 바라보았다. 그러다가 끝에서 두 번째 카드를 발견하고 비로소 깨달았다.

이스트 부풀리기

(마른 이스트용. 이스트가 살아서 움직인다는 걸 증명하기 위해.)

준비물:
마른 이스트
따뜻한 물
백설탕

방법:
작은 컵에 따뜻한 물을 받아 이스트를 넣는다. 설탕을 두세 꼬집 넣는다. 5~10분간 기다린다.
살았다=거품이 나면서 따뜻한 냄새가 난다. 죽었다=죽었다.

오토는 이스트와 설탕을 꺼내고 물을 데웠다. 세 개를 모두 섞고 15분간 기다렸다. 아무 변화도 없었다. 혹시 몰라서 15분을 더 기다렸다. 아무 변화도 없었다. 5분을 더 기다렸다. 여전히 아무 변화도 없었다. 좋아, 이제 확실하군. 죽었다=죽었다. 오토는 빵 굽는 걸 그만두고 쿱(co-op, 슈퍼마켓 체인점-옮긴이)에 가서 새 이스트를 샀다. 저녁으로 먹을 빵과 치즈, 피클도 함께.

2.5번째로 구운 시나몬번은 한결 나았다. 이스트가 부풀었고 냄새는 기가 막혔으며 그릇 속 반죽은 주먹으로 내려쳐야 할 정도로 솟아올랐다. 치대기가 가장 즐겁다고 오토는 반죽 속에서 손을 위아래로 움직이며 생각했다. 이거야말로 만드는 사람과 음식이 만나는 접점이었다. 부드러우면서 거칠게 내려쳐야 했지만 어디까지나 부드럽고 조심스러워야 했다. 행군처럼 리듬이 있었다. 일단 시작하면 손이 자동으로 움직였고 마음이 편안했다. 계속, 계속.

이번에 구운 시나몬번은 한결 나았지만 여전히 너무 질겼다. 오븐에서 막 꺼냈는데도 구운 지 사흘은 된 것 같았다. 결국 새들 차지가 되었다.

반죽을 얼마나 치댔는데요? 셰릴이 물었다. 그녀는 쿱에서 판매 중인 담배의 유통기한을 확인하고 있었다. 카운터에 담배를 모두 꺼내놓고 브랜드별로 정렬해둔 탓에 색색깔의 담뱃갑이 무지개처럼 켜켜이 줄무늬를 이뤘다.

글쎄, 잘 모르겠는데. 15분쯤? 20분? 오토가 말했다.

20분이라고요! 빵 코너에서 빵 부스러기를 쓸어 담고 있던 웨슬리가 외쳤다.

그게 문제였네요. 두말할 것 없이. 셰릴은 그렇게 말하며 한 손을 들어 올려 다섯 손가락을 폈다. 길어야 5분이에요.

5분? 오토가 말했다.

길어야! 웨슬리가 외쳤다.

오토가 세 번째로 구워낸 빵은 부드럽고 잘 부풀었으며 달콤했다. 그는 오렌지색으로 물든 오븐 창을 영화를 보듯 지켜보았다. 구운 빵이 식은 후에는 들판을 가로질러 러셀의 집으로 가 현관문을 두드렸다. 약간의 시간이 흐르고 소리가 나더니 러셀이 문을 열었다.

아, 어서 오게, 오토. 러셀이 문틈을 가로막고 있어 오토는 집 안을 볼 수 없었다.

안녕한가, 러셀. 오늘 꽤 덥지?

엄청나군.

사슴은 봤나?

오늘은 못 봤네.

내일은 볼 수 있을 거야.

응. 나도 그리 생각해.

음……. 내가 빵을 좀 구웠네.

러셀이 아무 대답도 없자 오토는 말을 이었다.

내가 빵을 좀 구웠어. 시나몬번을 가져왔네. 갓 구운 거야.

러셀은 오토의 겨드랑이 밑에 푸른색과 하얀색 면 타월로 감싼 꾸러미를 바라봤다. 그러고는 뒤로 약간 물러섰다. 그럼 들어 오게. 러셀은 오토가 들어올 수 있을 정도로 비켜났다.

러셀의 부엌은 아주 좁았고 사방에 물건을 담아둔 상자가 있었다. 자동차와 트럭, 트랙터의 부품이 담긴 상자, 동물에 관한 책이 담긴 상자, 나사, 못, 압정이 담긴 상자. 오븐에 빵을 데우기 위해 러셀은 깨끗이 씻어둔 유리병이 담긴 상자를 치웠다. 그들은 버터를 바르지 않고 빵만 먹었다.

맛이 좋군. 가져다줘서 고맙네. 러셀이 말했다.

에타도 가끔씩 자네에게 이런 걸 가져다주니까. 그래서 나도 가져왔네.

에타가 구운 것만큼이나 맛있군.

두 사람은 말없이 창밖을 내다보며 먹었다. 태양이 오렌지색과 빨간색으로 저물고 있었다. 빵을 다 먹고 나자 러셀은 자리에서 일어나 머리 위의 조명등을 켰다.

오토, 나도 알고 있네. 에타가 떠난 걸. 러셀이 말했다.

창밖을 바라보던 오토가 몸을 돌렸다. 자네가?

에타가 내게 편지를 보냈어. 몇 주 전에. 러셀이 오토의 어깨 너머로 게시판을 가리켰다. 빛바랜 편지 한 장이 압정으로 꽂혀 있었다.

친애하는 러셀

편지는 그렇게 시작되었다.

잠시 떠나야겠어요. 부탁이니 오토를 잘 돌봐주세요. 원래 당신이 잘하는 일이니까요.

(당신의 친구)
에타

그게 전부였다. 편지 옆에는 편지가 들어 있던 봉투가 역시 압정으로 꽂혀 있었다. 에타의 필체로 쓴 러셀의 이름과 주소, 22일 전 스트라스부르에서 찍힌 소인이 있었다.

하지만. 하지만, 자넨 한마디도 안 했잖나, 러셀. 내가 거짓말을 하는 걸 듣고만 있었다고.

자네가 민망해할까 봐 그랬네. 화가 나기도 했고.

내가 거짓말을 해서?

에타를 그냥 보냈다는 사실에.

아직도 화가 났나?

러셀은 생각했다. 그래. 하지만 이젠 좀 덜하네. 자넨 여위었어, 오토. 러셀은 잠시 머뭇거리다가 말을 이었다. 에타가 어디 있는지 말해주겠나?

오토는 대답할 수 없었다. 그도 알지 못했기 때문이다. 알고 싶지도 않았고, 러셀이 아는 것도 원치 않았다. 그래서 대신 에타의 첫 번째 편지에 대해 말해줬다. 에타의 도보 여행과 호수에 대해.

만약 에타가 잊어버리면 어떻게 할 텐가? 자기 이름과 집, 남편이 누군지 잊으면 말이야. 먹고 마시는 것도 잊고, 자기가 어디로 가는지도 잊어버리면 어쩔 거냐고.

먹고 마시는 걸 잊는 사람은 없네, 오토.

전과 똑같아. 역할이 바뀌었을 뿐 전과 똑같아. 자네와 에타가 바뀌었을 뿐이야. 그리고 나, 나는 늘 여기 있지.

★★★

70년도 더 전, 은행이 파산을 선고하고 러셀이 아버지를 여의기 서너 달 전에 러셀의 여섯 번째 생일이 돌아왔다. 러셀의 아버지는 생일 선물을 주기 위해 러셀을 시내에 있는 자기 가게로 데려가 원하는 물건을 골라보라고 했다. 아들의 두 살 생일부터 매해 그랬듯이. 두 번째 생일에 러셀은 레몬 사탕을 골랐다. 세 번째 생일에는 아름답게 반짝거리는 알루미늄 포일을 골랐다. 네 살 때는 자기 몸집에 비해 너무 크지만 엄마의 약속대로라면 여덟 살 때부터 쓸 수 있는 삽을 골랐다. 다섯 살 때는 다시 레몬 사탕을 골랐다. 이번 여섯 살 생일에는 요리책과 신문들 사이에 끼어 있는 책 한 권을 발견했다. 묵직한 장정본으로 표지에 늑대, 새, 사슴, 뱀이 친구처럼 사이좋게 모여 있었다. 러셀은 천으로 된 커버를 손끝으로 쓰다듬었다. 결을 따라, 혹은 결을 거슬러. 이거요. 러셀이 말했다.

『서부 캐나다의 동물 추적과 사냥』? 정말 이걸 갖고 싶니? 아버지가 물었다.

러셀은 손끝으로 늑대, 새, 사슴, 뱀을 쓰다듬었다. 네, 정말로요.

그날 저녁 러셀은 아버지 무릎에 앉아 함께 책을 뒤적였다. 대부분 글자였지만 중간쯤에 다양한 동물들의 발자국을 종에 따라 알파벳 순서로 정렬한 흑백 그림이 있었다. 난 이 발자국이 마음에 들어요. 러셀이 손가락으로 가리켰다. 토끼 얼굴 같아요. 입이 없는 것만 빼고요.

사슴 발자국이구나. 아버지가 말했다. 사슴과(科)에 속하는 동물들은 모두 발자국이 비슷하구나. 다들 토끼 얼굴이야, 그렇지? 아버지는 명단을 가리켰다. 카리부, 엘크, 무스, 노루, 흰꼬리사슴……

이런 발자국을 따라가면 사슴을 볼 수 있어요? 러셀이 물었다.

아주 조용히, 부드럽게, 인내심을 가지고 따라가면 볼 수도 있지.

와. 러셀이 말했다.

하지만 우리 마을에는 사슴이 많지 않아.

그래도 한두 마리는 있겠죠?

아마 한두 마리는 있을 거야.

와. 러셀이 말했다. 와 와 와.

그날 밤 오토는 컴컴한 들판을 가로질러 조심스럽게 천천히 집으로 걸어갔다. 어찌나 어두운지 밀밭을 가로지르는 길이 보이지 않을 정도였다. 예전에 술에 취해 집으로 가던 때가 생각났다. 러셀과 함께 보걸 농장을 가로지른 적도 있고, 짜증 날 정도로 조용한 프랑스의 한 마을을 생면부지의 사람들과, 또 한 번은 오언과 지나간 적도 있었다. 하지만 에타와 결혼한 후로는 술을 많이 마시지 않았다.

오토는 곧장 잠자리에 들었다. 평소보다 늦은 시각이었다. 세 시간쯤 잤을 때,

오토!

문을 쾅쾅. 발로 뻥뻥. 그리고 고함 소리.

오토!

오토는 벌떡 일어나 앉았다. 지금 여기가 어디인지, 몇 시인지 확인했다. 침실이었고, 새벽 3시가 막 넘은 시각이었다.

오토!

러셀이었다. 러셀이 소리를 지르고, 발로 문을 뻥뻥 차고 있었다. 술에 취했나? 그럴 수도 있다. 불편한 다리 때문에 러셀은 문을 찰 때마다 문틀에 몸을 기대야 했다. 오토가 문틀에 기댈 때마다 부드럽게 삐걱거리는 소리가 났다. 삐걱 쿵쿵. 오토! 삐걱 쿵쿵. 오토는 커튼을 젖히고 침대 옆 창문을 열었다. 현관문

과 같은 방향으로 난 창문이었다.

러셀. 맙소사. 지금 새벽 3시야.

빨리 가야 해! 러셀이 말했다. 취한 거 아닐세. 행여나 내가 취해서 이런다고 생각하지 말게, 오토. 빨리 가야 해! 지금 당장! 가서 에타를 찾아야 해, 오토. 오토! 에타가 객사할지도 몰라! 이미 객사했을지도 모른다고! 당장 신발을 신게. 내가 트럭을 가져왔어. 아침이면 매니토바 주 경계선에 도착할 거야.

오토는 목재 창틀 너머로 상체를 내밀었다. 배가 창틀에 닿자 하얀 페인트 조각이 아래로 떨어졌다. 그는 속옷 바람이었다. 이 나라가 좀 넓은 줄 아나? 그가 말했다.

알아, 알아, 그러니까 가자는 거야, 오토. 그러니까!

난 가지 않겠네.

오토!

싫어.

하지만 젠장, 오토!

싫어. 싫어, 러셀. 난 가지 않겠네.

참 대단한 남편이구먼. 지랄맞게 대단한 남편이야. 러셀은 그렇게 말하고 다시 문을 발로 찼다. 더 세게. 너무 세게 차는 바람에 균형을 잃고 뒤로, 트럭 쪽으로 비틀거렸다. 그럼 나 혼자 가겠네. 지금 당장, 혼자 가겠어. 더럽게 잘난 남편이야. 러셀은 그렇게 말하고 오토를 등진 채 돌아섰다.

에타가 원치 않을 거야, 러셀. 오토가 나직이 말했다. 하지만 이미 왈츠를 추는 듯한 걸음으로 트럭에 올라타 전조등을 켠 러셀에게는 너무 나직해서 들리지 않았다. 전조등은 현관을 대낮처럼 환히 비췄다.

***

어느 늦은 밤, 보걸 집안의 아이들은 양말에 닳아 반들반들해진 마룻바닥에 귀를 납작 댄 채 바로 아래, 부엌에서 나는 소리에 귀를 기울였다.

······라디오를 버릴 순 없어! 비싼 거라고.

비싸긴요. 당신이 잡동사니로 만든 거잖아요.

그렇긴 하지만 일반적으로 라디오는 비싼 물건이야······. 라디오를 버려도 소용없다는 거 알잖아.

아이들이 그 얘길 들으면—

라디오가 없어도 듣게 될 거야.

못 들을 수도 있어요.

듣게 될 거라니까.

그래도 나중에 듣겠죠.

이젠 애들도 마냥 어리진 않아. 에이머스, 월터, 오토······. 아이들이 자라는 걸 막을 순 없다고.

하지만 못 가게 막을 순 있어요.

어쩌면.

케나스톤에 사는 시프스 씨 부부는 자식이 하나뿐이에요. 말라깽이 베네딕트. 열여섯 살. 근데 그 애도 떠났다고요.

음, 우리는 하나가 아니잖아······.

······.

농담이야.

알아요.

나도 애들이 떠나는 게 싫어. 알지?

네, 알아요.

컵을 포개는 소리.

혹시 음악 나오는 채널이 있는지…….

음악 나오는 채널은 없어요. 뉴스뿐이라고요.

그래도 한번 찾아볼게.

지글지글 찌지직거리며 채널 돌아가는 소리가 들리더니 마침내 잡음 속에서 클라리넷과 나직한 호른, 피아노의 느릿한 재즈 연주가 점점 또렷해졌다. 더불어 음악에 맞춰 조심스럽게 스텝을 밟는 발소리가 들렸다.

형제들이 얼굴 한쪽에 널빤지 결이 벌겋게 찍힌 채 뿔뿔이 흩어져 침대로 돌아가는 동안 오토는 불현듯 냉정하게 깨달았다. 엄마가 그토록 두려워하는 것이 바로 자신임을, 혹은 자신 안에 있는 무언가임을. 그래서 자신도 그토록 두려웠음을. 머지않아 이곳을 떠나게 되리라는 것을. 아무에게도, 심지어 러셀에게도 말하지 않았지만 그렇게 떠난다고 생각하니 미치도록 슬프면서 미치도록 신났다.

이튿날은 오토가 학교에 가는 날이어서 농장 일이 없는 형제들과 함께 졸린 눈을 비비며 발을 질질 끌고 학교에 갔다. 하지만 학교에 도착하니 현관문이 잠겨 있고, 다른 학생들은 학교 앞마당에 서 있었다.

문이 잠겼어. 다들 지쳤는데 안에 들어갈 수가 없어. 옅은 금발을 양 갈래로 땋아 내린 말라깽이 소녀가 말했다.

랭커스터 선생님은 어디 계셔? 월터가 물었다. 월터는 학교에서 제일 연장자였고, 키도 머리 하나 차이로 제일 컸다.

금발 소녀는 입을 다문 채 어깨를 으쓱이더니 친구들에게 달려갔다.

고학년 그룹에 속한 또 다른 소녀, 걸핏하면 월터를 바라보고 월터 이야기를 하던 소녀가 마당 너머에서 소리쳤다. 먼지. 분명 먼지 때문이야, 월터. 그러고는 침을 뱉었다.

랭커스터 선생님이 사라진 건 놀랄 일이 아니었다. 지난 3주 동안 침묵 속에서 학생들을 가르쳐왔기 때문이다. 고퍼랜즈 학교에서 교편을 잡은 이후로 랭커스터 선생님은 늘 환기와 채광을 위해 교실 문을 열어둔 채 수업했다. 이는 강력한 북서풍을 타고 날아온 머나먼 들판의 먼지가 수업하느라 종종 벌어져 있던 그의 입으로 매일, 하루 종일 직행했다는 뜻이다. 랭커스터 선생님은 도시 출신이라서 침을 뱉어야 한다는 걸 몰랐다. 밤이면 돌아누운 아내의 등에 찰싹 달라붙은 채 마치 용처럼 숨을 쉴 때마다 먼지를 뿜어냈다. 그 때문에 그의 아내는 아침마다 칠판지우개를 털 듯 머리카락을 탁탁 털어야 했다. 고퍼랜즈 학교에서 10년 넘게 교편을 잡은 랭커스터 선생님은 목소리가 갈수록 잠기더니 급기야 한 마디도 못하게 되었다. 그래서 손짓을 하고 칠판에 그림을 그려가며 수업을 하다가 마침내 학교 이사회에서 그 사실을 알게 된 것이다.

그리하여 선생님이 사라진 학생들은 메마른 잔디 위에 서너 명씩 짝지어 앉아 햇볕에 목덜미를 발갛게 달군 채 이야기를 하거나 게임을 하거나 낮잠을 자면서 시간을 보냈다. 한 시간쯤 지났을 때 군청색 정장을 입은 남자가 땀을 뻘뻘 흘리며 태양과 같은 방향에서 그들 쪽으로 힘겹게 걸어왔다. 그래, 안녕, 미안하다, 미안해. 남자는 그렇게 말하더니 수십 개의 열쇠가 달린 고리를 요란하게 쨍그랑거리며 그중 한 열쇠로 교실 문을 열었다. 자리에 앉거라. 소란 피우지 말고. 남자는 그렇게 말하고는 칠판에 산수 문제 다섯 개를 적었다. 자, 조금 있다 설명할 테니 먼저 이 문제를 풀거라. 산수 문제. 학생들이 고개를 숙이고 말없이 문제를 푸는 동안, 그는 랭커스터 선생님의 책상에 앉아 서랍을 뒤졌다. 여전히 땀을 뻘뻘 흘리면서.

오토에게는 꽤나 쉬운 문제였다. 평생토록 형제자매의 수를 세고, 농장 일을 나누기하고, 1인당 돌아갈 몫을 곱해왔기 때문이다. 오토가 문제를 다 풀고 빈둥거릴 때 오언이 반으로 접은 쪽지 하나를 건넸다. 오토는 쪽지를 펼쳐 보았다.

이름이 뭐야?

질문은 쪽지 맨 위에 적혀 있어 아래쪽에 여백이 많았다. 오토는 이름을 쓰고 쪽지를 접어 다시 오언에게 건넸다. 오언은 쪽지를 펼치고 다시 무언가를 적어 오토에게 건넸다. 둘은 한동안 그렇게 쪽지를 주고받았다.

이름이 뭐야?
오토 보걸.
기분이 어때?
자라해. (지루해)
나도. 이 남자는 역겨워. 짐승 같아.
어쩜 개나 말일지도. (어쩌면)
난 말이 무서워.
알아.
오늘 수업 끝나고 함께 가도 돼?
넌 서쪽(에) 살고, 우린 동쪽(에) 살아. 그러니까 카챠 갈 수 없어. (같이)
괜찮아. 난 걷는 게 좋아.
러셀과 난 아주 천천히 걸어. 넌 소거 터질 거야.

오언은 오토의 손에서 펜을 빼앗아 '속이 터질 거야'라고 썼다.
선생님의 책상을 뒤지던 양복쟁이는 원하는 걸 찾았는지 '신이여 국왕 폐하를 지켜주소서'의 진정한 의미에 대해 쓴 학생의 숙제 뒷장에 다급히 무언가를 끄적거렸다. 그러더니 자리에서 일어났다. 여러분! 문제 다 풀었죠? 슬픈 소식이 있습니다. 여러분도 알다시피 랭커스터 선생님은 여기 없습니다. 앞으로도 영영 없을 겁니다. 짐작이 가겠지만 선생님의 목소리는 먼지가 돼버렸습니다. 이제는 교편을 잡을 수 없어서 대신 전쟁터로 갔습니다. 여러분에게는 슬픈 소식일 겁니다. 나도 유감스럽게 생각합니다. 자, 이제 날 위해 심부름을 해줄 사람이 필요한데 다리가 튼튼한 지원자 있나요?

책상 아래로 긴 다리를 구겨 넣고 있던 위니가 손을 번쩍 들었다. 위니는 10분 이상 앉아 있으면 늘 좀이 쑤셨다. 지원자는 위니뿐이었다. 그래서 땀을 뻘뻘 흘리던 남자는 위니에게 8킬로미터를 달려 시내에 있는 대학에 이 공고문을 전달해달라고 했다. 남자가 대학까지 가는 길을 다 말해주기도 전에 위니는 교실 밖으로 달려 나갔다. 어차피 이 동네는 길이 하나뿐이었다.

30분쯤 달려 중간 지점에 도착했을 때 위니는 아침을 먹기로 하고, 왼손에 쥐가 나도록 들고 있었던 사과를 먹었다. 공고문은 오른손에 있었다. 사과를 먹는 동안 자신이 전하는 편지가 무슨 내용인지 확인하기 위해 허술하게 봉해진 봉투를 열어 봤다. 예전에 랭커스터 선생님에게 햄릿 이야기를 들은 적이 있기 때문에 공고문의 내용을 미리 알아두는 게 좋을 듯했다(햄릿의 친구인 로젠크란츠와 길덴스텐은 햄릿을 처형하라는 덴마크 왕의 친서를 영국 왕에게 전달하라는 명령을 받는다. 하지만 이를 알아챈 햄릿이 자신이 아닌 두 사람을 처형하라는 내용으로 친서를 바꿔버리고 결국 둘은 처형된다-옮긴이). 진한 검은색 잉크로 휘갈겨 쓴 공고문은 이렇게 적혀 있었다.

긴급 공고

고퍼랜즈 일반 학교에서 급하게 구인 중:
선생님 한 분. (전 학년을 다 가르칠 수 있어야 함.)
자격 사항:
ㅡ적절한 교육 이수자.
ㅡ교사 사택에 거주해야 함.
ㅡ문을 닫고 가르칠 것. (남쪽 혹은 동쪽으로 난 창문은 때에 따라 열 수도 있음.)
지원자는 광역 담당관인 윌러드 갓프리*에게 가능한 한 빨리 연락 바람.

*전보나 서신으로 연락 바람. 혹은 시립 부서 사무실(메인 가 143번지)이나 도심으로 들어가는 길 왼쪽에서 세 번째 집(노란 문)으로 직접 찾아와주기 바람. 저녁 9시 이후에는 전화하지 마시오.

죽을 염려는 없다는 걸 확인한 위니는 다시 공고문을 접고, 사과를 먹느라 끈끈해진 손가락을 이용해 다시 편지를 봉했다. 땅을 차서 구멍을 파고 그 안에 사과 심지를 버린 다음, 다시 흙으로 덮었다. 그러고는 남은 4킬로미터를 달렸다.

대학에 도착했을 때 사무실 문을 열어준 소녀는 위니와 동갑으로 보였다. 다만 더 말끔했고 머리를 하나로 땋아 내렸다. 무슨 일이세요? 소녀가 물었다.

공고문을 전달하러 왔는데요. 위니는 그렇게 말하며 오른손, 덜 끈끈한 손으로 공고문을 건넸다.

고마워요. 소녀가 말했다. 소녀라기보다는 아가씨였다. 그녀와 똑같은 옷을 입은 여자들이 위니를 안 보는 척하면서 지나갔다.

괜찮으면 들어와서— 소녀가 말문을 열었지만 위니는 못 들은 척하고 돌아서서 다시 달리기 시작했다. 도심 밖으로, 학교로. 그녀의 제안이 괜찮을지 아닐지 알 수 없었기 때문이다.

이튿날 러셀이 학교에 갈 차례가 되었을 때 수업은 취소되었다. 문에는 공지가 붙어 있었다.

미안합니다.
오늘 수업은 취소됐습니다. 내일 다시 와주세요.
고맙습니다. 미안합니다.

이튿날 오토가 학교에 갈 차례가 되었을 때 교실 문은 다시 열려 있었고, 교단에는 지금껏 누구도 본 적이 없는 여자가 서 있었다. 아이들이 체구에 비해 너무 작은 책상에 다 앉고 나자 여자는 교실 뒤로 걸어가 문을 닫았다. 오토는 다시 교단으로 걸어가는 여자의 종아리를 바라보았다. 멋진 종아리였다. 자기보다 나이가 많을 것 같진 않았다. 분명 에이머스 형이나 마리 누나보다 어렸다. 다시 교단에 선 여자는 박수를 한 번, 두 번 치고 목청을 가다듬었다. 음, 안녕하세요, 여러분. 다들 공부할 준비 됐나요? 난 여러분의 공부를 도와줄 키닉 선생님이에요. 에타 키닉. 새로 온 선생님이죠. 그녀는 그렇게 말하고 빙그레 웃었다.

사범대학에서 공부하는 에타의 반에는 모두 열다섯 명의 여학생이 있었다. 다들 스코틀랜드 킬트처럼 주름이 잡힌 벽돌색 스커트에 각기 다른 흰 블라우스를 입었다. 블라우스는 색깔이 희고 말끔히 다려 입기만 한다면 본인의 것을 입을 수 있었다. 몇몇 학생은 학교에서, 강의실 위층에 있는 기숙사에서 살았는데 지각이라도 할라치면 에타의 머리 위에서 서둘러 계단을 내려오는 발소리가 점점 커지곤 했다. 하지만 에타는 부모님과 함께 살았다. 트램을 타면 겨우 20분이었고, 걸어가면 45분이었다. 집에서 다니는 게 돈이 덜 들기도 했지만 꼭 그 때문만은 아니었다. 두 딸 모두 없으면 집이 너무 고요하고 쓸쓸할 터였다.

에타는 2년제 대학인 이곳에서 2학년이었다. 그러던 어느 날, 교실로 걸어가는 길에 1학년생인 캐럴라인이 학교를 찾아온 방문객에게 현관문을 열어주는 것을 보았다. 문밖에는 먼지를 뒤집어쓴 채 헉헉거리는 소녀가 서 있었다. 농장에 사는 소녀 같았고 겁에 질린 표정이었다.

그날 오후, 훈육의 요소 수업 시간에 담당 교수는 고퍼랜즈 학교에서 온 공고문을 2학년생 열다섯 명에게 큰 소리로 읽어주었다. 세부 사항을 적어 내려가는 학생들의 사각거리는 연필 소리와 가빠진 숨소리에 에타의 귀가 따끔거릴 정도였다. 이 지역에서는 수년간 교사 채용 공고가 없었다. 사범대를 졸업한 학생들은 다들 결혼하고, 아이를 서넛 낳고, 집에서 빵 반죽을 치대고, 자장가를 불러주며 여생을 보냈다. 교수는 공고문을 읽어준 뒤, 수업이 끝나고 원하는 학생들이 볼 수 있도록 교탁 앞쪽 구석에 공고문을 둔 다음, 막대와 돌('막대와 돌이 내 뼈를 부러뜨릴 수는 있어도 말은 결코 나를 해치지 않는다'는 동요에서 비롯된 것으로 놀림받는 아이들에게 싸우지 말고 조롱을 무시하라는 의미의 가르침-옮긴이)에 대한 강의를 계속했다. 에타는 머릿속으로 100까지 셌다가 다시 거꾸로 셌다. 그러다 0이 되었을 때 손을 번쩍 들었다. 교수가 아무 질문도 하지 않았는데도. 교수는 하던 말이 끝나고 노트에서 눈을 든 후에야 에타가 들어 올린 손을 보았다. 무슨 일입니까, 키닉 양? 교실 곳곳에서 그녀에게 시선이 쏟아졌다.

화장실 좀 다녀와도 될까요? 에타의 목소리는 긴장되어 있었다.

네, 네, 물론이죠.

흥미를 잃은 학생들은 다시 교단으로, 책으로, 각자의 생각으로 돌아갔다.

교실 문을 닫자마자 에타는 달리기 시작했다. 학교를 빠져나가 크리크 레인을 내려가 빅토리아 가를 향해, 그런 다음 빅토리아 가를 내려가 메인 가로, 메인 가를 따라가며 번지수를 세기 시작했다. 121, 123, 125, 127, 127A, 131, 133, 135, 137, 139, 141, 그리고 마침내 143. 에타는 숨을 골랐다. 머리의 핀을 다시 꽂았다. 모자를 쓰고 왔더라면 좋았을 텐데. 셋까지 센 다음, 시립 부서 사무실로 들어갔다.

고퍼랜즈 교사 채용 공고를 보고 왔는데요. 등 뒤로 맞잡은 손이 떨렸지만 얼굴은 엄격해 보일 정도로 차분하고 어른스러웠다.

아, 아, 네, 잘됐네요. 사범대 출신인가요?

네.

나이도 적당하고요?

네. 적당한 나이가 몇 살인지는 몰라도 에타는 자신이 충분히 적당한 나이라고 생각했다.

문을 닫고 수업할 수 있나요?

네.

그럼 됐습니다. 좋아요. 이 서류에 서명하세요. 하루 줄 테니까 그사이에 짐을 챙겨서 교사 사택으로 가세요. 수업은 모레부터 시작하고요.

그걸로 끝이었다. 에타는 서류에 서명하고, 윌러드 갓프리와 악수한 다음, 사무실에서 나가 메인 가로 갔다. 눈을 한 번, 두 번 깜빡인 다음, 다시 학교로 달려갔다.

그날 수업이 끝난 후, 열네 명의 여학생들은 모두 메인 가 143번지로 갔고 모두 똑같은 안내문을 보았다.

찾아와주신 선생님들 고맙습니다.

채용은 이미 끝났습니다.

미안합니다.

W. G.

　열성적인 몇몇 학생은 도심으로 들어가는 길 왼쪽에서 세 번째 집으로도 가보았으나 노란 대문에는 역시 같은 안내문이 붙어 있었다.

　찾아와주신 선생님들 고맙습니다.
　채용은 이미 끝났습니다.
　미안합니다.
　W. G.

6

제임스는 노래하는 걸 좋아해서 늘 노래했다. 코요테의 목소리는 오보에와 약간 비슷해 감미로웠다. 에타는 가끔씩 제임스와 함께 노래를 부르기도 하고, 가끔은 그냥 듣기만 했다. 제임스는 대개 카우보이 노래를 불렀다. 가끔은 찬송가나 개에게 배운 대중가요를 부르기도 했다. 하지만 그건 어쩌다 한 번이었고, 대부분은 카우보이 노래를 불렀다.

오 외로운 초원에 날 묻지 말아주오
코요테가 울부짖고 바람이 자유로이 불어대는 초원에는
세로 15센티미터, 가로 8센티미터짜리 좁은 관에 묻어주오—
오 외로운 초원에 날 묻지 말아주오

에타도 콧노래로 따라 불렀고, 그들은 보폭을 좁게 해서 걸었다. 늦은 오후에 걷는 걸음처럼. 피곤하지만 계속 목적지를 향해 나아가는 걸음. 해는 점점 길어지고, 기온은 올라갔다. 이젠 새벽 5시 반이 되기도 전에 해가 떴다가 저녁 9시가 넘어서 졌다. 에타는 돌멩이를 발로 찼다. 길에 돌이 더 많아졌다. 그들은 온타리오 주로 끌려가고 있었다. 제임스는 숨을 쉬려고 노래를 잠깐 멈출 때마다 온타리오 주의 냄새를 맡을 수 있었다. 제임스가 '오' 하고 나서 또 노래를 잠깐 멈췄을 때 에타가 끼어들었다.

아침까지 도착하지 않으면 에이머스 형이 싫어할까? 난 정말 피곤한데. 에타가 갑자기 걸음을 멈추며 말했다.

앞장서서 걷고 있던 제임스가 걸음을 늦춰 에타 옆에 섰다. 싫어할 리가 있어? 이제 그만 쉬고 아침에 다시 걷자. 제임스가 말했다.

에타가 잠든 뒤, 제임스는 몸을 동그랗게 말고 잠을 청할 작정이었지만 그 전에 에타의 가방을 뒤져 종이 한 장을 꺼냈다. 이빨 자국이 너무 선명히 나지 않도록 조심해서.

너는

종이에는 이렇게 적혀 있었다.

너는

96

디어데일 농장에 사는 에타 글로리아 키닉. 올해 8월로 83세.

가족:

마타 글로리아 키닉. 어머니. 주부. (사망)

레이먼드 피터 키닉. 아버지. 기자. (사망)

앨마 개브리엘 키닉. 언니. 수녀. (사망)

제임스 피터 키닉. 조카. 아이. (태어나지 못함)

오토 보걸. 남편. 군인이자 농부. (생존)

제임스는 에타의 팔 아래로 최대한 종이를 밀어 넣었다. 이튿
날 아침 5시 30분경에 잠에서 깼을 때 에타가 볼 수 있도록.

넉 달 전, 오토는 숨이 막혀 잠에서 깼다. 바다 꿈을 꾸던 중이었다. 일어나 앉아 담요를 썰물처럼 밀치고 두 발을 밖으로 내놓았다. 아직 어둡고 추웠다. 손을 더듬어 가운을 집어 들고 몸에 둘렀다. 소매가 너무 길어 팔 아래까지 내려왔고, 길이도 너무 길어 발등까지 내려왔다. 웨딩드레스처럼. 오토는 가운을 입은 채 살그머니 방에서 빠져나와 부엌으로 갔다. 냉동실 유리병에서 생강 쿠키를 꺼내 빨간 별무늬 식탁에 앉아 잠의 익사에서, 거대한 바다와 움직이는 하늘에서 빠져나오려 했다.

에타가 침대에서 내려갔을 때 오토는 잠에서 깼다. 그녀가 없으니 곧바로, 숨을 들이쉬자마자 한기가 느껴졌다. 에타가 그의 가운과 씨름을 하고, 문을 열고 닫을 동안 오토는 눈을 감은 채 귀를 기울였다. 욕실에서 물 내리는 소리가 났고, 오토는 그녀가 돌아오길 기다렸다. 250까지 세고 귀를 기울였다가 다시 250을 셌다. 그러고는 일어났다.

에타는 그의 가운을 입은 채 식탁에 앉아 있었다. 에타, 오토가 그녀를 불렀다. 에타.

에타? 에타는 입으로 가져가던 쿠키를 내려놓으며 그렇게 말했다. 그러고는 마치 유령을 보듯, 거울을 보듯 남편을 바라봤다.

그러니 이제 어떻게 할까? 이튿날 아침 오토가 시나몬번과 오렌지가 차려진 아침 식탁에서 말했다.

떠나야겠어요. 기억을 못하는 사람들을 위한 시설로요. 에타가 말했다.

하지만 난 기억해. 내가 기억하니까 설사 당신이 잊는다 해도 균형이 맞을 거야, 분명. 오토가 말했다

떠나야겠어요. 에타가 다시 말했다. 하얗게 센 머리칼은 틀어 올리지 않고 풀어져 있었다. 그녀의 입 쪽으로 흘러내린 머리카락을 보니 오토는 새끼 거위가 떠올랐다. 보드라운 깃털로의 회귀.

사람을 해칠 수도 있어요. 에타가 말했다. 앞에 놓인 접시의 시나몬번은 완벽한 나선형을 그리며 멀리, 아래로 몸을 말아 넣고 있었다. 완벽하게.

그럴 리 없어.

그걸 어떻게 알아요?

난 알아.

그들은 한동안 아침을 먹었고 에타가 물었다. 오늘 뭐 할 거예요?

러셀에게 갈까 해. 좀 도와줘야지.

모자 쓰고 가요. 타지 않게.

물론이지. 당신은?

에타는 식탁 위에 있던 한쪽 손, 왼손 손가락을 쫙 폈다. 피클

을 담아야겠어요. 당근이랑 마늘이랑 오이요.

　겨울이 오려면 아직 멀었어.

　그렇지도 않아요.

　그래, 그렇지도 않지.

러셀은 운전하고 또 운전했다. 어두운 도로는 쥐 죽은 듯 고요
했다. 라스트마운틴 호수에 도착할 때까지 지나가는 차량은 세
대뿐이었는데 다 모르는 사람들이었다. 열린 차창으로 들어오는
바람 덕분에 잠이 깨고 활기가 넘쳤다. 저절로 미소가 지어졌다.
일출 직후에 매니토바 주 경계선을 통과했다. 동쪽으로 이렇게
멀리까지 와본 적은 처음이었다.

러셀이 그렇게 운전하는 동안, 오토는 다시 침대에 누워 잠을
청했으나 잠이 오지 않았다. 그래서 부엌으로 가 눈을 감은 채
무작위로 레시피 카드를 하나 골랐다.

대추 케이크

(일명 결혼 케이크)

오토는 밀가루, 설탕, 버터를 꺼냈다.

★★★

고퍼랜즈 학교에 에타 키닉이 등장한 다음 날, 오토는 수업이 끝나고 돌아올 러셀을 마중 나갔다. 소의 눈에 물을 넣어주는 일을 끝낸 참이었다. 물을 넣어주지 않으면 먼지 때문에 눈이 너무 건조해지고, 양 눈꺼풀이 달라붙어 앞을 못 보게 된다. 눈에 물을 넣어주자 소들은 고마워하며 갈색 눈물을 흘렸다. 때로는 몇 시간 동안 그렇게 눈물을 흘리고 또 흘렸다. 저녁식사에 먹을 채소 손질을 감독할 때까지는 아직 시간이 남았으므로 러셀과 함께 집으로 걸어올 수 있었다. 오토는 나무 판재로 마감된 학교 외벽에 기대 기다렸다. 여러 농장에서 주인을 만나려고 온 개들과 함께. 그중에서 덩치 큰 황금색 잡종견의 머리를 쓰다듬었다. 날씨가 더운 탓에 개들은 바싹 마른 입 밖으로 혀를 축 내밀고 있었다. 수업을 마친 학생들이 의자를 밀고 짐을 챙기는 소리가 들렸다.

학교에서 제일 먼저 나온 사람은 오언이었다. 그는 개들 사이를 빠져나와 오토에게 다가왔다. 안녕, 오토. 오늘 안 와서 서운했어.

그 뒤를 이어 곧바로 러셀이 달려 나왔다. 오토! 새로 온 선생님! 새로 온 선생님 말이야……. 어서 집으로 가자. 너한테 당장 할 말이 있어. 일단 여기서 좀 벗어나자. 러셀은 그렇게 말하며 오토의 어깨에 한 팔을 두른 채 그를 끌고 갔다.

알았어, 알았어. 어서 가자. 오토는 그렇게 말하고 세 걸음 걸어갔다가 고개를 돌려 학교 쪽을 보았다. 잘 가, 오언. 내일 보자.

오토, 선생님이 끝내줘. 러셀이 말했다. 이제 그들은 학교에서 꽤 멀리 벗어나 있었다. 족히 100미터쯤. 왜 선생님이 끝내준다는 말 안 했어?

새로 선생님이 왔고, 좋은 분이라고 했잖아.

좋은 것과 끝내주는 건 달라.

그거야 그렇지.

내가 질문을 막 퍼부었으니까 날 기억할 거야, 오토. 앞으로 눈에 띄는 책은 다 읽을 거야. 선생님의 수제자가 될 거라고……. 넌 선생님이 끝내준다고 생각하지 않아?

오토는 어깨를 으쓱였다. 사실 어떻게 생각해야 할지 몰랐다. 키닉 선생님은 좋은 사람 같았고 다리도 늘씬했다. 하지만 그래도 선생님이었다. 그들의 선생님.

난 선생님이 끝내준다고 생각해, 오토. 다른 말이 필요 없어. 그냥 끝내줘. 러셀이 말했다.

입 닥쳐, 러셀. 말은 그렇게 했지만 좀처럼 흥분한 적이 없는 러셀이 저러는 걸 보니 오토는 내심 기분이 좋았다.

그렇다고 해서 오토가 여자를 잘 모른다거나, 싫어하는 건 아니었다. 그는 여자를 잘 알았고 좋아했다. 의심의 여지없이. 밤마다 잠을 청할 때면 몸과 마음은 예전에 봤던 흐릿한 엽서 사진 속 여자들과 무더운 여름날 안장 없이 말을 탄 채 무늬 있는 면 드레스가 땀으로 축축해진 마을 여자들에게로 끌려다녔다.

여자들 사이로 부모님 몰래 깨서 듣는 한밤중 라디오의 사이렌 소리, 쿵쿵 소리, 고함 소리도 있었다. 라디오의 저 소음은 무슨 의미이고 나를 어디로 데려갈까? 이 두 가지 사이에서 그는 자신이 무언가 간절히 원하고 있음을 알았지만 그게 정확히 무엇인지는 아직 몰랐다.

근데 오토, 너도 봤어? 아까 선생님이—

러셀. 오토가 러셀의 말을 잘랐다. 키닉 선생님은 끝내줘. 그래, 그건 사실이고 앞으로도 그럴 거야. 하지만 그 얘긴 나중에 실컷 하고, 지금은 날 도와줘. 라디오를 훔쳐야겠어.

러셀은 걸음을 멈추고 오토를 올려다보았다.

영원히 훔치겠다는 게 아니라 30분만. 네가 주의를 끌어서 엄마가 한동안 라디오에서 눈을 떼게 해줘. 그동안 난 라디오를 훔쳐서 제대로 들을 거야. 한밤중에 마룻바닥 너머로 듣는 거 말고 진짜로 듣고 싶어. 딱 30분만. 그런 다음에 다시 돌려놓을게.

그게 알고 싶어서 그러는 거지?

응.

아줌마가 우리에게 안 알려주려고 하는 거.

맞아. 하지만 너도 알고 싶지 않아?

아니. 어쩌면. 아니, 그래도 알고 싶지 않아. 난 아줌마를 믿어, 오토.

……그래도 날 도와줄 거지?

응, 물론이지.

오토의 엄마는 아이들을 모두 끔찍이 사랑했고, 러셀도 자기 자식처럼 아꼈다. 다만 러셀은 좀 더 부드럽게 사랑했다. 자기 자식들은 무엇으로 만들어졌는지 알고 있으므로 거칠게 다뤄도 끄떡없고, 오히려 무언가 배우리라는 걸 알지만 러셀은 달랐다. 무엇으로 만들어졌는지 알 수 없고 따라서 부러질 수도 있었다. 어쩌면 이미 약간 부러졌는지도 몰랐다. 바로 그런 이유 때문에 오토는 러셀의 도움이 필요했다. 엄마가 조금이라도 뜻을 굽혀 줄 사람이 있다면 그건 자신이 아니라 러셀이었다.

사실 라디오는 오토의 아버지가 농부이자 남편, 아버지로서의 의무를 다하는 틈틈이 이런저런 부품을 모아 만든 것이었다. 놀랄 만큼 성능이 좋았지만 개선해야 할 점들도 있었는데 이를테면 음량을 조절할 수 없었다. 따라서 집 안에서 누군가 라디오를 들으면 온 식구가 함께 들어야 했다. 위층에서 틀면 소리가 작아지기는 하겠지만 그래도 천장과 마룻바닥 너머로 소리가 새어 나갈 것이다. 특히 오토의 엄마라면 반드시 알아차릴 것이다. 그러니 엄마를 아예 집 밖으로 내보내야 했다. 기왕이면 마당 밖으로. 라디오를 듣고 알아내려는 게 무엇이든 간에 라디오를 듣고 알아낼 수 있을 동안.

그럼 내가 어떻게 해야 해? 러셀이 물었다. 이제 그들은 집에 거의 다 온 상태였다. 다른 형제들, 아까 오토와 러셀이 먼저 가라고 보낸 아이들은 이미 진입로를 걸어가고 있었다.

닭. 오토가 말했다.

닭?

응, 내게 계획이 있어.

그들은 닭 한 마리를 나무에 올려놓을 계획이었다. 집 밖의 방풍림에서 거의 맨 끝에 있는 나무. 집에서 도망친 닭이 그 나무로 올라가 겁에 질린 채 내려오지 않는다고 둘러댈 작정이었다.

엄마는 닭을 잘 다루잖아. 우리 집에서 유일하지. 그러니까 네가 그런 부탁을 해도 이해할 거야. 가서 도와줄 거라고.

그러니까 나더러 엄마한테 부탁하라는 거야?

응.

알았어. 알았어, 오토.

고마워. 하지만 우선 닭을 나무에 올려놔야 해.

러셀은 다리가 불편했기 때문에 오토가 나무에 올라갔다. 러셀은 코트 속에 닭을 숨겨 최대한 태평하게 집에서 빠져나와, 바람에 초췌해진 나무들을 지나 끝에서 두 번째 나무로 갔다. 양팔은 닭이 가슴과 배를 발로 할퀴고, 부리로 쪼는 것을 최소화하는 식으로 움켜잡고 있었다. 오토는 이미 나무에 올라가 있었다.

닭이 불만이 많아. 러셀은 나무로 다가가며 위를 향해 외쳤다. 날 죽이고 싶어 한다고.

그럴 리 없어. 그렇다고 닭을 죽이진 마. 너무 세게 움켜잡으면 질식할 거야.

살살 안고 있어.

좋아.

이제 러셀은 나무 아래, 오토 바로 밑에 서 있었고 머리 위로 오토의 다리가 대롱거렸다.

좋아. 닭을 꺼내서 내게 줘.

러셀이 오토의 엄마에게 집에서 나와달라고, 길을 잃고 나무에 올라간 닭을 도와달라고 부탁하는 일은 어렵지 않았다.

제가 닭을 불러봤지만 오히려 더 높이 올라가더라고요. 아줌마라면 내려오게 할 수 있을 거예요. 닭도 아줌마 말은 들을 거예요.

물론이지, 러셀. 내 말은 들을 거다. 닭이고 애고 다 똑같아. 잠깐만 기다려라.

러셀은 현관문 앞에서 기다렸다. 1분쯤 지나자 오토의 엄마가 둘둘 만 담요 두 개를 들고 나타났다. 닭을 붙잡거나 스트레스를 받지 않게 하려면 담요로 감싸줘야 해. 그녀는 그렇게 말하고 러셀을 지나 방풍림 쪽으로 갔다. 두 사람이 집에서 열 걸음 멀어지자, 오토는 여우처럼 살그머니 집으로 들어가 현관문을 닫았다.

라디오는 아름다운 물건이었다. 겉보기에는 여러 부품이 뒤죽박죽으로 붙어 있었지만 안쪽은 목소리로, 사람들과 음악과 머나먼 곳에서 온 생각으로 가득 차 있었다. 오토는 숨을 죽이고 라디오를 켰다.

하지만 아무 소리도 나지 않았다.

오토는 다이얼을 이리저리 돌리다가 다시 제자리로 돌아왔다. 전원도 껐다가 다시 켜봤다.

하지만 소용없었다. 오토는 라디오를 바라보았고, 라디오도 말없이 냉랭하게 오토를 바라보았다. 가뜩이나 시간이 부족한 터라 마음이 더욱 급해졌다. 손으로 라디오 양옆을 훑어보았지만 전에 없었던 혹은 미처 몰랐던 손잡이나 스위치, 금속판은 없었다. 라디오를 돌려 조심스럽게 체중을 실어 뒷면 뚜껑을 열었다. 그 안에 트루톤 배터리가 들어가는 공간이 있었지만 배터리는 사라지고 없었다.

한편 방풍림 옆에서는 오토의 엄마와 러셀이 성나고 지친 닭을 잡아 담요로 감쌌다. 또 다른 담요, 여전히 오토 엄마의 겨드랑이에 단단히 끼워진 담요 안에는 배터리가 들어 있었다.

젠장. 젠장 젠장 젠장. 오토가 말했다.

아줌마는 똑똑하셔. 내가 말했잖아. 똑똑한 분이라고. 러셀이 말했다.

나도 알아. 젠장.

닭이 나무에서 뛰어내려 자살하지 않은 걸 다행으로 알아.

닭도 그렇게 멍청하지 않아, 러셀.

멍청할 수도 있지.

그 정도로 멍청하진 않아. 젠장. 젠장! 이제 어쩌지? 이 근방에는 라디오 있는 집이 없어. 시내에만 있다고. 그리고 시내에 사는 사람들은 문을 잠가두잖아.

음. 그런 사람들도 있어. 러셀이 말했다.

문을 잠가두는 사람들?

아니, 이 동네에 라디오가 있는 사람들도 있다고.

누구?

몇몇 사람. 우리 고모와 고모부도 포함해서. 우리 집에도 라디오가 있어.

오토는 걸음을 멈췄다. 그들은 목적지도 없이 그냥 걷는 중이었다. 뭐라고? 지금 뭐라고 했어? 오토의 얼굴이 오랫동안 햇볕을 쬔 사람처럼 달아올랐다. 러셀! 젠장. 왜 그 말을 이제야 하는 거야?

난 아줌마를 믿으니까. 아줌마는 동물과 아이들을 살리는 법을 알잖아.

젠장, 러셀. 라디오를 듣는다고 죽진 않아. 빨리 네 집으로 가자. 지금 당장.

러셀네 집은 보걸 부부의 집과 매우 달랐다. 모든 것이 조용하고 부서질 듯했으며 푸른색과 하얀색으로 꾸며져 있었다. 오토는 지금까지 딱 한 번 이 집에 온 적이 있었다. 다리를 다친 러셀이 회복 중이었을 때. 그때나 지금이나 병원에 온 느낌이었다. 적어도 오토가 상상하는 병원과 비슷했다. 그들은 바닥에, 거실 한복판에 앉아 해외 뉴스를 전하는 CBC 방송의 나직하고 안정

된 목소리에 귀를 기울인 채 서로가 아닌 정면을 응시했다. 라디오의 목소리가 어떤 이미지를 전해줄 때마다 러셀의 몸은 점점 더 차가워졌고, 오토의 몸은 점점 더 뜨거워졌다. 그동안 러셀의 고모부는 옆방에서 그들에게 줄 커피를 끓였다.

넌 아직 어려. 그들은 서둘러 들판을 가로질렀다. 해가 지고 있었고, 저녁식사 준비 시간에 늦었다.

성인이나 다름없어. 곧 성인이 될 거야.

그럼 성인이 된 후에 생각해도 늦지 않아.

계획을 세워야 해, 러셀. 계획을 세워야 한다고. 가족들에게, 네 고모와 고모부에게 뭐라고 해야 할지, 우리 짐을 어떻게 싸야 할지.

네 짐이겠지.

우리 짐이야. 러셀, 난 두 달 후면 열일곱이고 다섯 달 후면 너도 열일곱이야. 다섯 달은 기다릴 수 있어.

그러다간 평생 기다리게 될걸. 난 뽑히지 않을 테니까.

당연히 뽑힐 거야, 러셀. 넌 똑똑하다고. 나보다 똑똑해.

뽑히지 않을 거야. 이건 똑똑하고 말고의 문제가 아냐. 너도 알잖아.

오토는 걸음을 멈췄다. 러셀이 멈췄기 때문이다. 러셀은 세 걸음 뒤에 있었다. 하지만 러셀, 만약 뽑히지 않으면 넌 뭘 할 거야?

여기 남아야지. 여기서 기다릴 거야. 학교도 가고. 죽을까 걱정할 필요도 없지.

러셀, 난 여기 남아 있다간 미쳐버릴 거야.

하지만 난 아냐.

그래, 두고 보자. 어떻게 될지.

난 뽑히지 않을 거라니까.

두고 보자고. 일곱 달 후면 알게 되겠지.

첫 수업이 끝나고 학생들이 떠난 후, 에타는 교단에 남아 빈 책상을 바라보며 자리와 거기 앉은 학생들의 이름을 연결시켜 기억했다. 세 번을 반복한 다음, 손에 묻은 분필을 스커트에 닦고, 물건을 챙겨 학교를 나와서 50미터를 걸어갔다. 교사 사택까지, 그녀의 오두막까지.

어제 처음 도착했을 때는 그녀가 볼 수 있도록 집 안의 모든 물건이 가지런히 쌓여 진열되어 있었다. 잘 개켜진 수건과 행주, 침대 시트. 찻주전자, 찻잔, 찻숟가락. 마치 고고학자가 조심스럽게 분류해둔 문명의 증거 혹은 거주지의 증거 같았다. 하지만 진열해놓은 사람이 누군지는 몰라도 사라지고 없었다. 에타와 수건과 스푼을 제외하고는 아무도 없었다. 그녀는 바람이 통하도록, 콧노래를 흥얼거리며 몸을 떠는 바람을 친구 삼으려고 문을 열어둘까 하다가 전임 교사의 일을 떠올리고 그만두었다.

이제 첫 수업을 마치고 집에 돌아오니 모든 게 어제와 똑같았다. 흐트러짐 없이 조심스럽게 진열되어 있었다. 에타는 부츠를 벗고 식탁에 앉아 위에 쌓인 먼지, 그녀가 들고날 때마다 들어와 쌓인 먼지 위에 도표를 그렸다.

모나-스튜어트   조시-리처드   에밋-스티븐

루시-엘리	글렌-엘라	조지프-베스 L.
위니-버니스	실리아-베스 M.	오언-오토
	월터-수	세라-에이머스

에타는 각각의 이름을 손끝으로 지우며 기억했다. 모나: 양 갈래로 땋아 내린 금발, 아직은 달리 덧붙일 게 없음. 스튜어트: 이가 빠졌음. 말수가 매우 적음. 조시: 웃는 얼굴이 예쁨. 숫자를 세기 시작했음. 그러다 마지막에 가서 오언: 곱슬머리. 공부를 아주 열심히 함. 오토: 행복함. 햇볕에 심하게 탔음.

그날 밤 에타는 침대에 누워 평소 들리던 발소리와 나직한 속삭임, 숨소리가 사라진 공백에 귀를 기울였다. 이곳을 가득 채운 침묵은 너무 무거웠다. 오로지 자신의 소리만 들렸다. 에타는 심장박동을 3,120번까지 세다가 잠들었다.

그러고는 늦잠을 잤다. 아침 햇살이 들어오도록 커튼을 젖혀 두는 걸 깜빡한 탓이었다. 학교에 도착했을 때는 이미 대부분의 학생들이 앞에서 서성거리고 있었다. 서둘러 오는 바람에 짐을 풀고 깨끗한 스타킹을 찾을 시간도 없었던 터라 교실 문을 열기 위해 학생들 사이를 헤치며 걸어갈 때는 부츠 속 맨발이 쓸렸다. 에타는 옆으로 비켜서서 학생들이 교실로 들어가 자리에 앉게 했다. 그녀의 학생들. 하지만 실은 그렇지가 않았다. 더 정확히 말하면 대부분이 아니었다. 거의 절반가량이 처음 보는 얼굴, 모르는 얼굴이었다. 어제 왔던 학생들의 절반이 없었다. 그녀가 교단에 서기도 전에 뒷줄에 앉은 새로운 학생 하나가 벌써 손을 들었다.

네?

안녕하세요, 선생님. 전 러셀이라고 합니다. 오늘 새로 왔어요. 제 소개를 해야 할 거 같아서요.

그 후로도 여섯 개의 손이 더 올라왔고 에타는 새로운 학생 여섯 명의 이름을 알게 되었다. 머릿속으로 어제 먼지에 그린 도표를 지우고 새 도표를 그렸다. 도표와 명단. 도표나 명단을 만들 수 있는 한 아무 문제 없었다. 이름, 자리, 얼굴.

자, 오늘 새로 온 학생들 환영하고, 오늘 다시 온 학생들도 환영해요. 에타가 말했다. 세라, 미안하지만 문 좀 닫아주겠니? 다들 자리에서 일어나세요. 수업은 노래로 시작하는 게 좋겠어요. 오늘은 국가인 〈단풍잎이여 영원하라〉를 부릅시다.

학생들은 모두 자리에서 일어났다. 특히 러셀은 다리가 불편한데도 불구하고 제일 빨리, 똑바로 일어났다.

7

러셀은 운전을 하고 또 하다가 마침내 도저히 눈을 뜰 수 없는 지경에 이르자 차를 세우고 눈을 붙였다. 잠에서 깬 그는 어떻게 해야 할지 생각했다. 매니토바 주 경계선을 한참 지난 상태였다. 곧 다시 트럭에 기름을 넣어야 했고, 뭘 먹어야 했다. 무엇보다 계획을 다시 세워야 했다. 이제 에타와 같은 지역에 있으니 그녀를 찾을 방법을 생각해내야 했다. 계획. 러셀은 계획을 세우는 데 소질이 없다. 주로 다른 사람이 계획을 세우고 그는 따라가기만 했다. 혹시 몰라서 수납함을 열어봤지만 역시 지도는 없었다. 당연했다. 살면서 지도가 필요했던 적은 한 번도 없었다. 그의 농장에서 오토의 농장이나 시내로 가는 길은 지도가 필요 없기 때문이다. 그렇다면 동쪽으로 가자고 러셀은 생각했다. 다음 주유소가 나올 때까지.

30분 뒤, 어느 지역 외곽에 들어서자 간이식당이 딸린 주유소가 나왔다. 러셀은 식당 앞에 트럭을 세웠다.

웨이트리스는 자그마했다. 열 살이나 열한 살쯤 되어 보이는 소녀였다. 소녀는 두 팔을 앞으로 쭉 뻗어 러셀이 주문한 달걀과 토스트가 담긴 접시를 들고 왔다. 오늘은 토마토가 없어요. 보통 구운 토마토를 곁들이는데 토마토가 떨어졌어요. 죄송해요. 소녀가 말했다.

괜찮다. 고맙구나. 러셀이 말했다. 아직 식당에 다른 손님은 없었다. 여전히 이른 시간이었다.

천만에요. 대신 다른 걸 드릴까요? 토마토 대신에요. 부엌에 바나나랑 당근이랑 쿠키랑…….

음, 그럼 당근으로 할까? 러셀이 말했다.

아침에 당근을요?

응…… 아무래도 달걀과 토스트에 곁들이는 건 어울리지 않겠지? 그럼 바나나로 할까?

저라면 쿠키를 먹겠어요.

그래서 러셀은 쿠키를 먹기로 했다. 소녀는 부엌으로 들어가 쿠키를 들고 나왔다. 역시 두 팔을 쭉 뻗은 채. 건포도가 들어간 오트밀 쿠키였다.

고맙다. 러셀이 말했다.

천만에요. 소녀는 한 손을 테이블에 올린 채 갈 생각을 하지 않았다. 러셀은 달걀을 조금 잘라내 토스트 조각 위에 올려 입에 넣었다. 소녀는 조금 지루한 표정으로 그를 지켜봤다.

맛있어요? 소녀가 물었다.

응…… 고맙구나. 고마워. 러셀이 말했다.

달걀을 요리하는 건 어렵지 않아요. 평생 해온 일인걸요.

아, 그래? 그래도. 러셀은 다시 달걀을 자르다가 실수로 노른자를 터뜨렸다. 노른자가 접시에 퍼져갔다. 넌 학교에 가야 하지 않니? 러셀이 물었다.

아뇨, 전 학교에 안 다녀요. 집에서 공부해요. 독학으로요. 덕분에 이 식당을 운영할 시간이 있죠. 그래도 배우는 게 중요하다는 건 알아요. 특히 산수요. 달걀값에 토스트값에 쿠키값을 더하는 법을 알아야 하니까요, 그렇죠? 그런 다음에 할아버지가 준돈에서 음식값을 뺀 돈이 얼마인지, 또 할아버지가 팁을 넉넉히 줬는지 아닌지도 계산해야 하니까요. 그러니까 배우는 건 중요해요. 저도 알아요. 다만 학교에 다니지 않을 뿐이에요. 원하면아이들과 함께 놀 수도 있어요. 예를 들어서 수요일마다 부모가 2인분을 시키면 아이는 공짜로 음식을 주는 식당 같은 데서요. 그때는 아이들이 엄청나게 많거든요.

너희 부모님은?

토론토에 계세요. 우리 가족은 4년 전부터 이 식당을 운영해왔어요. 말이 나왔으니 말인데 파이가 제대로 구워지고 있는지 확인 좀 해야겠어요. 혼자 있어도 외롭지 않으시겠어요?

아, 그럼. 걱정 마라. 근데 하나만 더 부탁해도 될까?

네, 물론이죠.

혹시 혼자 다니는 할머니를 본 적 있니? 좀 지저분한 몰골이고, 아마 그럴 거야, 걷거나 차를 타고 여기를 지나갔을 텐데……. 잠깐만, 내게 사진이 있다. 러셀은 바지 뒷주머니에서 지갑을 꺼내 5달러 지폐 두 장 사이에서 낡은 흑백사진을 꺼냈다. 이 사람이란다. 좀 옛날 사진이긴 하지만. 남자 말고 여자.

사진 속 에타는 치마 정장 같은 옷을 입고 있었다. 폭이 좁은 스커트에 블라우스, 아래로 갈수록 소매통이 좁아지는 재킷 차림으로 미소를 짓고 있었다. 러셀이 직접 찍어준 그녀의 결혼사진이었다.

그러니까 이 얼굴에서 예순 살쯤 더 먹긴 했지만 그래도 여전히 같은 사람이니까. 러셀이 말했다.

이 사람은 할아버지가 아니네요? 소녀가 사진 속 남자, 오토를 가리키며 말했다.

응. 그건 오토란다.

그래요? 정말 이상하네요……. 아뇨, 전 이런 할머니 본 적 없어요. 하지만 주로 식당 안에만 있으니까요. 잠깐만요. 설거지하는 애에게 물어볼게요.

소녀가 부엌으로 간 사이에 러셀은 달걀과 토스트를 실컷 먹었다. 다시 나타난 소녀는 안경을 쓰고 주근깨가 있는 소년과 함께 있었다. 소년의 안경에는 김이 잔뜩 서려 있었다. 제 동생이에요. 설거지 담당이죠. 소녀는 그렇게 말하더니 소년에게 몸을 돌리고 말했다. 아까 했던 얘기 해봐.

싱크대 옆 창문으로 밖의 도로와 그 너머의 언덕이 보이거든요. 소년이 입을 열었다. 그래서 트럭이랑 트랙터랑 콤바인 같은 걸 엄청 많이 봐요. 가끔은 동물도 보고, 또 가끔은 사슴도—

사슴? 러셀이 말했다.

네, 네. 대부분 암컷이지만 가끔은 뿔이 달린 큰 사슴도 있어요. 또 가끔은 새끼 사슴도 있고요. 왜 새끼냐 하면 단지 작아서가 아니라—

몬티! 소녀가 주먹으로 소년의 팔을 때리며 외쳤다. 쓸데없는 소리 그만해! 아까 했던 얘기나 해봐.

아니다, 괜찮아. 전혀 쓸데없는—

그리고, 그리고, 그리고 어제 아침에 어떤 할머니도 봤어요. 본 거 같아요. 마녀나 산타클로스 할머니라고 생각했죠.

러셀의 가슴이 조여들었다. 할머니? 건강해 보이더냐? 어디 다친 덴 없었고?

노래를 부르고 있었어요. 그랬던 거 같아요. 건강해 보였어요. 아주 즐거워 보였죠.

그래서지금어디에있니? 러셀의 심장박동이 빨라졌다. 그는 숨을 돌리고 다시 물었다. 그래서 (숨 쉬고) 지금 그 할머니는 어디에 있니? (숨 쉬고) 어느 방향으로 갔지? (숨 쉬고) 말해줄 수 있겠니?

동쪽으로요. 뜨는 해를 향해 갔어요.

그렇구나. 그래. 고맙다. 정말 정말 고마워, 몬티. 그리고 너
도…….

코딜리아예요.

코딜리아.

소녀는 동생을 다시 부엌으로 끌고 갔지만, 소년은 도중에 걸
음을 멈췄다. 저……. 소년이 말했다.

왜 그러지? 러셀이 말했다.

저, 혹시 할머니를 만나면, 그러니까 할머니를 만나면 제가 착
한 아이였다고 말해주실래요?

그래, 몬티. 당연히 그러고말고.

러셀은 다시 트럭에 올라타 아까 주유소에서 산 지도를 펼쳤
다. 매니토바 주와 온타리오 주 서부(일정한 비율로 축소하였
음)-(자전거 도로와 국립공원 포함). 매니토바 주는 호수 천지
였다. 온타리오 주는 훨씬 더했다. 이 나라는 동쪽으로 갈수록
더 물빛으로, 더 촉촉하게 변했다. 에타가 이 사실을 안다면 혹
은 지도를 가지고 있다면 호수 아래를 따라 갈 것이다. 하루에
얼마나 걸을까? 20킬로미터? 요즘은 해가 길었다. 러셀은 계산
을 하며 지도를 좀 더 바라보다가 그대로 조수석에 내려놓았다.
가게에 가서 '오케이 매니토바!'라고 적힌 배낭과 소금이 들어
간 볶은 땅콩 다섯 봉지, 주스 여섯 통, 대형 사이즈 크래커, 큼
직한 초콜릿 바 두 개와 손전등 하나를 샀다. 그에게는 계획이

121

있었다. 아까 아침을 먹은 간이식당 옆의 들판을 따라 동쪽으로 20킬로미터 더 간 다음에 트럭에서 내려 걸어갈 것이다. 예전에 사슴을 추적해본 적이 있기 때문에 발자국을 찾아 따라가는 법을 알고 있었다.

몬티와 코딜리아는 간이식당 부엌의 창문 너머로 트럭을 타고 떠나는 러셀을 지켜보았다. 몬티는 비누 거품이 묻은 손을 흔들었다.

에타와 제임스는 방금 점심식사를 끝냈다. 에타는 핫도그용 빵에 소시지 대신 땅콩버터를 바르고 산딸기를 넣어서, 제임스는 쥐와 잠든 나방으로. 그들은 태양이 좀 진정될 때까지 그늘에 앉아 쉬는 중이었다. 에타는 종이와 볼펜을 꺼냈다.

뭐 하는 거야? 제임스가 물었다.

편지를 쓰려고.

누구에게?

오토. 넌 모르는 사람이야.

알 수도 있지.

오토는 여기서 아주 먼 곳에 살아. 아주, 아주 먼 곳이지. 코요테에게도.

너에겐 멀지 않고?

내게도 멀어.

어딘데?

서스캐처원. 기다란 호수 반대편이지. 거기서 또 한참을 가야 해.

그럼 지금 반대로 가고 있잖아. 우린 반대로 가고 있다고.

에타는 잠시 생각하다 이렇게 대답했다. 이건 고리야, 제임스. 이쪽으로 가면 결국 거기로 돌아가게 돼 있어.

그렇군. 기다란 고리. 제임스가 말했다.

바다를 본 적 있니, 제임스?

없어.

나도.

하지만 곧 보게 될 거야.

그래, 곧 보게 될 거야.

에타는 종이와 볼펜을 다시 가방에 넣고, 무릎에 떨어진 핫도그빵 부스러기를 새에게 털어주었다. 그들은 태양을 피해 다시 걷기 시작했고, 〈조니 애플시드〉와 〈초원의 아가씨〉를 불렀다. 가끔은 에타가 화음을 넣었다.

서너 시간 후, 숲에 둘러싸인 호수가 그들 앞에, 북쪽에 모습을 드러냈다.

우린 호수 아래를 따라서 가야 해. 에타가 말했다.

응. 곧 온타리오 주에 도착할 거야. 하루 정도만 지나면. 내가 장담해.

잘됐네. 정말 잘됐어. 에타가 말했다. 오늘은 발도 아프지 않았다.

그래, 잘됐어. 하지만 에타, 온타리오 주는 평원이 아니야. 거긴 모든 게 여기보다 크고 넓어.

난 크고 넓은 것에 익숙해졌어. 너른 하늘, 너른 들판.

그거 말고 다른 것도 커. 돌, 바위가 훨씬 커. 호수와 나무도.

그걸 어떻게 알지?

스컹크. 스컹크들이 늘 돌아다니면서 얘기를 해주거든.

괜찮아. 돌은 협상이 가능하고, 나무는 친절하고, 호수는, 글쎄, 배를 구할 수 있을 거야. 입으로 부는 고무보트. 들고 다니기 편한 거. 너도 보트에 탈 수 있니?

모르겠어. 타본 적 없어.

음. 한번 해보지 뭐. 발톱만 조심하면 될 거야. 온타리오 주도 문제없을 거야.

그래. 그럴 거야. 하지만 에타, 거긴 비가 와. 여기보다 훨씬 많이. 봄과 여름에도 온대. 비를 맞으며 자야 할 수도 있어.

하지만 스컹크 말로는 돌과 나무가 크다며.

응.

그럼 비를 피할 곳이 있을 거야. 한낮에도 덥지 않을 거고. 비는 좋은 거야, 제임스. 우리가 노래하려고 입을 벌리면 물을 마시게 될 거라고.

사랑하는 에타

당신의 비밀을 퍼뜨리는 것보다 당신에게 비밀을 만드는 게 더
나쁜 것 같소. 어떻게 생각하시오? 어쨌든 난 이미 전자를 했으
니 후자는 하지 않을 생각이오. 러셀에게 말했소, 에타. 당신이
무슨 일을 하려고 하는지. 그리고 당신이 어디에 있는지도 대
충 아는 대로 말했소. 미안하오. 러셀에게 비밀을 지키기란 쉽
지 않더군. 당신도 알 거요. 이제 러셀은 내게 약간 화가 났소.
그래서 당신을 찾겠다며 떠났소. 동쪽으로. 은빛이 도는 회색
트럭을 타고 갔소. 당신도 그 트럭을 알 테니 찾아보시오. 러셀
은 당신을 돕고 싶어 하오. 당신을 걱정하고 있소. 난 러셀에게
걱정하지 않는다고, 그런 식으로는 걱정하지 않는다고 했소.
내가 걱정하지 않으니 자네도 걱정하지 말라고 했지만 소용없
었소. 러셀은 신이 났더군. 최근 몇 년간 그렇게 신난 얼굴은
처음 봤소. 그래서 지금 당신을 찾아 동쪽으로 가고 있소. 당신
이 이 사실을 어떻게 받아들일지 모르겠지만 그래도 일단은 알
려야 한다고 생각했소. 당신이 꼭 가겠다고 하면 러셀도 말리
진 않을 거요.
난 잘 지내고 있소. 계속 여기서. 며칠 전에는 세상에서 가장
아름다운 새스커툰 베리파이를 만들었소. 녹인 설탕으로 코팅

한 패스트리며 밀가루를 넣어서 걸쭉하게 만든 필링 등 모든 게 훌륭했소. 밀가루와 버터가 떨어져서 내일은 시내에 나가야겠소.

요즘엔 점점 더 일찍 일어나고 있소. 5시에 해가 뜨는데 난 그 해를 맞이하려고 미리 일어난다오. 디카페인 커피를 들고 부엌 식탁에 앉아 해가 뜨길 기다리지. 자는 시간은 점점 늦어지고 있소. 주위가 어두워진 후에는 좀처럼 눈이 감기질 않아. 당연히 낮에는 피곤해서 온몸이 쑤시기 때문에 가끔씩 오븐에 무언가를 굽는 동안 낮잠을 잔다오. 가끔은 그냥 부엌에서, 햇살이 떨어지는 식탁에 머리를 대고 말이오. 비위생적이라는 건 알지만 그래도 식사 전에 늘 그 자리를 행주로 깨끗이 닦으니 괜찮소.

자, 이제 그만 잡초를 살피러 가야겠소. 올해는 조금만 방심해도 엉겅퀴가 무릎까지 자란다오.

당신이 건강했으면 좋겠소. 늘 그늘을 따라 걸으시오. 시간 나면 편지하고. 난 집 안에 사람 목소리가 들리도록 당신 편지를 큰 소리로 읽는다오.

당신의 (잊지 말기를)

오토.

편지를 보낼 주소도 없었지만 오토는 편지를 삼등분으로 접

어 봉투에 넣었다. 봉투 앞면에 아내의 이름을 쓴 다음, 식탁 모퉁이에 차곡차곡 쌓인 편지 더미 위에 올려놓았다. 그 옆에는 에타가 보낸 편지들이 놓여 있었다.

★★★

그들은 학교에 가고, 농장 일을 거들고, 잠자는 시간 외에는 러셀의 집, 푸른색과 하얀색으로 꾸며진 거실 한복판 마룻바닥에 앉아 많은 시간을 보내기 시작했다. 둘 다 같은 방향, 라디오가 있는 쪽을 바라봤다. 마치 라디오가 사람이라도 된다는 듯이. 30분쯤 지나면 러셀의 고모부나 고모 혹은 둘이 함께 거실 문을 조용히 두드린 후 버터를 바른 통밀빵과 커피가 담긴 접시를 들고 살그머니 들어왔다. 그러고는 그들과 함께 앉아 라디오를 들었다. 그들은 라디오에서 흘러나오는 보고와 예측, 분석, 외국식 이름과 익숙한 이름이 뒤섞인 명단과 명단과 명단에 차츰 빠져들었다. 이 모두가 라디오 아나운서의 차분하고 확신에 넘치는 목소리, 모음은 길고 자음은 정확한 발음, 캐나다식이라기보다는 영국식에 가까운 강한 억양을 타고 흘러나왔다. 가끔씩, 느닷없이, 그들과 똑같은 목소리로 흘러나오는 인터뷰만 제외하고. 차분하고 신중하게 인터뷰를 하던 사람은 마치 숨을 쉬듯, 구절 사이에 질문을 던지거나 짧게 의견을 말하며 끼어들었다. 아니라고요? 네, 알겠습니다. 아, 아, 그렇군요, 네. 하지만 대개는, 대부분은 뒤로 물러나 상대가 그들의 사촌, 이웃, 그들 자신일 수도 있는 목소리로 1인칭이나 2인칭 혹은 3인칭의 이야기를 들려주게 했다.

그중에는 죄수들 이야기도 있었다. 집과 직장을 잃고, 금전등록기와 책, 난로, 고양이, 상사, 친구도 빼앗긴 채 좁아터진 감방에 다 함께 갇혔다고 했다. 창문이라고는 딱 하나, 손바닥만 한 창문뿐인데 어찌나 높이 있는지 점프를 하거나 손을 뻗어도 닿지 않고, 심지어 장정 셋이서 상대의 어깨를 밟고 올라가 인간 피라미드가 되어 휘청거리며, 맨 윗사람이 떨어지기를 기다리며 다 함께 손을 뻗어도 닿지 않았다. 음식도 화장실도 없고, 다들 어찌나 다닥다닥 붙었는지 잘 때도 사람들 사이에 끼어 선 채로 잤다. 옆 사람의 옷과 머리카락과 숨결을 담요 삼아. 똥과 오줌을 싸기로 정한 구석 옆에는 한 명씩 돌아가며 섰는데 처음에는 역겨운 냄새에 질식할 듯하지만 세 시간의 교대가 끝날 무렵에는 아무 느낌도 없어진다. 다들 시계를 빼앗겨 시간을 잴 수가 없으므로 큰 소리로 초를 세고, 하나뿐인 창문에서 새어 나오는 빛과 바람을 향해 목을 점점 더 늘여 빼고, 숫자를 세는 목소리와 경쟁하듯 배의 꼬르륵 소리는 점점 더 커진다. 그렇게 사흘이 지났다. 지난 몇 년간 전국 각지의 비슷한 감방에서 비슷한 죄수들이 보낸 여느 사흘과 같은 시간이 흘렀을 때 창문으로 들어오는 빛을 보건대 정오쯤으로 추정되는 시각에 모든 아이들과 아기들이 둥실 떠오르기 시작했다. 너무 배가 고프고 너무 가벼워서 몸이 뜨는 것이다. 떠오르기 시작한 아이들은 자기들이 뭘 하고 있고, 뭘 할 수 있는지 깨닫고 팔을 움직여 방향을 조정해 곧장 감방의 하나뿐인 창문으로 갔다. 그중 한 아이, 열쇠 수리공인 에런과 틸데 블룸버그의 일곱 살짜리 딸이 가느다란 손과 손목을 창살 사이에 넣어서 판유리를 고정시킨 빗장을 풀고, 판유리를 떼어냈다. 아이들은 대충 가로 60센티미터 세로 60센티미터쯤 되는 유리를 옆 사람에게 전달해 아래로, 어른들에게 주었다. 유리가 누구의 머리에도 떨어지지 않도록. 그러고는 다시 둥실 떠올라 창문이 있던 자리를 차례로 빠져나갔고, 나이 많은 아이들은 어린아이들의 손을 잡아주었다. 라디오에서는 이 아이들이 어디로 갔는지, 혹은 어디에 착륙했는지, 혹은 정말 착륙하기는 했는지 아무도 모른다고 했다. 스위스나 중앙아프리카로 갔을 거라고 추정할 뿐이었다.

그들은 또 한때는 황금색이었으나 새빨갛게 변해버린 밀밭 이야기도 들었다. 그 밭을 조사하기 위해 화가와 과학자들이 파견됐으나 매번 머리부터 발끝까지, 옷과 살갗 모두 새빨갛게 변한 채 돌아왔다고 한다. 그나마 돌아오지 않는 사람이 태반이었지만. 그걸 보고 아무도 거기서 재배한 붉은 밀을 먹거나 사려 하지 않았고, 밭은 점점 쓸모가 없어졌으며 불모지가 되었다.

라디오에서는 매일 새로운 인터뷰와 사연이 흘러나왔고, 나날이 늘어갔다.

곧 오토의 생일이 돌아왔다. 토요일이었다. 위니는 사과 케이크를 만들었고, 다들 학교에서 키닉 선생님에게 배운 생일 축하 노래를 불렀다. 저녁식사가 끝난 뒤, 오토는 집안일을 하지 않고 쉬었는데 전통적으로 생일에만 누릴 수 있는 호사였다. 오토는 방풍림 그늘 속에서 풀이 좀 더 부드러운 곳에 누웠다. 설거지를 마친 러셀이 오토를 찾아 그곳으로 왔다. 오토, 넌 혼자 가야 해. 러셀이 말했다.

싫어.

혼자 가라니까.

싫어. 난 널 기다릴 거야, 러셀. 그 얘긴 더 이상 꺼내지 마. 오토는 다리를 꼬고 눈을 감은 뒤 말을 이었다. 고작 다섯 달이야. 다섯 달.

오토는 학교에 갔고, 농장 일을 했고, 불확실한 글자와 단어, 노래와 숫자를 더 많이 배우고, 말에게 붙어 있던 진드기를 떼어내고, 모래투성이의 땅에서 자라는 잡초를 뽑고, 또 뽑고, 또 뽑았다. 그동안 그의 가슴에서는 똘똘 뭉친 기대감이 몸서리를 치고 쭉쭉 늘어나 밤에도 오랫동안 잠들지 못했다. 그러다 이내 5개월이 지나고 러셀의 생일이 되자, 오토와 러셀은 시내로 가 예전에는 월요일과 수요일, 금요일 오후에 댄스 교습소로 이용되었으나 이제는 가장 가까운 징병소가 된 체육관 문간에 섰다. 넓은 체육관 한가운데 놓인 책상에 한 남자가 앉아 있었다. 그를 제외하면 오토와 러셀뿐이었다. 책상에 앉은 남자는 군복을 입었고, 예전에 그들이 만들었던 종이배처럼 생긴 삼각형 모자를 쓰고 있었다. 그들이 들어서자 남자가 자리에서 일어났다. 그는 아무 말 없이 책상에 있던 신청서 두 장을 집어 오토와 러셀의 머리 너머를 바라보며 기계적으로 건넸다.

책상에 공간이 없었으므로 오토와 러셀은 바닥에 신청서를 내려놓았다. 오토는 종이를 훑어보며 거기 적힌 질문을 머릿속으로 조심스럽게 읽어보았다.

성은?

이름은?

생년월일은?

집 주소는?

군에 가입하려는 이유는?

군에 가입하려 하지 않는 이유는(혹시라도 있다면)?

오토는 첫째 칸과 둘째 칸에 천천히 글자를 써 내려갔다. V-O-G-E-L. O-T-T-O. 삐뚤빼뚤하게. 어린아이처럼. 러셀을 봤더니 이미 다 작성하고 연필로 바닥을 톡톡 치고 있었다. 러셀! 책상에 앉아 있는 남자에게 들리지 않도록 오토가 고개를 숙인 채 신청서에 대고 속삭였다. 다 썼으면 나 좀 도와줘.

러셀은 오토의 신청서를 가져가 단호하고 빠르게 적어나갔다. 여긴 뭐라고 적을까? 연필 끝으로 마지막 두 질문을 가리키며 러셀이 물었다.

'가입하지 않으면 터져버릴 테니까'라고 적어.

그렇게는 못 적어.

알아, 알아. 그럼 이렇게 적어. '더 넓은 세상을 보기 위해서'.

러셀은 그대로 적었다. 그다음 질문은?

'없음'이라고 적어.

러셀이 그렇게 적는 동안, 오토는 작성이 끝난 러셀의 신청서를 봤다. 마지막 질문에는 이렇게 적혀 있었다. 1) 다리가 불편함. 2) 원치 않음. 끝에서 두 번째 질문에는 아무것도 적지 않았다.

그동안 감독관은 책상에 앉아 신청서 무더기를 모서리가 딱맞게 정돈했다. 그들이 다 작성한 신청서를 감독관의 왼쪽에 쌓인 신청서 위에 내려놓자 계속 고개를 숙이고 있던 감독관이 눈을 살짝, 아주 살짝 들었다. 걱정되겠지만 그럴 필요 없다. 그럴 필요 없어. 감독관이 속삭였다. 아무 문제 없을 거다, 내가 약속하지. 다 잘될 거야.

3주 뒤 흐린 녹색 군복 색깔로 염색된 편지 두 통이 배달되었다. 오토는 나흘 뒤에 리자이나 훈련소로 배정한다는 통보를 받았다. 러셀은 그럴 필요 없었다.

학교와 사택 주위의 탁 트인 공간 속에서 에타는 예전과 다르게 듣는 법을 배웠다. 몇 달이 지나면서 그녀의 귀는 이곳의 거대한 침묵 속에서 형태와 패턴과 생명체를 구분할 수 있게 되었다. 더 작은 소리, 더 넓은 소리. 바람을 따라 혹은 거슬러 우는 곤충의 소리, 방의 나무 벽과 태양이 대화를 나누는 소리, 멀리 떨어진 자갈길에서 부츠를 내딛는 소리. 그리고 물론 아이들이 그녀에게로, 학교로 오는 동안 들판을 가로질러 개를 부르는 소리와 밀밭을 가로지를 때 밀이 사라락 스쳐가는 소리도.

그리고 매일 바뀌는 학생들의 일정도 알게 되었다. 보걸 집안 아이들과 러셀은 매일 번갈아 등교했다. 한번은 학생들이 모두 자리에 앉은 후에 에타가 물었다. 왜 당신도 이틀에 한 번씩 나오는 거죠, 러셀? 보걸 집 사람이 아니잖아요. 러셀이 대답하기도 전에 앞쪽에 앉은 애디가 끼어들었다.

아, 러셀 형도 우리 집 식구예요. 성만 다를 뿐이죠. 엄마는 오토 형의 쌍둥이라고 부르는걸요. 러셀은 얼굴을 붉히며 빙그레 웃었다. 러셀의 짝꿍인 오언은 인상을 쓰며 뭐라고 중얼거렸다. 그러자 그들 앞에 앉은 학생들이 킥킥거렸다. 오언은 더욱 기고만장해져서 다시 무언가를 중얼거렸다. 이번에는 좀 더 큰 소리로. 그러자 더 많은 아이들이 키득거렸고, 그들 왼쪽에 앉은 여학생은 뒤로 돌아 아래를, 러셀의 다리를 내려다보았다. 러셀은 등을 곧게 펴고 앞을 똑바로 바라봤다.

좋아, 그 얘긴 그쯤 해두고 다들 일어나세요. 에타가 말했다.
오늘은 〈조니 애플시드〉로 시작할 거예요. 러셀, 박수 좀 쳐줄래
요? 거스와 비어트리스는 발을 굴러줘. 아주 큰 소리로, 개들이
짖어댈 정도로 부르는 거다. 준비됐니?

고퍼랜즈 학교에 온 후로 에타가 새로운 소리를 듣기 시작했
듯이 학교 인근의 농장 주민들도 그랬다. 아침이면 스물두 명의
아이들이 우렁차게 부르는 노랫소리가 바람을 타고 들판을 가
로질러 들려왔다. 메이블 맥과이어가 젖을 짜는 헛간의 틈 사이
로, 리엄 로저스가 정해진 패턴 없이 모는 트랙터의 웅웅 소리를
뚫고, 샌디 골드스타인이 늙은 몸을 이끌고 침대에서 천천히, 조
심스럽게 내려오는 농가의 뒤틀린 문 아래로도. 아는 노래일 경
우에는 다들 함께 부르면서 노래를 더더욱 멀리 퍼뜨렸다.

이튿날 수업 시작 전, 학교 앞 마당에서 루시와 글렌이 새로
키우게 된 말라깽이 회색 개를 에타에게 보여주고 있을 때 오토
와 형제들이 학교로 행진해왔다. 개 주위에 원을 그리며 모여 있
던 아이들 속에서 오언이 뛰쳐나가 오토에게 갔다. 안녕, 오토!
좋은 아침이야. 어제 배운 거 알려줄까?

오토는 머뭇거리며 무슨 말을 하려는 듯 입을 벌렸지만 아무
말 없이 주먹을 꼭 쥐고 휘둘렀다. 오언이 움찔하며 왼쪽으로 피
하는 바람에 주먹이 어깨를 스쳐갔다. 개를 바라보던 아이들은

시선을 돌려 소리치기 시작했다. 오토는 다시 주먹을 날려 이번에는 오언의 가슴을 쳤다. 앞으로 다시는, 앞으로 다시는 그런 짓— 오토가 말했다. 오토보다 키가 작은 오언은 뒷걸음질 치다가 균형을 잃어 뒤로 쓰러졌고, 머리가 자갈에 부딪혔다. 오토는 오언 위에 올라탔다. 그들 주위로 먼지가 뿌옇게 피어올랐다.

에타는 개와 아이들의 머리 너머로 이 광경을 지켜보았고, 자신이 무슨 짓을 하려는지 깨닫기도 전에 말이 튀어나왔다.

이런, 젠장! 그녀가 외쳤다. 아이들의 머리가 일제히 그녀에게 돌아갔다. 욕을 하는 선생님은 싸움 구경만큼이나 재미있는 법이다. 에타는 아이들을 헤치고 땅에 누워 있는 오언에게 가서 무릎을 꿇었다. 오언은 눈을 뜬 채 얕은 숨을 쉬며 정신을 잃은 상태였고, 코와 뒤통수에서 피가 살짝 흐르고 있었다. 오토는 일어나서 양팔을 내린 채 뒤로 물러났다. 당신은 오늘 수업에 들어오지 마세요, 오토 보걸. 집에 가세요. 당신만, 당신 혼자요. 그리고 수업이 끝나면 다시 학교에 와서 나와 얘기 좀 하죠. 에타가 말했다.

오토는 아무 말 없이 그저 돌아서서 농장 쪽으로 걸어갔다. 그의 형제와 누이들이 오토를 지켜보았다. 위니는 오빠를 따라가려고 한 걸음 내디뎠지만 월터가 팔을 잡았다.

에타는 온 힘을 다해 오언을 일으켰다. 오언은 놀랄 만큼 가벼웠다. 셔츠 아래로 어깨뼈가 만져질 정도였다. 고맙습니다. 하지만 전 괜찮아요. 오언은 그렇게 말하며 셔츠 소매로 코피를 닦았고, 소매는 피로 얼룩졌다.

분명히 말씀드리죠. 전 설명드리려고 왔지 사과하러 온 게 아닙니다. 학생들이 모두 하교한 뒤 오토가 교실 문간에 서서 말했다. 그는 교실을 가로질러 에타가 앉아 있는 교탁으로 갔다. 가까이서 보니 에타보다 키가 컸고 나이도 더 많은 듯했다. 에타는 그에게서 열기가, 분노가 뿜어져 나오는 걸 느낄 수 있었다.

일단 자리에 앉아요. 앉아서 설명해봐요. 그녀가 말했다.

러셀은 이 마을에서 가장 똑똑한 애예요. 똑똑하고 누구에게나 친절하죠. 마음만 먹으면 무슨 일이든—

오토는 마치 수업 시간에 발표라도 하듯이 계속 서 있었다.

무슨 일이든 할 수 있죠. 스스로를 보호하는 것만 빼고요. 그래서 제가 대신 해줘요. 우리가 대신 해주죠. 준비된 연설이 끝나자 오토는 조금 긴장을 풀고, 그들 사이에 있는 묵직한 교탁에 살짝 기댔다.

오언이 뭐라고 했는데요?

그게 중요한가요?

중요할 수도 있죠.

사람들은 오언에 대해 이러쿵저러쿵할 수 있어요. 할 수 있죠. 하지만 하지 않아요. 우리도 하지 않고요. 말은 강력해요. 가장 강력하죠. 돌멩이에 맞아 멍드는 것보다 더 나빠요.

에타는 언니가 수녀원으로 떠났을 때 사람들이 했던 말, 쑥덕

거리던 소리를 생각했다. 당시 그녀는 뜻밖에도 폭력을 휘두르고 싶은 강렬한 충동을 느꼈다. 몸을 던져 말을 가로막고 싶었다. 사범대학에서 배우는 가르침과는 달랐다. 사람을 때리면 안 돼요. 마침내 에타가 말했다. 비록 확신은 없었지만. 한때 친구였던 아이들의 부드럽고 멍청한 입을 주먹으로 갈기면서 무언가가 터지고, 무언가를 깨달았다. 어쨌든 우리 교실에서는 그러면 안 돼요. 내게 말하지 그랬어요. 내가 오언과 얘기해볼 수도 있었을 텐데.

이건 선생님 책임이 아니에요.

당연히 내 책임이죠. 당신만큼이나 내게도 책임이 있어요.

그렇지 않아요.

…….

…….

당신이 곁에 없으면 러셀은 어떻게 하죠? 늘 곁에 있어줄 순 없잖아요.

방법을 찾아야죠. 오토가 말했다.

에타는 자리를 재배치해 오토와 러셀이 더 이상 오언과 함께 앉지 않고, 교실 양쪽 끝에 떨어져 앉게 했다. 한쪽 눈 바로 밑, 코 옆이 거뭇하게 부어오른 오언은 수업 시간 내내 앞만 보고 있다가 혼자서 집에 갔다. 새 짝꿍 수는 오언에게 부드러운 위로의 말을 속삭이며 미처 밀지 못한 머리카락이 남아 있는 부분을 살짝 토닥였지만, 오언은 수를 무시한 채 혼자 열심히 공부했다.

그로부터 일주일 뒤의 일이었다. 수업이 끝나고 학생과 개가 모두 각자의 집으로 떠난 뒤, '왜 나는 왕 혹은 여왕이 되고 싶은가' 그리고 '왜 나는 왕 혹은 여왕이 되고 싶지 않은가'를 주제로 한 2학년과 3학년의 작문 숙제를 집에 가져가려고 한데 묶은 에타는 아직 교실에 남아 있던 오토를 발견했다. 이번에는 서 있지 않고 교실 뒤쪽의 새 책상에 앉아 있었다.

사과드려야 할 것 같아요. 오토가 말했다. 지난번 오언에게 한 짓 때문이 아니라 선생님에게 그런 식으로 말한 것 때문에요. 죄송하다고 말씀드렸어야 했어요. 부모님께는 그런 식으로 말하지 않으니까 선생님께도 그런 식으로 말하지 않았어야 했어요.

그렇게 말해주니 고맙네요, 오토. 그렇지 않아도 앞으로 3주 동안 당신의 작문 숙제에 낙제점을 줄 생각이었어요.

교실 안이 조용해졌다.

아, 네, 네. 죄송합니다. 오토가 말했다.

에타는 빙긋 웃었다. 사과 받아들일게요. 이젠 집에 가세요.

하지만 오토는 가지 않았다. 그대로 앉아 있었다.

교실 문을 잠가야 해요, 오토.

네, 죄송합니다. 당연히 잠그셔야죠. 전 그냥, 그러니까, 부탁드릴 게 있어서요.

에타는 작문 숙제를 다시 책상에 내려놓았다.

선생님께서도 이미, 분명히 아시겠지만 전 단어에 약해요. 독

해랑 작문은 훨씬 더 약하고요. 그러니까, 열심히 한다고 하기는 하는데 아직 제게는 낯설고, 나이를 먹어서 시작한 탓에 더 힘들어요. 어린아이들은 뇌에 아직 공간이 남아서 금방 배우지만 제 뇌는 이미 반쯤 찼거든요. 그래서…….

오토는 오언에 대해, 오언이 따로 가르쳐준 일에 대해 설명했다. 처음에는 나뭇가지로 땅에 써가며, 나중에는 저녁식사 자리에서 종이와 연필로. 그리고 오언은 제게 편지를 쓸 거예요. 오토가 말했다. 제가, 제가, 멀리 떠나거든요……. 참전하려고요. 그리고 오언은 제게 편지를 쓸 거예요. 제가 답장을 쓰면서 글 쓰는 연습을 계속할 수 있게요, 거기서도……. 오토는 말을 멈췄다. 곧바로 부탁할 엄두가 나지 않았다.

에타는 책상 밑에서 오른손으로 주먹을 꽉 쥐었다. 언니의 말대로였다. 조금씩 전국 각지의 모든 젊은이들이 동쪽으로 향하고 있었다. 짝짝이 양말을 신고 언니가 머물던 수녀원을 지나, 무더운 여름날의 물줄기처럼 줄어들고 있었다. 에타는 자신의 학생을 바라봤다. 그는 양손을 깍지 낀 채 책상에 차분히 앉아 있었다. 그냥 저렇게 가는구나. 저렇게 쉽게, 그냥 저렇게 가버리는구나. 에타는 마음이 무거웠다. 언제 가죠?

토요일에요.

이틀 뒤군요.

네.

그러니까 오늘이 마지막 등교일이네요.

네.

사과와 부탁, 그리고 작별 인사로군. 일석삼조. 에타는 생각했다. 좋아요. 내가 편지를 쓸 테니까 답장하세요. 내 주소는 쉬워요. 이거예요. 그녀는 칠판으로 가서 분필을 집어 들었다.

캐나다

서스캐처원 주, 고퍼랜즈

고퍼랜즈 학교

교사 사택

아. 에타는 다시 팔을 들어 주소 맨 밑에 덧붙였다.

에타 글로리아 키닉

이게 내 이름이에요.

에타, 철자가 쉽네요. 잘됐어요. 오토는 그렇게 말하며 책에, 뒤표지 안쪽에 조심스럽게 주소를 적었다. 아직 제 주소는 모르지만 도착하면 편지할게요.

그들은 정중하고 공손하게 악수를 하며 작별 인사를 했고, 오토는 문으로 걸어갔다.

아, 그리고 키닉 선생님. 그가 늦은 오후의 태양을 등지자 햇살이 그의 몸을 감쌌다.

네?

러셀을 잘 보살펴주세요.

네, 오토. 물론이죠.

8

꽤 유명한 지역신문사에서 일하는 커노라 출신의 사진작가는 자신이 아는 한 가장 평평하고 길쭉한 땅으로 자신의 딸, 하나뿐인 외동딸을 데려가 경비행기 조종 수업을 받게 했다. 그들이 탄 비행기가 100미터쯤 날아갔을 때 그는 에타를 보았다. 땡볕 아래 먼지투성이의 여든세 살 노인이 바람에 머리를 나부끼며 걷고 있었다. 옆에서 코요테가 종종걸음으로 따라가고 있었는데 머리가 야생초 위로 아주 조금 올라오는 정도였다. 저거 봐라. 사진작가가 말했다. 그는 늘 이런 것을 찍을 준비가 되어 있었기에 거의 늘 목에 걸려 있는 카메라를 들어 올려 사진을 찍었다.

자기 나이대의 누구보다, 어쩌면 세상 누구보다 훌륭한 조종사임을 증명하려는 딸을 둔 이 사진작가는 에타의 사진을 기자에게 주었고, 기자는 물었다. 무슨 사연이야?

비록 사진작가는 무슨 사연인지 몰랐지만 기자는 여전히 사진이 마음에 들었고, 그래서 주말 신문의 레저 섹션에 싣기로 하고 사진작가에게 50달러를 주었다. 그는 돈을 받자마자 딸에게 줄 작지만 성능 좋은 카메라를 구입했다. 딸이 비행하는 동안 사진을 찍을 수 있도록. 그리하여 이틀 뒤 그의 딸은 학교에서 돌아와 헬멧도 벗지 않은 채 말했다.

사진을 몇 장 찍었어요. 대부분이 코요테 할머니 사진이에요. 할머니는 아직도 거기서 계속 동쪽으로 걷고 있어요. 한 번도 멈추지 않은 것 같아요. 앞으로도 그럴 것 같고요.

그래서 사진작가는 사연을 알게 되었다. 그리고 이내 모두가 알게 되었다.

그리하여 어느 날, 에타와 제임스가 온타리오 주의 바위와 나무 속으로 아직 깊이 들어가지 않았을 때 앞에 있던 나무 뒤에서 버건디 정장을 입은 여자와 감청색 정장을 입은 남자가 튀어나왔다. 실례합니다, 시간 좀 있으신가요? 부인과 얘기하고 싶은데요. 남자가 말했다. 여자는 고개를 끄덕이며 미소 짓더니 거침없이 마이크를 내밀었다. 마치 차를 권하듯이.

난 시간이 별로 없답니다. 벌써 여든셋이라서요. 에타가 말했다.

남자가 한쪽 주머니에서 볼펜을, 다른 쪽 주머니에서 수첩을 꺼내 적기 시작했다.

하지만, 에타는 말을 이었다, 나와 함께 걸을 순 있어요. 내 걸음을 따라올 수 있다면요.

제임스는 아무 말도 하지 않았다.

그래서 언제부터 걷기 시작하셨어요? 여자가 물었다. 그들은 작은 바위를 계속 넘어갔다. 여자는 발이 걸리지 않도록 바짓단을 걷어 올렸고, 한쪽 팔을 옆으로 쭉 뻗어 에타에게 마이크를 내민 팔과 균형을 잡으려 했다.

시금치를 심기 전부터요. 에타가 말했다.

남자는 계속 멈춰서 적어야 했기 때문에 약간 뒤처져 있었다. 하지만, 에타, 왜요? 남자가 그들에게 외쳤다. 혹시 에타가 듣지 못했을까 봐 다시 큰 소리로 외쳤다. 왜요?

에타는 나무뿌리를 돌아가며 생각했다. 그러고는 어깨 너머로 말했다. 기억이 안 나요.

기억이 안 난다고요? 나직하게, 뒤따라오는 남자에게 들리지 않을 정도로 나직하게 여자가 물었다.

기억날 때도 있고, 안 날 때도 있어요. 당신들에게 알려주기 싫어서가 아니에요. 지금은 기억이 안 날 뿐이에요.

그럼 기억이 날 때까지 함께 가도 될까요?

그들은 두 자작나무 사이에서 노숙을 하기로 했다. 남자는 양복 재킷을 침대 대신 깔아야 할지, 아니면 담요 대신 덮어야 할지 결정할 수 없었다.

파리가 있어요. 날 따라왔나 봐요. 에타가 말했다. 요즘에는 늘 그렇듯이 근처에 호수가 있었다. 호숫가에서 황혼의 새들이 지저귀는 소리가 들렸다.

에타, 그럼 기억하는 게 뭐죠? 여자가 물었다. 이제 그들은 땅에 누워 나뭇가지 사이를 올려다보고 있었다.

내게는 언니가 있어요. 앨마라고. 에타가 말했다.

갈색 생쥐를 잡아먹고 돌아온 제임스가 에타의 잘록하고 보드라운 양 옆구리 중에서 기자들과 더 먼 쪽에 몸을 말았다. 여전히 아무 말 없이.

그날 밤 에타는 바다 꿈을 꿨다. 그리고 배들과 소년들과 남자들과 소년들이 나오고, 물속에서 숨을 쉬었다가 물을 뱉어내고, 모든 것이 시끄럽고 형형색색이지만 어두워지고 점점 더 어두워지고, 여기는 여자들이 있을 곳이 아니니 아래로, 아래로, 더 깊이, 깊이, 깊이 들어가는 꿈.

아침식사로 산딸기를 먹으며 에타가 말했다. 바다. 바다 때문이에요. 난 바다를 보러 가는 중이에요.

떠나기 전, 남자가 시선을 돌린 채 노트에 끼적이는 동안 여자는 에타에게 속삭였다. 나도 부인과 함께 갈 수 있다면 좋겠네요.

갈 수 있어요. 에타가 말했다.

갈 수 없어요. 여자가 말했다.

반은 자동차고, 반은 트럭에 거대한 바퀴가 달린 차가 숲 속에 멈춰 섰고 남자와 여자는 그 차에 올라탔다.

당신도 갈 수 있어요. 에타가 말했다.

어쩌면요. 조수석의 열린 차창 너머에서 여자가 말했다.

러셀은 에타의 부츠 자국을, 흙에 찍힌 발자국을 찾고 있었다. 수색을 시작한 후로 비가 오지 않았으니 어딘가 흔적이 남아 있어야 했다. 그는 접힌 잎사귀와 발자국을 찾아다녔다. 그녀의 발자국을 알고 있었다. 지금까지 수백 번, 수천 번은 보았다. 그리고 전에도 그 발자국을 따라간 적이 있었다. 두 번이나.

한번은 거의 55년 전이었다. 그 전에도 그 후에도 땅이 그렇게 질척거린 적은 없었다. 비는 내리지 않았지만 꼭 내릴 것만 같은 날씨였다. 흔치 않은 날씨였다. 러셀은 발자국을 따라 그의 아마밭을 가로질러 반원형 막사 뒤쪽의 마당, 큼직한 금속 덩어리를 쌓아두는 곳으로 갔다. 대부분 고장 난 물건이었지만 일부는 아직도 작동했다. 인내심을 발휘해서 사용한다면. 처음에는 동물인 줄 알았다. 그녀가 허리를 숙인 채 쪼그리고 앉은 터라 개나 코요테인 줄 알았다. 그녀는 양팔로 배를 꼭 감싼 채 보일 듯 말 듯 하게 몸을 앞뒤로 천천히 흔들고 있었다. 고개는 푹 숙여 진흙땅을 보고 있었다. 그러니 러셀을 보지 못했으리라.

그는 한 발짝 물러서서 녹슨 탈곡기 실린더의 덮개 뒤에 섰다. 에타가 여기 있다면 사람들 눈에 띄고 싶지 않다는 뜻이리라. 조금씩 침체된 기계들의 그늘 속인 그곳은 여우가 새끼를 낳고, 고양이들이 죽으러 오는 곳이었다. 은밀한 피난처. 하지만 에타는 멀쩡해 보이지 않았다. 정상이 아니었고, 괜찮지 않았다. 그의 도움이 필요할지도 몰랐다. 러셀은 심사숙고했다. 그런 다음 꼼짝하지 않고, 어떤 결정도 내리지 않은 채 말했다. 에타, 나 여기 있어요. 탈곡기 뒤에. 당신에게 갈 수도 있고, 집에 돌아갈 수도 있고, 그냥 여기 이대로 있을 수도 있어요. 당신이 원하는 대로 할게요.

오랫동안 침묵이 흘렀다. 그러더니 에타가 고개를 들지 않은 채 한 손을 내밀었다. 러셀은 그녀에게 걸어가 진흙 속에 무릎을 꿇고 손을 잡았다. 에타는 아무 말 없었고, 그도 아무 말 하지 않았다. 그저 에타가 앞뒤로 몸을 흔들 때마다 손이 끌려갔다가 되돌아오고, 또 끌려갔다가 되돌아왔다. 에타는 눈을 꼭 감고 있었다. 1분 뒤, 딱 1분이 지났을 때 그녀가 손을 놓고 말했다. 난 이제 괜찮아요, 러셀. 집에 가세요.

그녀의 목소리에는 공기가 너무 많고 소리가 부족했다.

괜찮겠어요?

괜찮아요.

좋아요. 러셀은 그렇게 말하고 일어섰다. 청바지의 무릎 부분이 흠뻑 젖었고, 진흙이 묻어 축 늘어져 있었다. 그는 돌아섰다.

그리고 러셀, 고마워요. 그녀가 말했다. 지금도, 그때도, 그리고 언제나. 당신은 정말 조용하고, 정말 다정하고, 정말 인내심이 넘쳐요. 정말, 정말, 정말. 정말의 '말'은 거의 들리지 않아 정, 정, 정만 있었다.

러셀은 다시 발자국을 따라 그의 집 현관으로 갔다. 오토가 귀

국한 지 이제 몇 년이 지났다. 그러니 더는 에타를 걱정할 필요가 없다. 그런데도 서너 시간이 지난 후에 러셀은 다시 막사 뒤쪽으로 갔다. 그저 그녀가 갔는지 확인하려고, 그리고 혹시 그녀가 남긴 게 없는지 보려고. 에타가 앉았던 자리는 풀이 축축하게 엉겨 붙고 주위의 진흙이 약간 파헤쳐졌을 뿐 아무것도 없었다.

그날 밤, 해가 졌지만 아직 잠자리에 들기 전 러셀은 산책을 나섰다. 산책하는 길은 머리와 발이 외우고 있었고, 그가 가려는 쪽은 별이 총총한 하늘이 더 낮게 내려와 있었다. 걷다 보니 오토의 트럭이 나왔다. 트럭은 오토와 에타의 집 남동쪽 구석에 세워져 있었다. 트럭 문은 잠겨 있지 않았다. 늘 그렇듯이. 러셀은 운전석과 조수석 중에 집과 좀 더 먼 쪽에 있는 조수석 문을 열고 트럭에 올라타 운전석으로 건너갔다. 트럭 안은 조용하고 뜨거웠으며, 러셀과 오토가 보걸 농장의 어린이였던 시절에 점심 먹기 전마다 손을 씻었던 비누, 손과 손톱을 박박 문질러 씻었던 그 거칠고 새하얀 비누의 냄새가 났다. 부엌 창문에서 새어 나오는 따뜻하고 노란 불빛이 트럭 옆면에 반사되어 러셀을 보이지 않게 만들었고, 집 안 풍경을 마치 무성영화의 한 장면처럼 비춰주었다. 러셀은 자신만의 사운드트랙을 만들고, 소리와 침묵과 말을 상상했다.

오토는 식탁에 앉아 신문을 읽고 있었다. 침묵. 의자가 뒤로 살짝 밀리는 소리와 함께 그가 자리에서 일어나더니 서랍을 열고 연필을 집어 든 다음, 다시 자리에 돌아와 앉았다. 신문을 계속 읽으며 가끔씩 몇몇 단어에 천천히, 조심스럽게 동그라미를 쳤다. 연필심이 사각사각거렸다. 27분이 지나자 에타가 몸을 감싼 채 조심스럽게 들어왔다. 마치 임신 막달이 된 여자처럼. 하지만 그녀의 배는 납작하고 텅 비어 있었다. 오토는 그걸 알아차렸을까? 그녀는 주전자를 올리고 조리대에 몸을 기댔다. 오토는 잘 들리는 귀가 그녀 쪽으로 향하도록 몸을 돌렸다. 에타는 그걸 알아차렸을까?

미안해. 오토가 말했다.

에타는 주전자에서 눈을 들었다. 오토는 손가락으로 신문을 톡톡 쳤다.

미안해, 정말 미안해. 오토가 말했다. 당신은 러셀과 결혼했어야 했어. 그랬다면 이런 일은 일어나지 않았을 텐데.

에타는 그에게 걸어갔고, 그의 어깨 너머로 신문지에 놓인 그의 손을 보았다.

그럴지도 모르죠. 에타는 그렇게 말하며 옆에 놓인 의자에, 그의 잘 들리는 귀 옆에 앉았다. 하지만 이젠 너무 늦었어요. 안 그래요?

그들은 말없이 앉아 아래를, 식탁을, 신문지를 내려다보았다. 4분 동안. 그러더니 오토가 다시 연필을 들고 원을 그렸다.

에타, 당신이 아직 러셀을 사랑하기 때문에 이런 일이 일어났다고 생각해? 오토가 물었다.

아마도. 에타가 말했다. 그녀는 원을 가리켰다. 아마도.

주전자에서 짧고 작은 휘파람 소리가 났다. 에타는 주전자 주위를 둘러보았고, 오토는 그녀의 시선을 따라갔다. 그러더니 다시 주위가 조용해졌고 두 사람은 다시 그들의 손을, 신문을 내려다봤다.

그 후로 많은 시간이 지났지만 에타는 늘 같은 부츠를 신었다. 그런데도 지금은 에타의 발자국을 찾을 수 없었다. 러셀은 두 호수 사이, 코딜리아와 몬티의 카페가 있는 쪽을 따라 그녀가 분명 지나갔을 법한 땅을 죄다 가로지르며 땅에서 눈을 떼지 않고 신중하게 살폈다가 되돌아갔다. 다른 발자국은 많았다. 농부나 등산객 발자국도 있고, 쥐나 사슴, 개, 코요테 같은 동물 발자국도 있었다. 하지만 에타의 발자국은 없었다. 적어도 그가 아는 에타의 발자국은. 꼬박 이틀이 걸렸고, 땅콩도 거의 다 떨어졌다. 러셀은 다시 트럭으로 걸어갔다. 발자국을 찾아내 추적하는 건 자신 있지만 에타의 걸음을 따라잡을 수는 없었다. 누구의 걸음도 따라잡을 수 없었다. 두 다리를 들어 올려 운전석에 올라갔다. 불편한 다리 먼저, 그다음에 멀쩡한 다리. 그리고 다시 동쪽으로 출발했다. 숲이 더욱 울창해지면서 길이 점점 더 좁아졌다. 다음에 들르는 마을에서는 필요한 물품을 사고 단서를 찾을 것이다. 슬프거나 적어도 절망감이 들어야 할 텐데 그렇지 않았다. 그는 온타리오주에 있었다. 양쪽 차창은 새로운 공기를 맞이하기 위해 열려 있었고, 그는 공기를 들이마셨다. 살아서 움직이는 개처럼.

전화벨이 울렸다. 네 번이나 울린 후에야 오토는 편지와 레시피 카드 너머에서 전화가 울리고 있음을 알아차렸다. 전화를 받았을 때는 너무 늦어서 이미 끊어진 뒤였다. 오토는 식탁 의자를 빼고 앉아 이 집의 전화번호를 알 만한 사람이 누가 있을지 골똘히 생각했다. 러셀이 알던가? 한 번이라도 전화한 적이 있나? 현관문을 두드리고, 나오라고 고함을 치고, 메모를 남기기는 했어도 전화를 한다고? 아니다, 아니야. 분명 러셀의 집에는 전화기도 없을 것이다. 하지만 당연히 에타는 알고 있다. 자기 집 전화번호니 당연히 알고 있으리라. 에타는 주로 편지, 늘 편지를 썼지만 위급한 상황에서는 전화를 걸 수도 있다. 에타가 위급 상황에 처해 전화한 게 틀림없다. 오토는 거기, 바로 거기 전화기 옆에 서서 11분간 전화기를 지켜보며 이런 상상을 했다.

에타는 음식도 돈도 다 떨어진다. 체중이 줄고, 옷과 살은 너무 닳아서 투명해질 지경이다. 오토에게 마지막 편지를 보낸 지 사흘이 지났다. 사흘간 아무것도 먹지 못했다. 그저 풀을 씹고 민들레즙만 마셨고, 그래서 입 주위가 푸르스름해졌다. 마침내 어딘가의—라클루일까?—외곽에 도착했을 때 공중전화 부스를 발견하고 주머니를 뒤져 마지막 남은 25센트를 찾아내 유일하게 아는 번호를 누른다. 전화벨이 울리고, 또 울리고, 또 울리고,

또 울리고, 또 울리고, 또 울리다 전화가 끊긴다. 받는 이 없이. 이젠 돈도 없고, 에타는 공중전화 부스 구석에 털썩 주저앉아 쭈그러지고 산송장이 된다.

혹은 이럴 수도.

에타는 온타리오 주 숲에서 동쪽으로 걸어가고 있다. 성큼성큼, 자신감 넘치게, 씩씩하면서도 기민하게, 노래를 부르며. 시야에서 벗어난 오른쪽 구석에서 무언가가 그녀와 함께, 나무를 돌아 동쪽으로 이동하고 있다. 그것이 움직이는 소리는 에타의 발소리와 노랫소리에 묻혀 들리지 않는다. 그들은 몇 시간째 그렇게 함께 이동하다가 마침내 나무 사이의 어둠이 하나로 흐릿하게 합쳐지자, 에타는 잠을 자기로 하고 발삼 전나무의 낮은 나뭇가지들 뒤 동굴 같은 공간에 옷을 깔고 눕는다. 퓨마는 에타가 잠들어 고른 숨을 쉴 때까지 기다렸다가 언제나처럼 소리 없이 슬그머니 다가가 묵직한 앞발로 그녀의 목을 누른다. 에타는 퓨마가 발톱을 세우기 전에 잠에서 깨 뒤로 물러나 나무 밑동에 몸을 기댄다.

안 돼!

퓨마는 낮게 내려온 솔잎에 털을 뜯기며 앞으로 튀어나가 다시 에타의 가슴에 올라탄다.

넌 살 만큼 살았어, 에타. 이젠 늙었잖아. 널 먹어야겠어. 나도 살아야지. 발톱이 반듯한 네 줄을 그리며 에타의 코트를 찢고, 피가 흐른다.

아직 안 돼. 이제 거의 다 왔어. 아직은 죽을 수 없어. 퓨마의 아름답고 부드러운 배를 발로 찬 에타는 퓨마가 암컷임을, 새끼를 밴 어미임을 깨닫는다. 왼쪽으로, 그녀의 물건과 가방이 있는 쪽으로 몸을 굴린다. 가방 옆에 라이플이 있다. 그때 퓨마가 그녀의 한쪽 다리를 잡는다. 무릎 바로 아래를 이빨로 물어서. 통증이 카페인처럼 에타의 몸에서 폭발한다. 그녀는 총을 잡고 휙 돌아서서 발사하고, 총알이 빗나가자 자동적으로 볼트를 젖힌다. 마치 집 마당에서 깡통이나 땅다람쥐를 수천 번은 쏴본 사람처럼. 그리고 다시 발사. 총알이 퓨마의 엉덩이에 박히자, 퓨마는 어느 때보다도 큰 소리를, 자기도 미처 몰랐던 큰 소리를 내며 움찔하더니 갑자기 뒤로, 나뭇가지가 만든 동굴 가장자리로 물러난다. 그러고는 눈을 깜빡, 깜빡거리며 두렵고 혼란스러운 표정으로 에타를 바라보다가 사라진다. 에타의 옆구리는 피범벅이고, 그녀는 그것이 누구의 피인지 알지 못한 채 의식을 잃고 쓰러진다.

깨어나 보니 움직이는 차량의 뒷좌석에 누워 있다. 운이 좋았어요, 할머니. 누군가 말한다. 수염으로 뒤덮인 얼굴이 운전석에서 그녀를 돌아본다. 정말 운이 억세게 좋았어요, 할머니. 운이 좋게도 총이 있었고, 또 운이 좋게도 총이 너무 낡아서 총성이 우리 집까지 들렸으니까요. 우리 집 벽은 꽤나 두꺼운데 말이죠.

에타의 다리는 체크무늬 천으로 싸여 있었다. 체크무늬 셔츠였
다. 빨강과 초록, 파랑 체크무늬.

어둡고 울퉁불퉁한 숲길을 달려 가장 가까운 병원까지 가는
데 네 시간이 걸린다. 에타는 일어나려 했지만 간호사들이 말린
다. 그들은 들것으로 에타를 운반하고 그녀의 팔과 다리에 붕대
를 감는다. 그러고는 이렇게 묻는다. 혹시 연락할 사람 있으세
요?

혹은 이런 상황일 수도.

에타는 어딘가, 어느 도시, 선더베이를 지나고 있다. 해가 저
무는 중이고 잠을 자기 위해서는 서둘러 도심을 벗어나 숲으로
돌아가야 한다. 거리에는 사람이 하나둘씩 사라지고, 어둠이 스
멀스멀 내려앉고, 가로등에 불이 켜진다. 에타는 보폭을 넓히고,
걸음을 재촉해 속도를 낸다. 하지만 하루의 끝이었고, 새벽 6시
경에 해가 뜬 후로 계속 걸었기 때문에 너무 피곤하다. 그때 갈
림길이자 공원의 입구가 나온다. 곧바로 공원을 가로질러 가거
나, 따뜻하게 불을 밝힌 집들과 가로등이 있는 인도를 따라 두
배나 먼 거리를 돌아가야 한다. 에타는 공원 철문의 빗장을 들어
올리고 문을 잡아당겨 연다. 공원을 통과해서 갈 것이다. 5분이
면 통과할 수 있다. 등을 펴고 두 손으로 가방을 움켜잡는다. 근
처 어딘가에서 사이렌 소리가 울린다.

어둠이 무서워 아드레날린이 솟아나자 두 다리가 다시 쌩쌩해졌고, 공원을 거의 다 통과했을 때 삼삼오오 모인 사람들의 머리 위로 담배 연기가 구불구불한 붙임머리처럼 피어올랐다. 학생들이었다. 열다섯이나 열일곱 살쯤. 그녀가 가르친 학생들, 오토와 위니, 러셀처럼. 남학생 셋과 여학생 하나였는데 다들 담배를 피우고 있다. 키가 제일 작은 남학생만 빼고. 그들은 에타를 보기도 전에, 에타가 그들을 보기도 전에 그녀가 오는 소리를 들었고 따라서 준비가 되어 있었다. 그들은 어슬렁어슬렁 흩어져 일렬로 선다. 길을 가로막는 울타리가 된다. 이봐요, 할머니. 겨울도 아닌데 털모자를 쓴 남학생이 입을 연다. 그 가방에는 뭐가 들었죠?

여전히 선생이고, 평생 선생으로 살았던 에타가 한쪽 눈썹을 추켜세운다. 너희들 이러면―

우리한테 좀 보여줘요. 여학생이 에타의 말을 자르며 한 발짝 다가온다.

너희들 이러면 안 된다. 에타가 다시 한번 차분하게, 정면을 똑바로 바라보며 담배를 피우지 않는 학생에게, 아직 젖살이 빠지지 않은 얼굴에 푸른색 기모 후드를 뒤집어쓴 학생에게 말한다. 그러면서 손을 뒤로 뻗어 라이플을 잡는다. 라이플을 쓰는 건 너무 심한가? 아직 학생들인데.

이렇게 늦은 시간인데 부모님이―

아, 그럼 그냥 우리가 보면 되겠네요. 맨 처음 말했던 남학생,

털모자를 쓴 남학생이 말한다.

그러더니 앞으로 달려 나와 에타를 붙잡고 때려눕힌다. 여학생이 뒤따라 나와 에타 위에 올라타더니 입에서 맥주, 싸구려 맥주 냄새를 맡을 수 있을 정도로 얼굴을 들이댄다. 에타는 본능적으로 가방을, 그 안에 든 양말, 크래커, 초콜릿, 편지지와 볼펜을 끌어안고 눈을 질끈 감는다. 그때 첫 번째 주먹, 여학생의 좀 더 작은 주먹이 가슴으로, 양쪽 쇄골 사이로 날아온다. 농구화가 그녀의 옆구리를 한 번, 두 번 걷어차더니 사방에서 모든 신발이 날아와 그녀를 점점 더 세게 때리고 걷어찬다. 종이로 된 그녀의 몸은 찢어지고, 얼굴에 떨어진 것은 피인가 아니면 침인가? 에타는 가방을 움켜잡았던 손을 풀고 두 손으로 얼굴을 가린다. 그러자 가방이 떨어져 땅에 닿기도 전에 아이들이 낚아챈다. 그러고는 가버린다. 크래커와 초콜릿과 편지지와 볼펜도 함께. 아직 에타의 등에 있는 라이플이 살을 파고든다. 에타는 얼굴을 가린 손을 떼어낸다. 숨을 쉬는 것조차 아프다. 갈비뼈가 제대로 오르락내리락하지 않는다. 입술이 찢어져서 숨을 들이쉴 때마다 따끔거린다. 작은 별빛들이 흐릿해지더니 춤을 춘다. 에타가 별빛과 반대쪽으로 고개를 돌리자 등뼈가 찌릿찌릿 경고를 보낸다. 움직이지 마, 움직이지 마. 그리고 거기, 아까 푸른 기모 후드를 쓴 남학생이 있던 자리에 아직도 그 학생이 있다. 울고 있었다.

울지 마라. 에타가 말했다.

죄송해요. 나쁜 짓이라는 거 알아요. 남학생이 말한다.

네 친구들은 다 갔구나.

네, 저도 가야 해요.

하지만 남학생은 가지 않았다. 그냥 거기, 아까부터 있던 자리에 계속 서 있다.

제가 업어드릴 수 있어요. 저한테 남동생이 있는데 걔를 업을 수 있거든요.

에타는 그녀의 등을, 라이플을 생각한다. 아니다, 그럴 필요 없어.

그래도 뭐든 해야 돼요. 소년이 말한다.

혹시 휴대전화 있니?

네, 엄마가 주셨어요. 위급할 때 쓰라고.

좀 쓸 수 있을까?

그럼요.

고맙구나. 이름이……?

제임스요.

제임스. 고맙다, 제임스.

혹은 이런 상황일지도.

에타는 아무것도 기억나지 않는다. 어딘가의 들판에 서서 걸음을 멈춘다. 누렇게 바랜 풀 위에 앉는다. 눈으로 들어오는 햇살 속에 손가락을 편다. 러셀과 위니와 에이머스와 다른 학생들은 곧 농장일을 끝내고 다 함께 모여 집으로 걸어갈 것이다. 에타는 앉아서 기다리며 메뚜기가 폴짝폴짝 뛰어왔다가 지나가는 걸 지켜본다. 해가 지기 시작하자 바닥에 등을 대고 누워 양손으로 뒤통수를 받친다. 잠이 들면서 이렇게 생각한다.

곧 죽겠구나.

이틀 뒤 농부가, 덩치 크고 힘이 세고 갈색으로 그을린 피부에 늘 실눈을 뜨고 다니는 여자 농부가 그녀를 발견했을 때 에타는 여전히 그런 상태였다. 두 손으로 머리를 받친 채 얼굴에는 미소를 띠고. 이 얼마나 아름다운 죽음인가, 여자 농부는 그렇게 생각하며 에타의 머리에서 먼지와 씨앗을 털어낸다. 넝마 같은 가방을 열고 그 안에 든 물건을 시신 옆에 나란히 정렬한다. 성지처럼. 그러다 이렇게 적힌 종이를 발견한다.

집:

그리고 그 아래 전화번호가 있다.

다시 전화벨이 울렸다. 오토는 움찔하며 더듬더듬 전화기를 잡았다. 여보세요? 누구세요? 여보세요? 오토가 말했다.

전화기 너머에서 잠시 침묵이 흐르더니 지지직거리는 소리가 들렸다. 오토 삼촌? 삼촌이세요? 저 조카 윌리엄이에요. 해리엇의 아들요. 에타 외숙모가 신문에 나온 거 아세요?

윌리엄. 회계사. 매니토바 주 브랜던. 윌리엄은 계속 말하고 있었다.

외숙모는 좋아 보이세요. 정신이 오락가락하실지는 몰라도 팔 팔해 보이세요. 신문에 외숙모의 사진이 실렸어요. 제가 사진 속 모습을 설명해드릴까요? 설명해드릴게요. 외숙모는 들판을 걷 고 계세요. 잔디 있는 들판이 아니라 높이 자란 야생초가 우거진 들판이에요. 가끔씩 줄무늬가 생기는 잡초 있잖아요. 뒤로는 나 무들이 있는데 큰 전나무나 소나무 같아요. 침엽수인 건 확실해 요. 외숙모는 제가 기억하는 것보다 머리가 더 길어요. 덜 곱실 거리고요. 바람에 머리카락이 마구 나부끼고 있어요…….

윌리엄은 계속 떠들어댔다.

윌리엄. 오토가 말을 잘랐다. 어느 신문이냐?

아, 음, 전국 신문이에요. 『캐네디언 내셔널』. 기사 밑에 이렇 게 적혀 있네요. 이 사진은 지역신문인 『커노라 채터』에 맨 처음 실렸다고요. 하지만 이건, 이건 전국 신문이라고요.

그래서 숙모는 다친 데 없이 살아 있는 거지?

네, 네. 건강히 살아 계시고, 다친 데도 없어 보여요. 이렇게 적혀 있네요. '놀랄 정도로 명료한 순간과 대조되는 어설픈 혼 란의 순간.' 숙모를 '아름다운 존재'라고 했어요. 어딜 다쳤다는 말은 없네요. 아주 건강하고 좋아 보이세요. 저기, 얼마 전에 우 리 집에 외숙모 앞으로 편지가 왔더라고요. 제가 반송했는데 받 으셨어요? 그땐 좀 이상하다고 생각했는데 이제 이해가 되네요.

외숙모가 여길 지나가는 중이었군요. 외숙모를 보진 못했어요. 아마 여기보다 약간 남쪽으로 가실 거예요. 도보 여행이라……. 숙모가 그렇게 오래 걸어도 괜찮을까요? 건강해 보이시니 별문제는 없겠지만 거긴 동물이랑 여러 가지 것들이 있잖아요, 그렇죠? 사람들도 있고. 온타리오 주와 퀘벡 쪽에는 사람들이 더 많아요. 제가 잠깐 휴가를 내서 밴을 타고 따라가볼까요? 아니면 우리 애들을 보내도 되고요. 스티븐이 지금 하는 일이 없거든요……. 운전은 리디아가 더 잘하지만…….

아니다. 오토가 다시 윌리엄의 말을 잘랐다. 고맙지만 됐다, 윌리엄. 네 숙모는 그냥 둬도 괜찮아. 뜻한 바가 있어서 그래. 괜찮을 거다.

알겠습니다. 그럼 관둘게요. 삼촌께서 제일 잘 아시겠죠……. 엄마가 이 일을 아셨더라면 좋았을 텐데요, 그렇죠? 엄마도 알고 싶어 하셨을 거예요.

그래, 그랬을 거다.

엄마도 아주 좋아하셨을 거예요.

엄마가 그립니?

아, 그럼요, 네.

나도 그렇구나.

전화를 끊은 뒤 오토는 트럭을 타고 쿱으로 갔다. 달걀과 우유, 그리고 가게에 있던 『캐네디언 내셔널』지 열두 부를 모두 샀다.

★★★

　66년 전, 보걸 집안의 아이들은 가장 가까운 기차역—어린 러셀이 처음 도착했던 역—에 일렬로 서 있었다. 오토는 형제, 누이 들과 악수하고 볼에 키스했다. 각자에게 하나씩, 비밀 하나씩을 속삭였다. 나직이 답하는 아이들도 있고, 아무 말도 하지 않는 아이들도 있었다. 엘리는 고마워, 라고 말했다. 에이머스는 알아, 나도 알아, 라고 말했다. 러셀은 그럴게, 라고 말했다. 엄마는 제발 무사해라, 라고 말했다. 위니는 곧 봐, 라고 말했다.

　리자이나행 열차는 곧 도착했다. 기차에 탄 오토는 발아래로 움직임을 느끼기 위해, 움직이지 않으면서 움직이는 기분을 느끼기 위해 계속 서 있었다. 한 손으로는 러셀에게 빌린 수트케이스, 러셀이 그 기차역에 도착한 후 한 번도 쓰지 않은 수트케이스를 잡고, 다른 손은 창문에 댄 채 지나가는 모든 것을 손끝으로 훑었다.

★★★

키닉 선생님께*

우선 편지를 쓰게 해주셔서 감사합니다. 거스리는 부탁이 아니었으면 좋겠네요. 가급적 짧게 쓰도록 할 게요. 단어와 철자를 연습하는 정도로만요. 준비되셨나요? 시작할 게요.

제가 받은 입영 통지서에는 리자이나 훈련소로 배정한다고 적혀 있었지만 그건 거짓말이었어요. 지금 제가 있는 곳은 리자이나가 아니에요. 리자이나 근처 벌판에 있는 막사죠. 벌판 한가운데 나직한 막사들이 잔뜩 모여 있어요. 여긴 모든게 사각형이에요. 총 75명 정도로 새스커툰 각지에서 왔어요. 늘 함께 먹고, 함께 자고, 함께 기차를 타는데 전 오히려 그게 좋아요. 우리 집에서도 늘 그랬으니까요. 다만 여기서는 모두 동갑이고, 모두 남자라는 점만 다르죠.

벌써 총을 지급받았어요. 진짜 총이요. 총을 열고 닫고 청소하고 분해하고 발사하는 법은 알지만 자연스럽게 가지고 다니는 법, 그러니까 총이 없는 것처럼 가지고 다니는 법은 모르겠어요. 다들 마찬가지에요. 그래서 우린 연습을 해요. 벨트에 권총을 찔러 넣은 채 초원을 걸어다니고, 무릎에 총을 올려둔 채 저녁을 먹고, 양말에 총을 쑤셔 넣은 채 카드 게임을 하고, 옆에 총을 둔 채 자죠. 우리가 총을 든 채 춤을 추고, 총을 든 채 달리

164

고, 총을 든 채 서로 껴안을 수 있게 되면 그땐 더 큰 기차를 타고 동쪽으로, 샬럿 타운이나 핼리팩스로 떠날 준비가 된 거예요. 멀지않아 그렇게 될 거에요. 이미 떠난 친구들도 있구요.

혹시 거기 가본 적 있으세요? 한 번이라도?

우리 마을은 모든 게 순조롭길 바래요. 바람도 너무 쎄지 않고, 학생들은 선생님 말을 잘 듣고 열심히 공부하고 노래하길요. 그리고 선생님도 건강하시길요. 선생님이 아프면 어떻하겠어요. 곧 답장해주세요. 전 상관없으니까 아무 얘기나 쓰세요. 태양이든, 먼지든, 선생님 얘기든 다 좋아요. 여기 적힌 주소로 보내주세요. 만약 제가 동쪽으로 떠났으면 거기로 보내줄 테니 걱정마시구요.

우리 식구들과 러셀에게 안부 전해주세요.

진심을 담아
오토.

*이건 제 첫 번째 편지예요. 그러니 띄어쓰기나 맞춤법 등등이 엉망일 거예요. 여기서부터 점점 나아지겠죠.

에타는 현관 계단에 앉아 햇볕 속으로 다리를 쭉 뻗은 채 편지를 읽었다. 소인에 찍힌 날짜는 2주 반 전이었다. 다 읽은 뒤에는 군에서 발급한 흐린 녹색 종이 두 장이 날아가지 않도록 돌을 올려두고, 집에 들어가 펜 두 개와 종이를 가지고 나왔다. 다시 계단에 앉아 다리를 쭉 편 채 먼저 빨간 펜으로 오토의 맞춤법을 교정해준 다음, 검은 펜을 들고 답장을 쓰기 시작했다.

그다음 편지에도, 그다음 편지에도, 그다음 편지에도. 교사 사택 현관 앞, 세 단짜리 계단에 앉아 다리를 쭉 편 채. 이제는 아예 우편함에 빨간 펜과 검은 펜, 종이를 넣어두었다.

친애하는 오토에게

지난번 편지 잘 받았어요. 맞춤법이 점점 좋아지고 있네요, 정말로.

동부에 간 후로 시간이 꽤 흘렀으니 이젠 분명 수영을 잘하겠죠? 생선도 많이 먹고요. 또 뭘 배웠나요? 전쟁터에 나가기 전까지 뭘 배워야 하죠?

잘 알다시피 이번 주에는 월터랑 와일리가 학생들에게 작별 인사를 했어요. 두 사람은 떠나기 전에 교실 앞에 서서 〈곧 다시 만나요(I'll be seeing you)〉를 불렀죠. 화음까지 넣어서요. 아마 지금쯤 리자이나(혹은 그 외곽)에 있을 테지만, 핼리팩스에서 세 사람이 재회하면 정말 좋겠어요. 당신을 위해서라도 그렇게 되길 바라요.

여기는 아주 더워요. 덥고 건조하죠. 교사 수첩에 따르면 지금은 가을이지만 도저히 믿기지가 않아요. 개학한 지 몇 주가 지났는데 여전히 서리는 구경도 못 했어요. 아직도 점심시간에는 화상을 입기 일쑤고요.

지난번 편지에서 편지 쓰기 하루 전날인가가 생일이라고 했죠? 내 생일도 비슷해요. 그보다 사나흘 전이에요. 그렇다면 우리가 동갑이라는 뜻이네요. 생일도 거의 같고요. 러셀과 내가 동갑인 건 알았는데 당신과는 더 비슷하군요. 나이도 같고, 이젠 학교에 다니지도 않으니 앞으로는 날 키닉 선생님이라고 부르지 말고 에타라고 하세요. 알았죠? 러셀에게도 학교 밖에서, 시내에서나 댄스파티에서는 그렇게 부르라고 했어요.

에타

그래서, 여자들은 어떻게 됐어?

에타는 위니의 요청에 따라 전쟁의 역사를 가르치는 중이었고, 학생들은 트로이전쟁을 연기하고 있었다. 대다수는 교실 바닥에 누워 죽은 척했고 지금은 질문하는 시간이었다.

여자들 말이야, 위니. 여자들은 어떻게 됐어?

위니는 몸을 일으켜 뒤통수에 묻은 분필 자국과 신발에서 떨어진 흙을 털어냈다.

여자들은 싸우기 위해, 돕기 위해 뭘 했지? 그리고 어디에 있었어?

음, 헬렌은 아는데…….

헬렌은 제외야. 여왕은 중요치 않아. 평범한 여자들 말이야. 그리스의 여인들은 뭘 했지?

분명 중요한 역할을 한 사람도 있을 거야. 틀림없이 스파이로 활동했을 거라고.

마타하리처럼?

응.

싸우지는 않고?

싸우지는 않고.

바보 같아.

간호사도 있고…….

168

트로이에?

트로이 말고 지금.

그럼 여자들은 간호사와 스파이만 할 수 있어?

응, 간호사와 스파이.

9

러셀은 오케이 커노라 주유소 겸 슈퍼에 들렀다. 땅콩과 물, 초
콜릿, 바나나를 사고 리츠 크래커와 양말, 신문을 샀다. 계산대의
여직원은 헤드폰을 낀 채 몸을 앞뒤로 천천히 흔들며 러셀에게
줄 거스름돈을 셌다. 고맙소. 러셀이 잔돈을 받으며 말했다.

여직원은 흔들거리는 동작에 맞춰 고개를 끄덕이고는 미소
지었다.

그리고 미안한데…….

여직원은 흔들거리던 동작을 멈추고 고개를 갸웃했다.

혹시 이런 사람을 본 적이…….

여직원은 손가락을 들어 헤드폰을 가리켰다.

아. 러셀은 말했다. 여직원은 몸을 천천히 흔들었다. 그의 지
갑은 아직 카운터에 놓여 있었다. 러셀은 지갑을 들고 지폐를 넣

는 칸에서 조심스럽게 사진을 꺼냈다. 오래전 에타와 오토가 찍은 사진이었다. 러셀은 에타를 가리켰다.

여직원은 사진을 내려다보았다. 실눈을 뜬 채. 그러더니 눈이 조금 커졌고 고개를 끄덕였다. 네. 비록 소리는 나오지 않았지만 여직원의 입술이 그렇게 말했다. 네, 네. 여직원은 팔을 뻗어 러셀의 겨드랑이에 끼여 있던 신문을 뺐다. 그러고는 흥분한 표정으로 신문의 4페이지를 펼친 다음, 러셀이 볼 수 있도록 신문을 빙글 돌려 가리켰다. 거기 에타가 있었다. 높이 자란 야생초 속에. 방크스 소나무를 등진 채. 부츠가 아니라 새것으로 보이는 러닝화를 신고 있었다.

다른 신발, 다른 발자국.

이게 무슨 신발이오? 러셀은 사진 속 에타의 신발을 가리켰다.

여직원은 뒤로 물러서서 자기 발을 가리켰다. 러셀은 몸을 내밀어 그녀의 발을 봤다. 색깔도 다르고 사이즈도 더 작았지만 에타의 신발과 같은 로고가 있었다. 여직원은 신발 한 짝을 벗어 러셀에게 건넸다. 그녀는 빨간 양말을 신고 있었다. 러셀은 신발을 받아들고—묵직한 최첨단 신발일 줄 알았는데 의외로 매우 가벼웠다—뒤집어서 발바닥 무늬를 살폈다. 고무. 손끝으로 훑어 내리며 무늬를 기억했다. 여직원은 미소를 띤 채 몸을 흔들었다. 러셀은 신발을 다시 뒤집었다. 신발 안쪽에 파란색 사인펜으로 다이앤이라고 적혀 있었다. 그는 신발을 건넸다.

고맙소, 다이앤. 러셀은 말하지 않고 입만 벙긋거렸다.

다이앤은 미소를 지으며 어깨를 으쓱였다. 신발을 한 짝만 신고, 한 짝은 손에 든 채.

이젠 어떤 발자국을 찾아야 할지 알고 있으므로 금세 찾아낼 수 있다. 금세, 눈 깜짝할 사이에. 몇 시간, 어쩌면 해가 지기도 전에.

내가 여긴 바위가 많을 거라고 했잖아.

응, 그랬지. 그래서?

그래서, 음, 지금 네가 이렇게 고생하는 거 같다고.

제임스는 나직하고 삐쭉삐쭉한 절벽 꼭대기에 있었다. 에타는 지그재그로 천천히 올라가고 있었다. 가로지르며 올라가고, 가로지르며 올라가고. 그녀는 숨을 거칠게 몰아쉬었다.

아니, 고생하는 거 아니야.

제임스는 그냥 폴짝폴짝 뛰어서 정상에 올랐다. 두 번 점프해서 위로, 위로.

알았어, 음, 아직 멀었으면 그동안 난 이 주변의 냄새를 좀 맡아야겠어. 정상에 올라오면 날 불러.

휘파람을 불게.

좋아. 제임스는 그렇게 말하며 코를 땅에 댄 채 총총 걸어갔다.

이곳에는 이런 절벽이 많았다. 에타는 천천히 지그재그로 여러 번 왕복하며 올라갔고, 제임스는 폴짝폴짝 뛰며 냄새를 맡고 다녔다. 그날만 벌써 다섯 번째로 천천히 절벽 정상에 오른 뒤, 에타는 휘파람을 불었다. 하지만 평상시와 달리 제임스는 덤불 뒤에서 달려 나오지 않았다. 다시 휘파람을 불었지만 여전히 보이지 않았다. 그녀는 한숨을 쉬고 이번에는 손가락 두 개를 넣어서 고음으로 크게 불었다. 잃어버린 말을 부를 때처럼. 하지만

173

말도, 제임스도 오지 않았다. 에타는 고원에 털썩 주저앉았다. 피곤했다. 새로 산 신발은 진흙과 먼지로 회갈색이 되었다. 그녀의 휘파람 소리를 제외하면 아주 고요했다. 한낮인데도 새소리가 들리지 않았다.

넌 미쳤어. 에타는 속으로 생각했다. 미쳐가고 있는 거야. 제임스도 실은 네가 만들어낸 거라고.

아냐, 그렇지 않아. 난 미치지 않았어. 그냥 늙었을 뿐이야.

그거나 그거나.

그렇지 않아.

그게 그거라니까.

에타는 신발 끝으로 백악질 절벽 위에 선을 그렸다. 하얀 선. 이게 진짜야. 그녀가 다시 생각했다. 내가 그린 거고, 이게 진짜야. 이번에는 손톱으로 팔을 길게 긁었다. 처음에는 하얀 선이 생기더니 이내 붉게 변했다. 이게 진짜야.

네가 혼동하는 거야. 넌 자야 해.

피곤하지 않아.

피곤하다니까. 요새 넌 늘 피곤해.

에타는 자리에서 일어났다. 난 걸을 수 있어.

거의 20분쯤 지나 1.5킬로미터쯤 걸었을 때 한낮의 고요함 대신 소리가, 새로운 소리가, 60년 전 에타가 살았던 교사 사택의 널빤지 틈 사이로 바람이 내던 것 같은 소리가 들렸다. 하지만 여기는 바람이 불지 않았다. 에타는 그 소리를, 바람이 불지 않는데도 나는 바람 소리를 따라 길에서 벗어나 돌피와 돼지풀과 고개를 끄덕이는 엉겅퀴 속으로 들어갔다. 씨앗이 다리에 달라붙었다. 소리를 따라가자 구부러진 나뭇잎이 커튼처럼 늘어진 곳이 나왔고, 그 아래, 엉겨 붙은 털 뭉치와 엉겅퀴와 피가 있었다. 제임스. 제임스의 오른쪽 앞발이 덫에 걸려 있었고, 숨을 내쉴 때마다 입에서 바람과 비슷한 소리가 났다.

널 부르려고 했는데 갈수록 피곤해져서.

맙소사. 에타가 말했다.

휘파람 소리 들었어. 크게 잘 부르던데.

난 네가 진짜가 아닌 줄 알았어. 내가 상상해낸 건 줄 알았지.

그럴 수도 있어.

하지만 아니지, 그렇지?

에타, 그럴 수도 있고 아닐 수도 있어. 신경 쓰지 마.

신경 쓰지 말라고?

그래.

에타는 제임스 옆에 쪼그리고 앉아 털에 박힌 엉겅퀴를 빼냈다. 엉겅퀴 바늘에 손가락이 살짝 찔렸다. 이거 봐, 이건 진짜야. 느낄 수 있어.

널 덫에서 빼낼 때 다리가 아플 거야. 에타가 말했다.

괜찮아. 원래 코요테는 통증을 많이 느끼지 않아. 괜찮아.

그래도 눈을 감아.

제임스는 눈을 감았고 에타는 제임스의 머리를 쓰다듬었다.

한 번, 두 번, 털의 결을 따라 개를 쓰다듬듯이. 굵고 억센 털이 었다. 그런 다음, 예전에 덫에 걸린 이웃집 고양이를 빼내려고 언니 앨마와 했던 것처럼 굵은 나뭇가지로 덫을 벌렸다.

덫에 걸린 제임스의 다리는 부러져 있었다. 피가 무덤덤하게, 보일 듯 말 듯 하게 흘러나와 엉겨 붙은 수풀 위로 가끔씩 뚝뚝 떨어졌다. 에타는 양말을 묶어 최대한 지혈했다.

그쪽 발은 쓰지 마. 절대 무게를 싣지 말라고.

하지만 늘 네발로 균형을 잡는 코요테에게 그것은 불가능했다. 제임스는 에타의 말을 잊고 발을, 오른쪽 앞발을 내디뎠다가 비명을 지르며 주저앉았다.

그래, 좋아. 네 무게가 얼마지? 에타가 물었다.

제임스는 앉아서 상처를 핥았다. 토끼보다는 무겁지만 말보다 는 가벼워…… 아마 20킬로쯤 될 거야.

내 가방에 들어가. 초콜릿은 뭉개지 말고.

에타는 제임스가 들어간 가방을 어깨에 대각선으로 멨다. 캔버스 가방이 늘어나긴 해도 무게를 지탱해주었다. 제임스 때문에 라이플을 가방에 넣을 수 없어 손에 들고 다니면서 지팡이처럼 쓰기도 하고, 더는 사냥할 수 없는 제임스를 위해 땅다람쥐를 잡기도 했다. 그들은 여러 절벽과 거대한 바위를 멀리 돌아갔다.

있잖니, 난 네가 프랑스어로 말하지 않아서 놀랐단다. 에타가 말했다.

물고기 머리뼈처럼 말이지? 제임스가 말했다. 제임스의 깐닥

거리는 머리가 에타의 목에 살짝 닿았다.

응.

나도 마찬가지야.

난 물고기가 아닌데?

코요테도 아니잖아.

맞네, 맞아.

오토는 동네 쿱에 들른 후, 트럭을 몰고 블래드워스의 쿱으로 가서 『캐네디언 내셔널』을 몽땅 샀다. 그런 다음 케나스톤과 헨리, 던던, 그 밖에 한때 선로였지만 이제는 고속도로가 된 길을 따라 자리 잡은 마을에 모두 들렀다. 더는 문을 연 가게가 없을 정도로 늦은 시간이 되자, 24시간 영업하는 주유소에 들렀다. 오늘 신문이 내일 신문으로 바뀌는 걸 확인한 후에야 오토는 트럭의 방향을 돌렸고, 파스텔 톤 여명 속에서 집 진입로에 들어섰다. 예닐곱 번 왕복하며 326부의 신문을 부엌으로 옮긴 후에 침실로 가서 근래 들어 가장 달게 잤다. 방광이 터질 듯하거나, 마른기침이 나오거나, 꿈에서 몇 시간이고 달리고, 달리고, 또 달리는 바람에 심장이 두근거려서 깨는 일 없이.

그렇게 단잠을 자고 깨어 보니 늦은 오후였다. 신문을 치워 부엌까지 가는 길을 낸 후, 커피를 내리는 동안 신문 속 사진을 자르기 시작했다. 그렇게 에타의 사진을 326번 잘라냈다. 첫 번째 사진은 에타에게 보내는 다음 편지에 동봉하기 위해 따로 빼두었다. 두 번째 사진은 접어서 주머니에 넣었다. 남은 324장의 사진은 선반 속 케이크 받침대, 식힘망, 머핀 틀, 식빵 틀, 쿠키 트레이를 모두 빼내고 맨 뒤에 차곡차곡 쌓았다.

그 앞에 다시 주석과 양철로 된 물건들을 가지런히 쌓아 조심스럽게, 완벽하게 원래대로 돌려놓았다. 작년에 수확한 라즈베리로 만든 잼을 곁들여 치즈와 건포도 스콘을 먹고, 남은 신문으로 뭘 할 수 있을지 혹은 해야 할지 생각했다. 어떤 용도로 쓰기에는 양이 너무 많았다. 그냥 버리거나 태워야 할 쓰레기였다. 오토는 펜을 들고 양복 입은 남자가 하늘을 바라보는 사진이 실린 신문 1면 여백에 이렇게 썼다.

신문의 용도:

1. 태운다. (큰불을 내고 싶거나 내야 할 필요가 없다면 별 쓸모 없음.)
2. 원예. (파종에 쓸 화분 만들기.)
3. 동물 우리의 깔개로 쓰기. (먼저 동물이 있어야 함.)
4. 다른 용도. (예술/조각/무언가를 만들기 등등.)

큰불을 내서 태워버리면 재미도 있고 좋겠지만 지금은 건기라서 자칫 걷잡을 수 없이 번질 수 있다. 설사 그렇지 않다 해도 고속도로를 지나가는 사람들의 눈에 띄어 진짜 불이 난 줄 알고, 나서는 안 될 불이 난 줄 알고 소방서에 신고할 수도 있다. 그러면 소방차가 출동해서 한바탕 난리가 날 것이다. 어차피 지금은 불을 피우기에는 너무 더웠다. 연기가 열기 속에 갇혀 며칠이고 안개처럼 자욱하게 걸려 있을 것이다. 오토는 1번에 줄을 그었다.

2번대로 하기에도 너무 늦었다. 이렇게 쓰려면 신문을 쌓아둔 채 내년 봄까지 기다려야 했다. 에타는 분명 그 전에 돌아올 테고, 부엌이 신문으로 꽉 차서 바닥과 조리대와 손이 신문 잉크로 얼룩이 지는 걸 원치 않을 것이다. 오토는 2번에도 줄을 그었다.

★★★

사랑하는 에타

다섯 달쯤 전에 러셀네 농장 옆집 소녀가 왔던 거 기억하오?
기니피그 새끼들이 든 상자를 가지고 왔었지. 그 애 말에 따르
면, 그 애 부모 말에 따르면 새끼가 너무 많아서 우리에게 주
고 싶다고 했잖소. 아이 이름이 카시아였고, 아홉 살쯤 됐지.
오늘 아침에 그 애 집에 갔소. 아이는 아직 학교에서 돌아오지
않았지만 부모는 농장에 있더군. 날 보고 반가워했소. 네, 네,
아, 그럼요. 아직 새끼들이 있습니다. 그럼요, 얼마든지 가져가
세요. 딱 한 마리요? 정말 한 마리만 가져가시겠어요? 알겠습
니다. 그들은 그렇게 말하더니 기니피그 철창이 카시아 방에
있으니 가서 마음에 드는 걸 고르라더군. 하지만 대신 골라달
라고 부탁했더니 갈색이 많이 섞인 녀석을 가져다줬소. 아직
새끼라 조그마해.
그래서 이제 우리 집에는 기니피그가 생겼소. 당신이 싫어하지
않았으면 좋겠군. 녀석은 야행성이고, 요즘엔 나도 그런 듯하
니 우린 잘 맞을 거요. 이젠 집에서 내가 내는 소리 말고도 다
른 소리와 기척이 들리겠지. 아직 이름은 없지만 곧 지어줄 거
요. 깜빡 잊고 암컷인지 수컷인지 물어보지 못했소. 그래서 중
성적인 이름을 고를 생각이오.

올해는 옥수수 농사가 아주 잘됐으니 옥수수를 먹여야겠소.

지금 당신이 정확히 어디에 있는지 모르지만 분명 커노라 근처겠지? 그래서 이 편지의 주소를 '온타리오 주 남부'로 적을 생각이오. 일단 거기까지 갔다가 내게 반송될 거요. 반송되면 다른 편지들과 함께 잘 보관해두겠소. 당신이 집에 돌아와서 읽을 수 있도록.

집에서

오토.

추신. 여기 당신을 찍은, 당신을 위한 사진을 동봉하오.

오토는 기니피그에게 오츠(Oats, 귀리)라는 이름을 붙였다. 귀리를 잘 먹는 데다 색깔도 비슷했고, 글자 모양처럼 둥글둥글하고 말랑말랑하고 땅딸막하기 때문이다. 오토는 『캐네디언 내셔널』의 A와 B 섹션을 길게 찢어서 크리스마스에 먹고 남은 귤 상자 밑에 푹신하게 깔아주었다. 신문 말고도 물을 가득 담은 작은 잔과 귀리―옥수수를 수확하기 전까지는 당분간―를 잔뜩 넣어둔 설탕 단지, 그리고 오츠를 넣었다. 오츠는 상자에 들어가자마자 신문지 사이로 파고들었다. 그래, 이따 저녁때쯤 보자. 오토가 말했다.

에타에게

월터 형과 와일리 형이 방금 도착했어요. 정말 잘됐어요. 위아래로 같은 색깔의 잘 다린 군복을 입고, 진짜 이발사가 자른 머리를 하고 있으니 둘 다 이상해 보여요. 아마 나도 그랬겠죠? 주말에 다 함께 대서양으로 수영하러 갔어요. 어쩌나 길고 넓은지 형들은 입을 다물지 못하더라고요. 하늘이 땅으로 떨어진 거 같아, 월터 형은 그렇게 말했어요. 정말 그렇네, 와일리 형은 그렇게 말했고요.

하지만 형들과 회포를 풀기도 전에 떠나야 해요. 2박 3일 뒤 아침이면 배에 타고 있을 거예요. 태어나서 처음 타는 배죠.

에타, 사실은 말이죠, 많이 무서워요.

간절히 원했던 일이고, 지금도 원하고 있지만 그래도 무서워요.

러셀에게 안부 전해주세요. 다른 사람들에게도요.

오토 보결.

추신. 사진을 동봉합니다. 군복 입고 찍은 사진이에요. 군대에서 공식적으로 찍어줬는데 두 장 주더군요. 한 장은 이미 엄마에게 보냈으니 이건 당신에게 보낼게요. 먼지를 뒤집어쓰지 않은 내 모습이 궁금할 수도 있으니까요.

～

에타는 이런 말은 쓰지 않았다.

당신은 무서워해야 마땅해요. 요즘 학교에 오는 학생들, 전쟁
터에서 돌아온 소년들을 보면 겁이 덜컥 날 거예요. 덩치는 어
른 같지만 실은 온전치 못한 소년일 뿐이에요. 팔이나 다리, 뇌,
혹은 영혼이 사라진. 그들은 비좁은 책상에 끼어 앉아 A부터 Z
까지 1에서 10까지 암송해요. 왜냐하면 할 줄 아는 게 그것뿐이
니까요. 책상에 앉아 있는 모습은 나이보다 훨씬 어려 보이면
서 또 훨씬 많아 보여요.

하지만 보통 등교한 지 사나흘 만에 엄마나 아버지, 아내, 누이
손에 집으로 끌려가죠. 집에서는 상황을 통제할 수 있고, 불빛
을 줄이고 이불 속에 숨기도 쉽고, 600미터만 달리면 들판으로
가서 짐승처럼 입을 벌리고 울부짖을 수도 있으니까요.

이런 말도 쓰지 않았다.

불과 이틀 전 기하학 수업 시간에 대처 멀딘이 오른손 검지와
중지 사이를 연필로 푹 찔렀어요. 내가 아무리 애를 써도 대처
의 나무 책상에서 피가 계속 흘러내리더군요. 그리고 3주 전에
학교로 돌아온 케빈 리리는 작은 칼로 앞에 앉은 여학생의 땋

은 머리를 잘라 늘 뒷주머니에 넣고 다녀요. 리본 달린 부분이
위로 오게 해서요.

이런 말도 쓰지 않았다.

그런데도 그들은 계속 떠나요. 계속 군에 입대해서 떠나죠. 모
든 소년과 모든 남자가요. 댄스파티에 가면 여자들과 부상당해
돌아온 남자들, 그리고 러셀뿐이에요.

이런 말도 쓰지 않았다.

나이가 한참 어린데도 오언 역시 떠났어요. 하얀 피부는 햇살
이 통과할 정도로 투명하고, 성격은 아주 예민한데도 말이죠.
당신이 어떤 분대에 있는지 아느냐고 묻는 오언의 손이 부들부
들 떨리더군요.

이런 말은 더더욱 쓰지 않았다.

당신 사진은 내 식탁에 뒀어요. 시내에서 사진틀을 사서 끼워
뒀죠. 이젠 혼자 먹지 않아서 너무 좋아요.

이런 말도 쓰지 않았다.

집에 다른 사진이라고는 부모님과 언니 사진 한 장씩뿐이에요.

이런 말도 쓰지 않았다.

사진 속 당신은 내가 기억하는 것보다 훨씬 더 생생해 보여요.

에타는 답장에 이렇게 썼다.

오토에게

우리 모두 무서워요, 거의 늘. 무섭지 않다면 사는 건 사는 게 아니죠. 무서워하세요. 그리고 그 공포 속으로 뛰어드세요. 몇 번이고 반복해서. 그러는 동안 정신을 똑바로 차려야 한다는 것만 명심해요.

에타

추신. 사진 고마워요. 먼지투성이가 아니어도 당신을 알아볼 수 있어요. 사진에 대한 답례로 올해 우리 반 아이들과 학교 앞에서 찍은 사진을 동봉합니다.

사진 속 에타는 짧은 소매에 허리를 바짝 조이고, 잘 다린 칼라가 달린 옅은 색 원피스를 입고 있었다.

★★★

들고 있던 에타의 사진이 바람에 펄럭거리자 오토는 두툼한 모직 군복 주머니에, 안주머니에 에타의 사진을 넣었다. 그러고는 배의 차가운 철제 난간을 잡고 잿빛 바다에 다시 한번 토했다. 막상 바다에 나와 보니 그다지 푸르지 않았다. 그 공포 속으로 뛰어들어. 오토는 그렇게 중얼거렸다. 왼쪽, 오른쪽, 앞, 뒤 모두 바다였다. 바다뿐이었다. 배는 어설프게 바다를 가로질렀고, 떠오르는 태양이 점점 가까워지는 것만이 앞으로 나아가고 있다는 유일한 증거였다. 괜찮아? 왼쪽에서 같이 토하던 병사가 물었다. 몬트리올 출신으로 영어가 아주 느렸다.

응. 오토가 말했다. 소금과 물과 바람. 살아 있어. 난 살아 있어.

D'accord(좋아). C'est bon(잘됐어). 난 별로야. 소년의 얼굴은 바다처럼 잿빛이었다. 소년은 코트를 벗어 던지더니 그 위에 총도 던졌다. 오토는 그의 코트와 총을 집어 들어 코트는 팔에 걸치고, 두 손으로 차가운 총을 녹였다.

굉장한 경험이 될 거야. 좋은 일인지 나쁜 일인지는 모르겠지만 아무튼 굉장한 경험이 될 거야. 오토가 말했다. 커피를 처음 마셨을 때처럼 심장이 빠르게 뛰며 딱딱하게 굳었다. 승선한 순간부터 계속 이랬다. 손은 부들부들 떨렸다.

Oui, 응. 잿빛 소년이 대답하더니 다시 난간 너머로 허리를 숙였다.

일주일 뒤 배가 항구에 도착했을 때 오토의 머리는 하얗게 세어 있었다. 파도의 거품처럼, 매일 저녁 먹던 생선 뼈처럼 순백색으로 변했다.

내가 더 잘할 수 있는데. 위니가 말했다.

수업이 끝난 후였다. 오늘의 수업은 2차원의 그림을 3차원으로 만드는 오려내기였다. 위니와 러셀은 에타를 도와 책상 사이에 떨어진 종잇조각을 치우는 중이었다.

무슨 근거로 그렇게 생각해? 정전기 때문에 러셀의 셔츠에 흰색과 파란색 종잇조각이 붙어 있었다. 네가 다른 사람보다 더 잘할 수 있다고? 오토보다도?

대다수 사람들보다. 오토 오빠보다 잘할 수도 있고, 못할 수도 있고.

에타는 둘의 대화를 듣기만 할 뿐 끼어들지 않았다. 그저 손에 가득 쥔, 혹은 스커트에 가득 쓸어 담은 종잇조각을 버리라고 쓰레기통을 내밀었다.

그럼 가. 간호사로 참전해.

간호사는 되고 싶지 않아……. 오빠는 내가 가면 좋겠어?

네가 가고 싶다면 가길 바라지.

난 미치지 않을 거야. 다른 사람들처럼 연약하지 않거든.

혹은 나처럼—

러셀, 당신은 연약한 것과는 거리가 멀어요. 에타가 끼어들었다.

맞아요! 저도 동감이에요. 위니가 말했다.

러셀은 바닥에서 에타를 올려다보았다. 그의 눈빛에 무언가가 있었다. 상처? 고마움?

무슨 뜻인지 아시잖아요. 러셀이 말했다.

어쨌든 간호사가 되는 건 싫어. 위니가 말했다. 난 송아지를
죽일 때 주먹으로 어디를 쳐야 할지 알고 있어. 꼭 죽여야 한다
면 말이야. 그것도 아주 세게 때릴 수 있다고. 한 방이면 충분해.

에타는 웃음을 터뜨렸다.

정말이에요.

알아, 알아.

IO

에타는 점점 더 낮고, 쉬운 길로 돌아가고 있었고 러셀은 그 점이 고마웠다. 마치 그의 편의를 봐주는 것처럼 느껴질 정도였다. 러셀은 여기 돌가루에 반만 찍힌 발자국, 저기 개울에서 나와 바깥쪽만 찍힌 발자국 등 그녀의 흔적을 따라갔고, 발자국이 진해지고 깊어지고 가까워질수록 신중하게 계산했다. 천둥과 번개 사이의 짐승을 잡듯 시간과 거리 차이를 중얼중얼 계산하며 둘 사이의 시간과 거리를 좁혀갔다. 그 숫자가 충분히 줄어들자 러셀은 신발과 양말을 벗어 함께 묶어 목에 걸었다. 우아하거나 빠르지는 않을지라도 그는 조용히 하는 법을 알고 있었다. 에타의 발자국을 그대로 밟으며 계산하고 숫자를 세고, 발을 내딛고 귀를 기울였다. 그러다 마침내 새하얀 가문비나무 숲이 펼쳐지며 사방에서 진하고 축축한 녹색 냄새가 풍겼고, 두 시간 넘게 추적하고 숫자를 세고 계산하고 귀를 기울인 끝에 러셀은 발 아래 발자국에서 눈을 들어 150미터 높이의 하얀 가문비나무와 거미줄 그리고 지붕을 이룬 솔잎 사이로 새어 들어와 댄스홀의 미러볼처럼 반짝거리는 햇살 너머로, 나무와 거미와 햇살처럼 자연의 일부가 된 에타를 보았다. 등에는 작은 가방을 멨고, 사방에 나무가 있으며, 앞에는 땅이 펼쳐져 있었다. 집에 있을 때와 다르게 머리를 풀어서 늘어뜨렸다. 바람에 그녀의 머리카락이 나부끼자 러셀은 바람이 아니라 자신이 머리카락을 쓰다듬고 훑어 내리고, 쓰다듬고 훑어 내리는 것만 같았다. 이제 에타는 아주 가까이 있었다.

그는 에타를 지켜보면서 따라갈 수 있을 만큼 거리를 둔 채 어떻게 해야 할지 생각했다. 어두워질 때까지, 에타가 밤이 되어 휴식을 취할 때까지 기다리기로 했다. 그들은 아주 긴 2인용 자전거를 탄 것처럼 네 시간 동안 함께 이동했고, 마침내 에타가 걸음을 멈추고 가방을 내렸다. 러셀은 나무 뒤로 들어가 몸을 숨겼다.

그가 낙엽송 뒤에서 나왔을 때 에타는 등을 돌린 상태였다. 에타, 에타, 나 러셀이오. 당신이 괜찮은지 보러 왔소.

한순간 에타는 얼어붙은 듯이 꼼짝하지 않더니 천천히 몸을 돌렸다. 손에는 기다란 총, 오토의 총을 들었고, 총구는 위를 향했다. 돌아가요. 꺼져요. 에타가 말했다.

그녀의 발치에서 조그만 코요테가 으르렁거렸다. 절름발이 코요테였다.

에타, 에타. 나요, 러셀. 러셀이라고.

러셀? 웃기시네! 당신이 왜 러셀이야. 러셀 같은 소리! 당신은 늙었어. 러셀이라고 하기에는 너무 늙었다고.

하지만 우린 동갑이잖소. 러셀이 말했다.

무슨 소리. 아냐, 아냐, 아냐, 우린 동갑이 아니야. 당신은 팔십 노인이야. 90이 넘었을 수도 있고. 갑자기 에타가 라이플을 내렸고 총구가 바닥을 향했다. 미안해요. 그녀는 그렇게 말하더니 러셀이 내밀고 있던 손을 잡았다. 무척 피곤하겠어요. 여긴 당신 같은 사람이 오기에는 험하니까. 우리랑 함께 저녁을 먹는 게 어때요?

러셀은 에타에게 잡힌 손의 긴장을 풀었다. 며칠간 야외에서 생활한 탓에 두 사람의 손은 거칠고 굵어졌다. 좋아, 그러자고. 러셀이 대답했다. 코요테는 근처 바위에 자리를 잡고 다리를 핥으며 경계하는 눈빛으로 러셀을 올려다보았다.

에타는 그들을, 러셀과 코요테를 남겨둔 채 사냥하러 갔고 땅다람쥐 두 마리를 잡아 왔다. 여긴 땅다람쥐가 별로 많지 않아요. 에타는 그렇게 말하며 코요테가 앉아 있는 바위에 땅다람쥐를 올려놓고 총알이 박힌 자리를 조심스럽게 만지작거렸다. 코요테가 질식하지 않도록 총알을 빼내야 해요. 괜찮으면 당신도 도와줘요.

그들은 러셀이 가져온 생수로 손에 묻은 피를 씻고, 역시 러셀

이 가져온 땅콩과 크래커, 바나나를 저녁으로 먹었다. 한편 코요
테는 땅다람쥐를 저녁으로 먹었다. 에타는 가지고 있던 초콜릿
을 권했지만 러셀이 사양하자 다시 가방에 넣었다. 그들은 소나
무 아래 코트를 깔아 잠자리를 마련했다. 에타는 코요테와 함께
자고, 러셀은 한 나무 건너서 잤다. 저 멀리 호수 너머로 천둥소
리가 들렸다. 폭풍우가 칠 때는 나무 밑에서 자면 안 돼요. 러셀
이 말했다.

알아요. 당연히 알죠. 난 죽고 싶은 생각이 없는걸요.

러셀은 전류가 흐르는 머리카락과 번개의 꿈을 꿨다. 만지지
않는 게 좋을 겁니다. 우리가 할 수 있는 게 아무것도 없어요. 러
셀은 이발사에게 말했다.

제일 먼저 잠에서 깬 제임스는 시험 삼아 걸어보려고 자리를
떴다. 그다음으로 깬 에타는 낮은 가지 아래서 몸을 굴려 나와
러셀이 잘 자고 있는지 확인했다. 그는 다치지 않은 다리 쪽으로
돌아누워 체크무늬 기모 셔츠를 담요처럼 덮은 채 아직 자고 있
었다. 매일 집 밖에서 사슴을 찾아 둘러볼 때 입는 셔츠였다. 러
셀? 러셀 파머? 에타가 말했다.

러셀이 간신히, 아주 간신히 눈을 떴다. 안녕, 에타. 얼굴 보니
정말 좋군. 당신을 집에 데려가려고 왔소.

바보 같은 소리. 게다가 거짓말이고요.

거짓말 아니오. 러셀이 팔에 붙은 솔잎을 털어내며 몸을 일

으켰다.

거짓말이고말고요. 난 집에 가지 않을 거예요, 러셀. 아직은요. 당신도 알잖아요.

안전하지 않아요, 에타. 현명하지 못한 짓이오. 함께 집으로 걸어갑시다. 당신이 원한다면 매일 걸을 수 있소.

당신과 함께 걷고 싶지 않아요. 집에는 더더욱 가고 싶지 않고요. 난 여기서 걸을 거예요. 혼자.

하지만 당신은, 당신은……. 에타, 당신도 알잖소. 지금 당신은—

난 먹고 마시고 걸어야 한다는 걸 늘 기억해요. 어느 쪽이 동쪽이고, 어떻게 총을 쏴야 하는지도요. 에타는 러셀 옆에 앉았다. 어쨌든 내 걱정은 하지 말아요, 러셀. 아까도 말했듯이 당신은 사실 날 데리러 온 게 아니니까.

러셀은 그녀를 힐끗 바라보았다. 보조개가 있던 자리에 깊은 주름이 파여 있었다. 그녀의 얼굴에서 가장 깊은 주름이었다.

당신이 여기 온 건 드디어 당신 차례가 됐기 때문이에요. 에타는 말을 이었다. 내 허락이 있어야만 떠날 수 있다고 생각한 게 슬프지만 뭐 어때요. 가요, 러셀, 어디든 당신이 원하는 곳으로 가서 원하는 대로 하세요. 그리고 혼자 하세요. 왜냐하면 당신이 원하고 있고, 당신은 그래도 되고, 당신은 할 수 있으니까요. 간절히 원했다면 늘 할 수 있었어요.

러셀은 한숨을 내쉬었다. 그러고는 두 손으로 에타의 양팔을 잡았다. 정말 나와 함께 가지 않겠소?

그럼요.

러셀은 몸을 내밀어 에타의 양 볼에 있는 보조개 주름에 키스했다. 그러더니 에타가 숨을 들이쉴 때까지 머뭇거린 끝에 그녀의 입술에 키스했다. 에타는 그를 말리지 않았다. 오히려 검정과 빨강 체크무늬 기모 셔츠 쪽으로 몸을 내밀었다. 굳게 다문 그들의 얇은 입술은 딱 붙어 있었다.

그들은 계속

계속

계속

그렇게 붙어 있다가,

당신과 오토는 정말이지……. 러셀은 입을 떼며 그렇게 말했다.

네, 알아요. 에타가 말했다.

정말이지 너무 다르군. 하늘과 땅만큼이나.

네. 에타가 말했다.

난 트럭을 팔아 말을 사서 북쪽으로 갈 거요. 이동하는 카리부 무리를 찾아 따라가야겠소.

그럼 집에서 봐요, 나중에.

그럼 집에서 봅시다, 나중에.

오토는 오츠를 지켜보고 있었다. 새벽 3시에서 4시 사이였고, 오츠는 말똥말똥한 눈으로 상자 한쪽을 씹어대고 있었다. 가끔씩 오토가 기침을 하면 동작을 멈추고 그를 바라보다가 상자 반대편으로 달려가 다시 그쪽을 씹어댔다. 그렇게 계속 왔다 갔다를 반복했다. 오토는 다시 심장이 빨리 뛰는 바람에 잠에서 깼다. 오츠와 함께 보내는 다섯 번째 밤이었다. 오츠는 상자를 씹었고, 오토는 우유와 호밀빵 한두 조각을 먹었다.

여섯 번째 밤에 기침이 조금 잦아들자, 오토는 조심스럽게 천천히 귤 상자로 손을 넣어 오츠를 꺼냈다. 안녕, 잘 지내니, 오츠?

오츠는 미친 듯이 몸을 떨었지만 그래도 도망가지 않았다. 오토를 올려다보고 그의 너머로 전자레인지를 보았다가 다시 오토를 보았다가 다시 전자레인지를 보았다. 오츠의 눈은 검은자위만 있었다. 오토는 오츠가 무얼 보는지 확인하려고 뒤를 돌아보았다. 전자레인지의 검은 유리문에 그들이 비쳤다. 오츠는 거기 비친 자신을 뚫어지게 보고 있었다. 오토가 조리대에 놓인 전자레인지 앞에 오츠를 내려놓자, 오츠는 전자레인지 문 앞까지 걸어가 자신을 마주하고 바라보았다. 그저 바라보았다. 오토는 다시 오츠를 집어 들려고 했지만 오츠는 전자레인지 문에서 떨어지려 하지 않았다. 작은 발톱으로 조리대를 붙잡은 채 몸과 다리에 힘을 주고 계속 바라보았다. 그래서 오토는 허리를 숙여 오츠의 눈높이에서 함께 바라보았다. 유리창이 뿌연 탓에 그의 얼굴이 흐릿하고 부드러워졌다. 더 어려 보였다. 에타의 사진을 찍어둘 걸 그랬어, 오토는 그렇게 생각했다. 그동안 오츠는 자기모습에 적응이 되었는지 전자레인지 문을 핥고 있었다. 오토는 오츠가 다치지 않도록 원예용 장갑을 끼고 오츠를 들어 올려 다시 상자에 넣었다. 그래, 안다, 알아. 오토가 말했다.

일곱 번째 밤에 오토의 심장은 뛰고 뛰고 또 뛰었고, 오토는 아이디어가 떠올라 벌떡 일어났다. 가운을 걸치고 부엌으로 갔다. 안녕, 오츠. 오츠는 신문지 속을 파고들어가 상자 밑바닥에 도달하면 다시 다른 곳으로 가서 또 파기 시작했다. 오토는 믹싱볼을 꺼내 『캐네디언 내셔널』 반 부를 길게 찢어서 넣은 다음, 또 다른 믹싱볼을 꺼내 밀가루와 물을 담았다. 내가 늘 곁에 있어주지 못하니까 널 위해 친구를 만들어주마. 오토가 말했다.

신문지를 겹겹이 쌓아 만든 파피에 마세(종이로 만든 공예제품을 일컫는다-옮긴이)는 현관 계단에 놓아두니 금세 말랐다. 헛간에서 동물의 몸에 직접 사용할 수 있도록 독성이 전혀 없는 마커 펜을 찾아내 까만 눈 두 개와 코, 입을 그렸다. 놀랄 만큼 닮지는 않았어도 나쁘지 않았다. 예상보다 훨씬 훌륭했다. 마커가 다 마르고 더는 냄새도 나지 않자, 오토는 파피에 마세 기니피그를 오츠가 있는 상자 한쪽 구석에 놓아주었다. 여기 있다. 도움이 되면 좋겠구나. 오토가 말했다. 오츠는 코를 실룩이며 새로운 침입자를 바라보더니 다가가 얼굴 한쪽을 핥았다.

이튿날 오토는 전날 썼던 믹싱볼 두 개와 아직 마른 밀가루 풀이 딱딱하게 굳은 수저들을 물에 불려 씻었다. 그런 다음 부드러운 행주로 닦아 제자리에, 찬장과 서랍 뒤에 넣어두었다. 집 밖의 백황색 태양이 그가 뒤집어서 포개둔 스푼 뒷면에 반사되어 번쩍거렸다. 오츠는 파피에 마세 옆에서 자고 있었다. 오토는 그들이 평화롭게 자도록 내버려두고 밖으로 나가 옥수수와 감자, 애호박이 잘 자라는지 확인했다. 요즘은 너무 덥고, 너무 건조했다. 늘 모든 것에 물을 줘야 했다. 오토는 원예용 장갑을 끼고 밖으로 나갔다. 모자 쓰는 걸 또 잊어버렸다.

잡초를 솎아내고 물을 주고 병들거나 해충이 갉아 먹지 않았는지 이파리를 검사한 후에는 들판을 가로질러 러셀의 집으로 갔다.

러셀의 집은 아무 이상 없었다. 평소와 똑같이 현관문 옆 오렌지 주전자 아래 열쇠가 놓여 있고, 집 안에는 먼지와 물건이 쌓여 있었다. 오토는 거실 안락의자에 앉았다가 그대로 잠이 들었다.

잠에서 깼을 때는 거의 해가 졌고 길어진 그림자가 아까와 다른 곳에 드리워졌다. 오토는 몸을 확인했다. 기침이 나오거나, 심장이 빨리 뛰거나, 방광이 터질 듯해서 깬 것이 아니었다. 무언가 다른 이유였다. 근처 어딘가에서 다른 생명체의 기척이 느껴졌다. 숨을 죽인 채 거실의 어두컴컴하고 물건들이 빼곡히 들어찬 곳을 훑어보았다. 하지만 그 기척은 거실에서 나는 게 아니었다. 집 앞쪽 창문 밖에서 났다. 사슴 두 마리가 러셀의 집 앞에 있었다. 거기 서서 풀을 뜯고 있었다. 아아. 오토는 사슴이 놀라지 않도록 두 손과 무릎을 써서 창가로 엉금엉금 기어갔다. 열린 유리창 틈 사이의 방충망에 얼굴을 살짝 댔다.

왔구나. 드디어 왔어. 오토가 말했다.

사슴은 아무런 반응도 보이지 않았다.

러셀은 오랫동안 너희를 기다렸어. 몇십 년 동안. 이번에는 좀 더 큰 소리로 말했다.

사슴 하나가 움찔하고 경계하더니 오토를 보며 눈을 깜빡였다.

러셀은 잘 지내고 있니?

이제 또 다른 사슴도 귀를 쫑긋거리며 오토를 돌아보았다. 두 마리 모두 오토를 바라보았다. 눈을 깜빡이면서. 한 번, 두 번.

집에 돌아온 오토는 방금 전에 씻어서 넣어둔 믹싱볼을 꺼내 다시 물과 밀가루를 부었다. 그러고는 신문 세 부를 가져와 길게 찢은 다음 실물 크기, 전신 크기의 사슴 두 마리를 꼼꼼하게 만들기 시작했다.

★★★

친애하는 에타

요즘에는 행군하고 행군하고 행군하고 행군하고 또 행군해요.
오로지, 늘. 하지만 행군하는 동안 노래를 하죠. 그러다 보니 당
신 수업이 생각나더군요. 난 당신 수업을 꽤 좋아했는데 말이
죠. 군화는 새로운 땅을 밟고, 새로운 나무 아래를 지나고, 옆구
리의 맨살은 총에 쓸리는데도 수녀들이 짜준 양말 속 두 발은
따뜻해요.
지금까지는 계속 이동만 했어요. 기차로, 배로, 발로. 계속 이동
하는 한 우리는 계속 전진하는 거예요. 누구든 먼저 멈추는 쪽
이 져요.
이틀 전에 행군을 하는데 불타버린 집에서 한 남자가 개줄에
묶인 개를 끌고 나오더니 내게, 콕 집어 내게 당근을 달라고 애
원하는 거예요. 제발, 제발, 당신에게 당근이 있다는 거 압니다,
당신에게 있다는 거 알아요, 그러니 제발, 제발, 하나만, 두 개
만 주세요. 아니면 이파리가 달린 부분이라도 좋습니다, 제발.
제발! 남자는 그렇게 말했어요. 내 주머니에는 작은 초콜릿과
담배가 있었지만 남자는 그건 싫다고 했어요. 제발! 제발! 그녀
가 원하는 건 당근뿐입니다! 딱 하나만요! 제발! 하지만 내겐
당근이 없었고, 우린 행군을 해야만 했죠. 한참을 행군한 후에

난 옆에 있던 제라르에게 물었어요. 그 남자는 왜 그런 거지?
그랬더니 제라르가 그러더군요. 이제부터 시작이야.
우리 마을 얘기를 해주세요. 날씨든 더위든 먼지든 고요함이
든. 뭐든 좋아요. 당신 얘기도 해줘요. 당신 사진은 권총을 넣지
않은 쪽 주머니에 보관해요. 균형을 잡기 위해서요.

오토.

편지는 마구잡이로 왔다. 가끔은 나중에 쓴 편지가 먼저 오기
도 하고, 몇 달 동안 한 통도 오지 않다가 봉투 하나에 세 통이나
들어 있기도 했다.

친애하는 에타 K.

당신의 편지를 받은 지 두 달이 지났어요. 당신에게 별일 없기
를, 화나지 않았기를, 그래서 계속 편지를 써주기를 바라요. 당
신 편지는 내게 무척 소중하니까요. 정말로 그래요.

O.

친애하는 E.

오해하지 말아요. 여긴 사방에 사람들이 있어요. 우린 양옆으로 살을 맞댄 채 자고, 먹고, 행군해요. 서로의 숨을 들이쉬고, 서로의 잠을 자요. 그런 면에서는 우리 집과 비슷해요. 그렇기는 해도, 에타, 당신과는 통한다는 느낌이 있었어요. 그게 사라지기 전까지는 나도 몰랐죠. 몇 달 동안 편지가 오지 않고, 외로움이 한 겹 내려앉기 전까지는요.

너무 솔직하게, 너무 간절하게 말해서 미안해요. 날 이해하고, 용서하고, 곧 편지를 써줬으면 해요.

당신의
오토.

에타에게

신경 쓰지 말아요. 오늘 아침에 당신 편지를 받았어요. 모두 한꺼번에. 소인을 보니 정확히 일주일에 한 통씩 보냈더군요. 고마워요, 에타.

오토.

친애하는 오토

알다시피 난 최선을 다해 당신 편지의 맞춤법을 교정해서 되돌려 보내요. 그걸 본 당신이 다시는 같은 실수를 반복하지 않도록요. 하지만 솔직히 고백하자면, 고쳐야 마땅한데 아직 고치지 않은 게 하나 있어요. 편지 맨 끝, 이름 다음에는 구두점이 필요 없어요. 마침표를 찍지 않죠. 그건 그냥 이름일 뿐이고, 대개 이름은 그 자체만으로 문장이 되지 않으니까 그럴 거예요. 하지만 오토, 난 그게 마음에 들어요. 당신이 마침표를 찍는 게 좋아요. 완벽한 끝맺음, 그 자신감이 좋아요. 그러니까 앞으로도 계속 마침표를 찍어주세요.

당신의
에타.

친애하는 오토

학생들이 계속 줄어들고 있어요. 이젠 위니도 떠났어요. 혹시 위니가 어디 있는지 알아요? 당신 어머니는 이 일로 병이 났어요. 어젯밤 우리 집에 와서 혹시 아는 게 있냐고 묻더군요.

당신 어머니가 당신과 그렇게 닮은 줄 미처 몰랐어요.

보걸 부인은 어색하게 문간에 서 있을 뿐 문지방을 넘어 집 안으로 들어오려고 하지 않았다. 혹은 그러기 싫거나.

정말 커피 안 드시겠어요? 저도 핑계 김에 좀 마시고 싶은데요. 에타는 그렇게 말하며 손에 묻은 잉크 자국을 감추기 위해 등 뒤로 손을 맞잡았다.

그렇게 오래 방해하고 싶진 않아요, 에타. 평소에는 햇볕에 그을어 갈색이던 그녀의 피부가 지금은 회백색이었다.

아뇨, 빈말이 아니에요, 보걸 부인. 여긴 너무 조용하거든요. 먼지도 너무 많지만 모른 척해주세요.

진심이세요?

그럼요.

그럼 좋아요. 오토의 엄마는 마침내 문지방을 넘어 집 안으로 들어갔다. 그리고 그레이스라고 부르세요.

그레이스는 식탁으로 다가갔지만 앉기도 전에, 두 걸음 내딛자마자 입에서 폭포수처럼 질문을 쏟아냈다. 에타, 위니가 어디로 갔는지 알아요? 위니가 무슨 말 없던가요? 어떻게 갔는지 알아요?

에타는 싱크대로 후퇴해 손을 씻었다. 평소 위니가 가고 싶어 했다는 건 알아요. 무척 가고 싶어 했죠.

알아요. 그건 나도 알고 있어요. 아이들 모두 그랬죠. 이유는 모르겠어요. 그레이스는 마침내 식탁 의자에 털썩 앉았다. 그래도 위니만큼은, 그 애는 여자니까, 우리 딸들만큼은 안전할 줄 알았어요.

그레이스는 잠시 앉아 있다가 다시 질문을 던졌다. 위니가 어떻게 참전했을까요?

아마 간호사로 갔을 거예요⋯⋯. 시내 우체국에서 참가 신청을 받더라고요.

아뇨. 간호사로 가지 않았어요. 그 애는 군복만 보면 좋아서 어쩔 줄을 모르거든요. 그리고 우체국에 이미 물어봤어요. 확인하려고. 하지만 위니는 오지 않았대요. 그러니까 간호사로 간 게 아니에요.

그렇군요. 간호사로 간 게 아니네요.

뭐라도 듣게 되면 알려줘요, 에타.

뭐라도 듣게 되면 알려드릴게요, 그레이스.

에타는 그들 사이에 팽창된 정적을 채우기 위해 가능한 한 요란하게 커피를 끓였다. 그러고는 식탁을 차렸다. 크림 통, 우유 통, 설탕 그릇, 설탕 스푼, 받침 접시, 커피 잔, 커피. 그레이스 보결은 뜨거운 커피가 담긴 잔을 두 손으로 감쌌다. 마치 지금이 겨울인 것처럼. 하지만 사실 더위는 아직 무겁게 그들 곁에 있었다. 절대 그만둘 수 없어요, 에타. 한번 엄마가 되면 절대 그만둘 수 없답니다. 절대, 절대, 절대. 그레이스가 말했다.

물론 가족이니까 다들 어느 정도 얼굴이 비슷하긴 하겠죠. 하지만 두 사람은 특히 더 닮았어요. 긴 달걀형 얼굴, 넓은 이마, 마른 체격.

내가 아는 대로 말씀드렸지만 별거 없었어요. 그저 위니가 한시도 가만히 있지 못하는 성격이고, 간호사가 되고 싶어 하지 않았다는 정도죠. 어머니가 모르고 나만 아는 건 없었어요.

그래서 우리 학교는 학생들이 점점 줄어들고 있어요. 고정적으로 나오는 여학생 다섯 명과 잠깐 나오다 마는 남자들과 소년들 그리고 러셀뿐이에요. 러셀은 교과과정을 진작 다 마쳤지만 계속 가끔씩 나와서 날 도와줘요. 나로선 고마울 따름이죠. 또래 친구가 남아 있어서 다행이에요. 이젠 당신도, 월터도, 와일러도, 위니도 모두 가고 없으니까요.

러셀은 자기 농장을 구입할까 생각 중이에요. 농부들이 다 전쟁터로 떠나거나 죽었기 때문에 농장 가격이 점점 더 떨어지고 있거든요. 가끔씩 언젠가 당신과 함께 농장을 운영하고 싶다는 말도 해요. 당신이 행군하고 행군하고 또 행군하는 일을 그만두고 돌아오면요.

에타.

에타

이젠 멈췄어요. 행군도, 지프를 타고 이동하는 것도, 노래 부르기도 모두 멈췄어요. 지금 있는 곳은 [   ] 외곽 [   ]인데 오래되고 축축하고 추운 석조 건물이 대부분이에요. 우린 허물어질 듯한 낡은 집을 진지로 삼았어요. 원래 누가 살았는지, 그들은 지금 어디에 있는지 모르지만 물건은 그대로 남아 있어요. 옷장 속에 재킷과 바지도 있고요. 내 사이즈는 아니에요. 우리 부대는 모두 마을 근처의 이런 건물에서 지내요. 여기는 □명, 저기는 □명씩 이런 건물에 숨어서 동네 주민 행세를 하죠. 지프차는 [   ]에 주차해둬서 다들 건물 안에 들어가 있으면 우리가 여기 있다는 걸 아무도 모를 거예요. 우린 이 마을로 위장한 셈이죠.

듣기로는 이 마을을 적에게 빼앗기지 않고 지키기 위해서 왔대요. 그 사실이 마음에 들어요. 연이 날아가지 못하도록 붙잡고 있는 것처럼요.

아직 남은 주민이 몇 명 있지만 많지는 않아요. 다들 말이 없고, 폭삭 늙어버린 것 같아요. 우리가 지나가면 눈을 동그랗게 뜨고 바라보죠. 지난번에 [   ]와 함께 [   ]에서 사탕을 샀어요. 혹시 마주치는 아이가 있으면 주려고요. 하지만 이 동네든 어디든 아이들은 보이지 않네요.

만약 □를 보게 되면 [   ] □ □ [   ].
그렇게 됐으면 좋겠네요.

당신의

오토.

이때부터 오토의 편지에 사각형 창문이 생기기 시작했다. 잘려나간 작은 사각형 아래로 편지를 들고 있는 에타의 손가락이 보였다. 주로 사람이나 장소, 숫자를 잘라냈는데 아마 다른 곳에 보관해둘 것이다. 에타는 이렇게 사람과 장소와 숫자가 적힌 사각형 종잇조각이 잔뜩 쌓인 영국의 한 사무실을 상상했다. 지나가던 사람들이 1페니씩 내고 편지함에 손을 넣어 뒤적거리면 이렇게 적힌 종잇조각을 빼낼 수 있을 것이다.

헬싱키

혹은

모잠비크

혹은

앤드루스 병장

혹은

칼라

혹은

7

혹은

5912.

II

제임스는 다시 걸을 수 있었다. 잘된 일이었다. 왜냐하면 온타리오 주는 정말 넓다는 걸, 매니토바 주보다 두 배 더 길고, 거기다 온갖 바위와 호수를 돌아가야 하기 때문에 다시 두 배 더 길어진다는 걸 실감했기 때문이다.

온타리오 주는 사람들로 바글거릴 줄 알았는데. 어디에나 사람과 마을과 자동차와 상점들이 있을 줄 알았어.

글쎄, 분명 여기는 없네.

그러게. 다들 돌로 변한 게 아니라면.

그럴 수도 있지.

이제는 마을 간의 거리가 더 길어졌다. 더 길어지고 더 길어졌다. 에타는 산딸기와 민들레를 더 많이 먹었다. 나눠 먹었다. 늘 배가 고팠다.

코요테가 된다는 건 그런 거야. 제임스가 말했다.

늘 배가 고프다고?

응. 늘 배가 고프거나 아니면 졸려. 하지만 대개는 배가 고파. 그래서 우리는 다른 동물을 쉽게 죽이고, 인간은 그러지 않는 거야.

배가 덜 고프기 때문에?

그렇지.

그날 저녁 에타는 마지막으로 남은 초콜릿 조각과 빵 덩어리를 꺼냈다. 초콜릿은 먹었지만 빵은 손에 든 채 바라보기만 했다.

음식이 있으면 먹어야 해. 제임스가 말했다.

아냐.

아냐?

아냐. 음식이 있으면 그걸 이용해서 더 많은 음식을 구해야 해.

에타는 한참 동안 가방을 뒤져 비닐봉지에 든 지도를 꺼냈다. 요즘은 제임스가 길을 안내해주기 때문에 지도를 쓸 일이 없어서 옷 아래 찌부러져 있었다. 지도를 꺼내 양말로 싸둔 다음, 비닐봉지와 남은 빵을 들고 숲을 가로질러 가까운 호수로 향했다.

어디 가?

네가 배가 고파서 작은 동물을 죽이듯이 나도 배가 고프니까 생선이라도 먹어야겠어.

그녀의 계획은 이랬다. 양말과 신발을 벗고, 스커트를 걷어 올린 다음 호수로 들어간다. 비닐봉지를 벌려 반은 수면 아래 넣어

물을 채운다. 그대로 꼼짝하지 않는다. 비닐봉지 주변에 빵 부스러기를 뿌린다. 한두 개는 봉지 안에 떨어뜨린다. 그대로 죽은 듯이 가만히 있는다. 움직이지 않는다. 기다린다.

이 호수에는 작은 흑회색 물고기들이 있었다. 손가락만 한 길이였는데 그보다 조금 더 길어서 손가락 두 개만 한 녀석들도 있었다. 에타는 동상이 되었다. 호수의 물결이 무릎에 밀려왔다 밀려가고, 밀려왔다 밀려갔다. 그녀가 뿌린 빵 조각들도 밀려왔다 밀려가고, 밀려왔다 밀려가면서 그녀와 비닐봉지로부터 서서히 멀어져 멀리멀리 퍼져갔다. 결국 그녀가 처음 호수에 들어올 때 흩어졌던 물고기들이 돌아오기 시작했다. 눈도 깜빡이지 않고, 주위의 물을 빠끔빠끔 들이마시며 조심스럽게. 흩어진 빵 부스러기를 조금 먹고, 더 가까이 다가오고, 빵 부스러기를 먹고, 더 가까이 다가오면서 마침내 봉지 주변의 빵 부스러기는 모두 사라졌다. 물고기들은 빵 부스러기를 빨아들이고 빠끔거리면서 비닐봉지에 좀 더, 좀 더 다가왔다. 금속성이고 축축하고 낯설고 늘 눈을 뜨고 있는 녀석들은 결코 먹음직스럽지 않았다. 그중 한 마리, 약지 정도 되는 길이의 녀석이 이제 봉지 입구에 있었다. 머리를 봉지 안쪽으로 살짝 들이밀고 입을 뻐끔거렸다. 에타는 긴장하며 숨을 들이쉬고, 물고기 주위로 봉지를 들어 올렸다. 가능한 한 빠르게.

하지만 실은 별로 빠르지 못했다. 물속에서 봉지가 끌려갔고, 에타가 임시 그물을 수면 위로 끌어 올리기 한참 전에 물고기는 연필 선을 그리듯 핑 빠져나가버렸다. 그래서 에타는 다시 시도했다. 시도하고 또 시도했다. 물고기들은 그녀가 움직일 때마다 미친 듯이 도망쳤다가 다시 빵 부스러기와 봉지 쪽으로 조금씩 조금씩 다가왔다. 그러다가 도망치고 다시, 또다시 다가왔다. 마침내 너무 어둡고 추워져서 더는 호수에 서 있을 수 없을 때까지.

에타는 아무 수확도 없이, 원래 크기에서 절반으로 줄어든 빵만 들고 호수에서 걸어 나왔다. 민들레와 덜 익은 블루베리를 먹고, 배가 고파서 따끔거리는 피로감이 다리와 배, 머리에서 반짝이는 걸 느끼며 잠자리에 들었다.

그냥 빵을 먹어. 이튿날 아침에 일어났을 때 제임스가 말했다.

싫어. 새로운 계획이 있어. 에타가 말했다.

그녀는 볼펜을 들고 비닐봉지 바닥을 찔렀다. 한 번, 두 번, 세 번, 네 번, 다섯 번, 여섯 번, 일곱 번, 여덟 번, 아홉 번, 열 번. 이렇게 하면 좀 더 그물과 비슷해지지. 더 빨라지고. 에타는 호수로 걸어 내려갔다. 신발과 양말을 벗고 스커트를 걷어 올리고 다시 시도했다. 제임스는 호숫가에서 말없이 그 모습을 지켜봤다. 물고기들은 비닐봉지 주위의 빵 부스러기를 먹으며 조금씩 에타에게 다가오기 시작했다. 조심, 조심, 천천히, 천천히, 비닐봉지 속으로 슬그머니 들어왔다. 그러다 에타가 비닐을 들어 올리자 세상 무엇보다 빠르게—에타는 그렇다고 확신했다. 적어도 육지에 있는 어떤 생명체보다 빠르다고—유유히 빠져나갔다. 에타는 다시 시도하고, 또다시 시도했다. 이제는 훨씬 빠르게 들어 올렸는데도 물고기에게는 비할 바가 못 되었다. 에타는 다시 호수에서 걸어 나왔다. 호숫가 바위에 앉았다. 피곤했다. 맨발과 맨다리에서 뚝뚝 떨어지는 물방울이 바위 위에 짙은 무늬를 그렸다. 설사 내가 젊었다 해도 이 물고기를 잡을 수 있을 만큼 빠르지는 못했을 거야. 에타가 등 뒤 10미터 높은 곳에 앉아 있는 제임스에게 말했다.

당연하지, 에타. 저 녀석들은 물속에서 자유자재로 움직인다고. 제임스는 다친 다리를 조심해가며 미끈거리고 울퉁불퉁한 바위를 쏜살같이 내려가 에타 옆으로 갔다. 그러고는 그들 사이에 있는 바위에 회색 다람쥐를 내려놓았다. 다람쥐는 피를 흘리며 아직도 살짝 발길질을 하고 있었다. 이걸 먹어.

너 먹을 거 아니야? 넌 뭘 먹으려고?

난 이미 비둘기를 먹었어. 이걸 먹어.

하지만 늘 배가 고프다며.

응.

그리고 동물에게는 공감 능력이나 변덕스러운 이타심이 없다고 생각했는데.

너도 동물 아냐?

맞아. 그래도.

먹어. 우린 계속 걸어야 하잖아.

방법을 모르겠어.

방법을 모른다고?

응. 다람쥐 껍질을 벗기고 살을 발라내는 법 같은 걸 전혀 몰라.

그냥 한입 먹어봐.

등을 대고 누운 다람쥐는 이제 움직이지 않았다. 난 칼이 없어. 칼을 가져올 걸 그랬어. 에타는 그렇게 말하며 주위의 바위를 둘러보다가 작고 날카로운 돌이 눈에 띄자 그걸 집어 들었다. 좋아. 꼬리도 먹을 만해? 아니면 몸통부터 시작할까?

다람쥐를 다 먹은 후, 에타는 호수에 손을 씻었다. 다람쥐 피가 구불구불 흘러나왔고, 그녀의 피는 다시 살아나 움직였다. 고맙다. 에타가 제임스에게 말했다. 그들은 하루 종일 걸었다.

그러자 또 다른 호수가 나왔고, 에타는 또 다른 계획을 세웠다. 더 이상 제임스의 음식을 먹고 싶지 않았고, 라이플에는 총알이 세 개뿐이었다. 가방에서 생수병 두 개를 꺼냈다. 깨끗하고 단단한 플라스틱으로 하나는 크고 하나는 그보다 작았다. 작은 병에는 아직 물이 가득 들었고, 큰 병에는 4분의 1만 남아 있었다. 그녀는 엄지와 검지로 두 생수병의 양옆을 눌러 어느 게 더 탄력 있는지 확인했다. 작은 병의 눌린 부분이 더 빨리 원래대로 돌아왔다. 그래서 에타는 작은 병의 물을 큰 병에 따라버렸다.

난 사냥하러 갈 거야. 정말 네 몫까지 잡지 않아도 돼? 제임스가 물었다.

너 먹을 것만 잡아, 제임스. 난 괜찮으니까.

알았어. 하지만 혹시—

괜찮다니까. 다 생각해뒀어.

에타는 남은 빵을 반 움큼 떼어내 비닐봉지와 작은 생수병을 들고 호수로 갔다. 신발과 양말을 벗고 스커트 자락을 걷었다. 주위에 빵 부스러기를 뿌리고, 엄지와 검지로 생수병 양옆을 눌렀다. 가운데서 두 손가락이 만날 정도로. 그런 다음 병을 물속에 넣고 기다렸다. 2분이 지나자 조심성 많은 물고기들이 가장 멀리 있는 빵 부스러기부터 쏙쏙 빨아들이며 병을 향해 조금씩 조금씩 다가왔다. 새끼손가락만 한 녀석이 경련하듯 실룩이며 병 입구로 헤엄쳐왔다. 녀석의 코가 병 안으로 들어온 순간, 에타는 생수병을 누르고 있던 엄지와 검지를 뗐다. 생수병 뒤쪽으로 물이 빨려 들어가면서 물고기도 함께 들어갔다. 쉿, 그녀가 속삭였다. 물고기는 방향감각을 잃고 허둥지둥 헤엄쳤지만 어디로 가든 병 안이었다. 음, 한 마리 성공. 에타가 말했다.

이렇게 불시에 물을 밀어 넣는 고통스러운 방법으로 여섯 마리의 물고기를 쉭 잡아 올렸다. 매번 잡고 나면 물고기들이 조금 진정되어 점점 더 천천히 헤엄치다가 마침내 고요해질 때까지 기다렸다. 그런 후에야 바위 사이의 웅덩이 위로 드리운 나뭇가지에 비닐봉지를 걸어 만든 임시 어장에 물고기를 옮겼다. 제일 작은 물고기가 비닐봉지에 뚫린 구멍으로 도망가기는 했지만 나머지는 그대로 있었다. 번들거리는 어뢰 같은 흑회색 몸뚱이에 구슬 같은 눈동자, 도저히 먹을 수 없게 생긴 모습 그대로.

어제 다람쥐를 먹을 때처럼 에타는 여기자가 불을 피울 때 쓰라고 준 라이터를 이용했다. 불을 싫어하는 제임스는 멀찌감

218

치 떨어져 호수로 내려가는 쪽에 서 있었다. 언제든 달아날 수 있도록.

괜찮아. 주변에 돌을 쌓아놨어. 에타는 뾰족한 나뭇가지에 생선을 한 마리씩 찔렀다. 하나, 둘, 셋, 찌르고. 축축한 고무 같은 생선 껍질이 징그러웠다. 다시 하나, 둘, 셋, 찌르고.

그래도 위험해.

늘 위험하진 않아. 이젠 도망갈 수 없는 물고기 다섯 마리가 나뭇가지에 일렬로 꿰어져 번드르르하게 반짝거렸다. 물고기의 비늘을 보니 곤충이 떠올랐다.

불은 믿을 수 없어. 언제나. 그리고 믿을 수 없는 건 위험한 법이야.

아냐. 에타는 그렇게 말했다가 말을 바꿨다. 모르겠다. 어쩌면 그럴지도. 생선을 꿴 꼬치를 불 위로 가져갔다. 피시식, 톡톡, 튀튀. 이렇게 배가 고프다는 건 좋은 거야. 혹시 너 생선 눈알 먹니?

먹는 편이지.

에타는 눈알을 먹지 않았다. 대신 저녁을 먹은 후, 다시 호수로 내려가 생선 뼈를 문질러 씻었다. 얼굴과 눈알과 도저히 먹을 수 없어서 남긴 살들을 깨끗이 씻어냈다. 작은 물고기들이 다가와 그걸 먹고, 눈알을 입 안 가득 삼켰다. 부러진 생선 뼈와 꼬리는 흘려보냈다. 하지만 머리, 에타가 가진 것보다 더 작고 부드러운 머리는 버리지 않았다. 미안하다. 너무 배가 고팠어.

에타가 말했다.

Il faut manger(당연히 먹어야지). 물고기들이 한 번에 한 마리씩 돌아가며 말했다.

아직 갈 길이 멀어, 그렇지?

Ouiouiouiouioui(응응응응응응).

오토는 사슴을 완성하는 데 일주일이 넘게 걸렸다. 처음에는 다리가 몸통을 지탱하지 못하더니 다음에는 목이 머리를 지탱하지 못했다. 밤새 아무리 꼼꼼하게 만들어도 아침이 되면 찌그러진 종이 더미로 변해버렸다. 오츠는 파피에 마세 친구를 조용히 씹으며 그런 오토를 바라보곤 했다.

마침내 혼자 설 수 있는 사슴이 완성되었다. 오토는 한 번에 한 마리씩 러셀의 집으로 운반했다. 앞마당에, 예전에 사슴 두 마리가 서 있던 곳에 세워두었다.

됐다. 그가 말했다.

그런 다음 다시 집으로 돌아가 스케치를 하고 도면을 그렸다. 이번에는 미리 치수를 계산했다. 자기에게는 올빼미를, 에타에게는 제비를 만들어줄 생각이었다.

이튿날 우편함에 엽서가 와 있었다. 앞면에는 일각돌고래가 있고, 랭킨 만(灣) 소인이 찍혀 있었다.

방향을 바꿨네.
러셀.

일각돌고래라. 다음에는 그걸 만들어도 되겠어. 오토는 그렇게 생각했다. 아직 신문지가 잔뜩 있었다.

★

오토는 마을에서 자고 있었고, 그를 둘러싼 마을도 자고 있었다. 모든 것이 조용하고, 모든 것이 고요했다. 제라르와 앨리스터와 오토는 허물어진 낡은 집에서 메이플 시럽과 쇼트브레드 쿠키와 시나몬과 그런 냄새가 나는 여자의 꿈을 꾸고 있었다. 마을의 둘뿐인 거리에 위아래로 늘어선 집에서는 군인들이 자고 있었다. 다들 밝은 색깔의 짝짝이 양말을 신고, 검은 군화는 나란히 정렬해둔 채. 남아 있는 주민들은 한때 하얀색이었던 시트 속에 누워 천장이나 밖을 내다보며 뜬눈으로 자고 있었다. 벌써 몇 년째 그랬듯이. 그들이 키우는 개도 마찬가지였다.

깨어 있는 사람은 미셸과 구스타브뿐이었는데 각각 트루아리비에르 그리고 셀커크 출신이다. 그들은 한 거리씩 맡아 위아래로 걸어 다니며 순찰을 돌았다. 미셸은 검은 머리에 숱이 아주 많았고, 구스타브는 짧은 금발에 숱이 적었다. 각자 맡은 거리를 스물다섯 번씩 왕복한 후, 교차로에서 만나 바꿔서 걸었다. 순찰이 지루해지지 않도록. 교차로에서 만날 때 말을 하거나 소리를 낼 수 없으므로 그저 말없이 정중하게 악수한 다음, 뒤돌아 새로운 방향으로 걸어갔다.

소리를 들은 건 구스타브였다. 규칙적으로 점점 커졌다가 점점 작아지는 미셸의 군화 소리 말고 다른 소리였다. 숨을 들이쉬는 듯한, 하지만 평소보다 많이 들이쉬는 듯한 소리. 마치 폐 안에 담을 수 있는 만큼 잔뜩, 한꺼번에 들이쉬는 듯한 소리. 그러더니 금이 가는 소리가 들렸다. 예전에 학교 벽에 야구공을 던졌을 때처럼. 그러더니 조용해졌다. 구스타브는 땀이 나기 시작했다. 미셸의 군화 소리가 들리는지 귀를 기울였다. 땀을 뻘뻘 흘리며 연석 위에 앉았다. 더듬더듬 군화를 벗는 손이 자꾸 미끄러졌다. 가로등 옆에 군화를 벗어두고 짝짝이 양말, 노란색과 오렌지색 양말을 신은 발로 소리 없이 교차로로 달려갔다.

미셸은 거리 한가운데, 땅바닥에 누워 있었다. 목 양쪽에서 흘러나와 웅덩이를 이룬 피 때문에 그의 검은 머리는 점점 더 검어지고 숱이 많아졌다. 총에 맞은 자리는 미셸의 입과 눈처럼 벌어져 있었다.

구스타브는 미셸에게 걸어가다 말고 다시 뒤돌아 달려갔다. 장군들이 잠든 시청사 쪽으로. 이럴 때 비명을 지르지 말라고 훈련받았지만 입을 벌리고 비명을 질렀다. 그 비명을 가르고 발사된 총알이 그의 뒤통수로 빠져나가며 모든 사람을, 모든 것을 깨웠다.

★★★

에타에게

적막이 흐르던 동네가 갑자기 귀청이 떠나갈 듯 시끄러워졌어요. ☐ 전에 야간 기습 공격을 당했어요. 물론 그렇게 공격하기도 한다는 건 알고 있었고, 그에 대비해 훈련을 받기도 했지만 여전히 반칙이고 비겁하다는 생각이 들어요. 전쟁에 원칙이 없다는 건 알지만 그래도 왠지 있을 것만 같아요. 언제나, 모든 일이 그러듯이요.

그래서 우리는 ☐와 ☐와 ☐과 ☐와 ☐과 ☐를 뺏겼어요. 다시 ☐로 후퇴했고 다들 잠들지 못했죠. 분명 끔찍한 일이에요. 하지만 그 이면에, 무섭고 비윤리적인 이 상황 이면에 여기서 우리가 함께 이런 일, 올바른 일을 하고 있다는 감정이 복받쳤어요. 여기서 싸우는 우리뿐 아니라 이 나라, 나아가 이 대륙 전체의 모든 남자 그리고 당신을 포함해 고국의 모든 국민과 함께한다는 느낌이요. 모두 함께 행군하고, 모두 함께 싸우고 있어요. 비록 모든 게 끔찍하지만 그런 느낌, 그런 연대감은 정말 근사하네요.

나는 잘 지내니 걱정 말아요.

당분간은, 꽤 오랫동안은 힘들겠지만 마침내 며칠간 고향에 다녀올 수 있는 휴가를 준다고 들었어요. 그때 당신을 만날 수 있기를 고대해요.

오토.

추신. 아직 [ ] 소식은 전혀 듣지 못했어요. 하지만 귀는 늘 열어두고 있어요.

에타에게

요즘에는 늘 새로운 마을에서 지내요. 늘 다시 이동하죠. 이동하고 숨고 기다리고. 카드놀이를 하고, 사방에서 나는 소리에 귀를 기울여요. 그런 다음, 다시 이동하고 숨고 기다려요. 우린 매번 새로운 마을로 위장하는데 적들도 그래요. 가끔은 적들과 같은 마을을 골라 홈통과 풀밭과 현관 계단을 더럽히고 마침내 그들이 다른 마을로 떠나고 우린 남아요. 혹은 우리가 떠나고 그들이 남을 때도 있고요. 어느 쪽이든 곧 전투가 다시 시작될 거예요.

이젠 총을 사용해요. 팔과 손과 손톱과 이빨도요. 요즘처럼 내 몸을 많이 쓴 적은 없어요.

우리 부대로 신병들이 올 거라는 소문이 돌아요. 점점 더 늘어나는 전사자들을 충원하기 위해서요. 이제 내 룸메이트는 [ ]만 남았어요.

아직도 마을에서 댄스파티가 열린다는 말을 들으니 반갑네요. 비록 함께 춤을 출 남자는 거의 없다고 해도요. 위로가 될지는 모르겠지만 우리도 전우들 말고는 춤출 상대가 없어요. 그래도 가끔씩 마을에서 버려진 축음기와 음반을 발견해 나지막이 틀어놓죠. 거의 안 들릴 정도로 작은 소리인데도 매번 유령 같은 마을 주민 몇몇이 그 소리를 듣고 거리로 나와 주름진 얼굴로 미소 짓고 몸을 흔들면서 축음기 쪽으로 다가와요. 백만 년 동안 음악을 듣지 못한 사람처럼요.

고향에 돌아가면 당신과 춤을 출 겁니다.

오토.

에타는 편지를 식탁에 내려놓고 그 위에 손을 올렸다. 펜에 긁힌 편지지의 질감은 피부와 전혀 다르면서도 꽤 비슷했다. 남은 우유를 마시고 교실 문을 열기 위해 학교로 갔다.

수업 시간이 10분이나 지났는데도 교실에는 교단에 선 에타와 맞은편 책상에 앉은 여섯 살짜리 루시 퍼킨스뿐이었다.

음, 오늘 수업은 우리 둘뿐인 것 같구나. 에타가 말했다.

네. 루시 퍼킨스가 손에 연필을 쥔 채 말했다.

다른 여자애들은 어디 있지?

농장에요. 일손이 필요해서요.

너는 안 가봐도 돼?

엄마가 농장을 팔 거래요.

저런, 그거 유감이구나. 그럼 뭘 배우고 싶니, 루시 퍼킨스?

전 노래가 좋아요. 고양이도요.

좋아. 그럼 오늘은 노래와 고양이를 배우는 날로 하자. 루시 퍼킨스의 날이야.

일주일 뒤, 시립 부서 광역 담당관인 윌러드 갓프리가 수업 중인 에타를 찾아왔다. 그녀는 루시 퍼킨스와 함께 아프리카검은발살쾡이에서 시베리아호랑이와 벵골호랑이까지 고양잇과에 속하는 동물을 크기 순서대로 그리는 중이었다.

방해해서 미안합니다. 윌러드 갓프리가 열린 문을 붙잡은 채 도어 매트에 부츠를 닦으며 말했다.

천만에요. 괜찮습니다. 오랜만에 뵈니 반갑네요, 갓프리 씨. 사실은 전혀 반갑지 않지만 에타는 그렇게 말했다.

수업을 마저 끝내고 얘기하는 게 좋을까요? 난 뒤쪽 책상에서 기다리면 됩니다.

네, 고맙습니다.

에타는 루시와 함께 집에서 기르는 고양이, 캐나다스라소니, 오실롯, 퓨마, 중국살쾡이, 카라칼, 아시아황금고양이, 치타, 눈표범, 사자 그리고 네 종류의 호랑이를 그렸다. 그런 다음 루시혼자 색칠하게 하고 윌러드 갓프리에게 갔다. 그는 깍지 낀 손을 작은 책상에 올린 채 앉아 있었다.

이제 말씀하셔도 됩니다. 무슨 일로 오셨죠? 에타가 물었다.

그는 학교 문을 닫기로 결정했다고 통보했다.

사택에서 계속 지내셔도 됩니다. 지금 당장은 달리 쓸 사람도 없으니까요. 우리가 해드릴 수 있는 건 그것뿐이네요. 겨울이 오고 농장이 더 조용해지면 다시 학교가 열릴 가능성도 있습니다. 혹은 세상이 조용해지고 다들 집으로 돌아오면요. 하지만 지금은 루시 퍼킨스를 비롯한 학생들을 시내 학교로 편입시키고 이 학교는 문을 닫을 겁니다. 매일 아침과 오후마다 루시를 시내로 데려가고 다시 마을로 데려다줄 버스나 말이 올 거고요. 원한다면 당신도 탈 수 있습니다. 그게 도움이 된다면요.

윌러드 갓프리는 결코 나쁜 사람은 아니었다. 자신이 하는 일을 충분히 미안해하고 있었다.

일이 이렇게 돼서 정말 유감입니다. 그는 그렇게 말하더니 안경을 벗고 코받침대가 있던 자리를 문질렀다. 전쟁터에서 싸우기에는 나이가 너무 많았다.

알겠습니다. 에타가 말했다.

그가 떠나자 에타는 수업을 마쳤다. 그들은 고양이로 포스터를 만들었다. 숨이 멎을 정도로 멋진, 색색깔의 대형 포스터. 어머니께 가져다 드리렴. 에타가 말했다.

선생님께 드리고 싶어요. 선물이에요. 아이들이 돌아오면 보여주세요.

고맙구나, 루시. 집까지 바래다줄까?

아뇨, 혼자 갈 수 있어요. 맨날 혼자 다니는걸요.

그래도 에타는 루시를 거의 집까지, 푸른색과 크림색으로 칠하고 지붕 가운데가 푹 꺼진 퍼킨스 씨 농가가 보일 때까지 바래다주었다. 루시는 초원을 가로질러, 여기저기 흩어져 음매하고 우는 샤를레종 소들 옆으로 지나갔다. 루시가 지나가자 상대적으로 소들이 거대해 보였다.

에타는 부엌 벽에 포스터를 붙인 다음, 머릿속으로 앞에 있는 식탁에 선택할 수 있는 항목들을 하나씩 늘어놓았다. 첫 번째:

시내에 있는 부모님 댁으로 다시 돌아간다. 당분간 거기서 지내며 다시 적응한다. 예전처럼 부모님과 함께 지내면 기분도 좋고 쉽게 자리 잡을 수 있을 것이다.

두 번째:

퍼킨스 씨의 농장을 살 수도 있다. 이제 난 이 마을 사람이나 다름없으니 계속 여기 머물 수 있다. 소와 닭을 키우고 작물 재배하는 법을 배울 수 있다. 손에 흙을 묻히면서 일하면 기분이 좋을 것이다. 오토가 편지에 쓴 것처럼 몸을 쓰면서 살 수 있다. 그리고 러셀이 도와줄 것이다.

세 번째:

일자리를 구할 수도 있다. 무언가 세상을 도울 만한 일. 이를테면 군수품 공장에서 일할 수도 있다. 남자들처럼 위아래가 붙은 작업복에 큼직한 부츠를 신고. 나를 도구 삼아 세상에 잔물결을 일으킬 수 있다.

음, 그렇다면 고르기 쉽네. 그녀는 식탁을, 세 개의 항목을 향해 말했다.

그날 저녁 에타는 늦게까지 자지 않았다. 기온이 내려가 오븐을 사용해도 집 안이 후끈해지지 않을 때까지 기다렸다가 오트밀 건포도 쿠키와 대추 케이크를 구웠다.

오토에게

제대로 갈지 모르겠지만 음식을 보내요. 별로 기대는 안 해요. 왜냐하면 내 편지가 당신에게 갈 때까지, 혹은 당신 편지가 내게 올 때까지 얼마나 많은 사람의 손을 거치는지 아니까요. (당신 편지는 어설프게 만든 눈송이처럼 여기저기 각기 다른 모양의 구멍이 뚫려 있어요.) 하지만 혹시라도 무사히 가게 된다면 당신을 위해 만든 쿠키와 케이크를 받게 될 거예요. 어젯밤에 구웠어요. 그러니까 이게 한때나마 신선했다는 사실이 위로가 될 거예요. (어릴 때 언니 앨마는 모든 면에서 나보다 우월했는데 베이킹만은 예외였어요. 똑같은 레시피로 몇 번이고 다시 만들면서 엄마를 불러 도움을 청했다가, 또 혼자 만들겠다고 엄마를 내보냈다가 난리를 쳤지만 쿠키는 늘 너무 뻑뻑하고 케이크는 가운데가 덜 익고 빵은 고무처럼 질겼죠. 하지만 내게는 베이킹이 늘 쉬웠어요. 스푼을 젓기만 해도 반죽의 점도와 균형을 어떻게 맞춰야 할지 알 수 있었으니까요. 노래의 음이 맞는지, 어떤 물건의 색깔이 빨강인지 초록인지 아는 것처럼요.

그러니 잠이나 안도감에서 위안을 얻을 수 없다면 여기서, 버터와 설탕과 밀가루와 과일에서 얻어보세요. 이걸 먹고 조금이라도 힘이 나서 당신이 좀 더 빨리 움직이거나 좀 더 명료하게 생각해 목숨을 유지할 수 있다면 그것도 좋고요.

에타.

추신. 학생들이 모두 떠나서 이제 학교는 문을 닫을 거예요. 걱정하지 말아요. 난 다른 계획이 있으니까.
추추신. 그래도 편지는 계속 같은 주소로 보내세요.

이튿날 아침 에타는 루시와 함께 시내로 가는 버스를 탔다.
잘됐어요. 우린 계속 버스에서 친구가 될 수 있잖아요. 루시가 말했다.
버스는 마을에서 가장 크고, 가장 정사각형인 건물 앞에 그들을 내려주었다. 에타는 우체국으로, 거기서 다시 여성인력채용센터로 갔다. 여성인력채용센터는 버지니아 블랑쉬포르드라는 여자의 집에 마련되어 있었는데 종이에 그려진 화살표를 따라 앞마당을 통과한 다음, 침대와 아이들 물건이 들여다보이는 창문을 돌아 뒷마당으로 가서 별실 앞 계단 세 개를 올라갔더니 문에 종이가 붙어 있고 정부의 공식 서체로 이렇게 적혀 있었다.

여성인력채용센터—여기!

가장자리에 종이를 뜯어낸 점선 자국이 살짝 남아 있었다.

버지니아 블랑쉬포르드는 별실에 있었다. 아기에게 젖을 물리는 중이었고, 발치의 담요에는 그보다 약간 더 자란 아기 둘이 자고 있었다. 세상을 바꿀 수 있는 기회를 잡으러 온 걸 환영합니다! 에타가 방 안으로 들어서자 그녀가 속삭이며 미소를 지었다. 에타도 미소 지었다. 버지니아는 신청서를 건네주었다.

성?

이름?

생년월일?

집 주소?

이 지역에서 할 수 있는 일들(원하는 곳에 체크하세요):

1) 군수품 공장 노동.

펜 좀 빌릴 수 있을까요? 에타가 속삭였다.

물론이죠…… 네, 어디 뒀는데. 아! 저기 있다. 그녀는 에타의 머리 너머로 책꽂이 맨 위에 놓인 양철통을 가리켰다. 그 안에 뾰족하게 깎은 연필이 잔뜩 들어 있었다. 저기가 더 안전하거든요. 그녀가 속삭였다. 에타는 손을 뻗어 연필을 집었다.

선택할 수 있는 일은 하나뿐인가요? 에타가 물었다.

네. 하지만 좋은 선택이죠. 게다가 시내에 있고요.

알겠습니다. 에타는 그렇게 말하고 1) 군수품 공장 노동 옆에 체크했다.

이제 어떻게 하죠?

그 신청서를 내게 주고 공장에 보고하세요. 공장이 어딘지 아세요? 시내 동쪽 변두리에 있어요. 곡물 창고를 지나면 사무실이 나올 거예요. 작업은 내일 아침 8시 30분부터 시작하고, 원하면 작업복은 미리 받을 수 있어요. 좀 수선해야 하니까 미리 받아두는 게 좋죠. 오늘 저녁 6시 30분까지만 가면 돼요.

아직 이른 시간이었으므로 에타는 공장에 가기 전에 부모님 집까지 먼 길을 걸어갔다. 어머니를 도와 집안일을 하다가 출근했던 아버지가 점심을 먹으러 오자 셋이 함께 식사했다.

우리더러 자꾸 농장을 사라고 하지 뭐냐. 환갑이 다 된 나이에 어떻게 농장 일을 하라는 건지. 아버지가 말했다.

난 싫지 않아요. 어머니가 말했다. 아직 물건을 옮기고 나르는 일은 할 수 있어요. 땅을 사면 보조금을 두둑하게 주잖아요.

그러다 땅 주인이 돌아오면? 아버지의 말.

주인이 돌아오지 않으니까 팔겠죠. 어머니의 말.

그것도 헐값에.

땅을 팔아야 우리가 먹을 수 있는 농산물을 재배할 수 있잖아요.

에타 아버지의 접시에는 버터를 바른 하얀 빵과 당근만 있었다. 아직 햄은 한 장도 먹지 않았다.

제가 있다고 괜히 덜 먹고 그러지 마세요. 에타가 말했다.

그럴 리가 있니. 어머니가 말했다.

어쨌든 우린 이 집을 떠나고 싶지 않다. 직장도 그만두고 싶지 않고. 기자들이 전부 농부가 되면 신문은 누가 만들라고? 아버지가 말했다.

흠. 먹을 게 없어서 굶게 되면 신문에서 그 기사를 읽을 수 있겠네요. 어머니가 말했다.

저도 이 집이 좋아요. 에타가 말했다. 그리고 농장 구입에 관심이 있을 만한 사람을 알고 있어요.

너 말이냐? 아버지가 걱정스러운 얼굴로 말했다.

너 말이야? 어머니가 신난 얼굴로 말했다.

아뇨, 저 말고 제가 아는 남자요. 전에 제 학생이었어요. 지금은 친구고요.

에타는 설거지를 한 후, 공장에 가서 작업복을 받고 집에 돌아가기 위해 다시 루시와 버스를 탔다.

학교는 어땠니?

학생들이 너무 많아서 길을 잃었어요.

그래도 좋지? 모험하는 기분이겠다.

네……. 저와 이름이 같은 친구가 둘이나 더 있어요. 그러니까 우린 모두 쌍둥이인 셈이죠. 그건 좋아요.

잘됐구나. 에타가 말했다.

공장에서 준 옷은 상하의가 붙은 짙은 남색 작업복과 같은 색깔 스카프였는데 양쪽 팔꿈치에 구멍이 뚫려 있었고, 한쪽 주머니에는 구겨진 휴지가 들어 있었다. 에타는 구멍을 수선하고 휴지를 버린 다음, 입고 있던 원피스 위에 작업복을 겹쳐 입고 보걸 씨 댁으로 갔다. 보리밭에서 어린 아들과 돌을 골라내고 있던 보걸 부인이 그녀를 먼저 발견하고 손을 흔들었다.

우리 도와주러 오는 거예요, 에타? 마침 일하기 딱 좋은 복장이네.

아뇨, 죄송해요, 보걸 부인. 러셀을 만나러 왔어요. 안녕, 에밋. 돌을 아주 잘 들어 올리는구나.

러셀은 고모 댁에 갔어요. 고모부가 떠났으니 이젠 고모를 도와야죠.

아, 네. 고맙습니다. 나중에 도와드리러 올게요.

에타는 러셀의 고모네 집 헛간에서 러셀을 찾아냈다. 그는 소들의 눈과 혀를 살피며 나직이 노래를 불러주고 있었다.

러셀! 에타가 불렀다.

그녀가 들어오는 소리를 듣지 못한 러셀은 뒤를 돌아봤다. 쉬이이이! 소가 있잖아요! 그러더니 더 작은 소리로 속삭였다. 소가 놀란다고요.

러셀! 이번에는 더 작게, 속삭이듯 에타가 다시 불렀다. 고모부가 전쟁터로 떠났다면서요. 왜 말 안 했어요?

왜 말해야 하죠?

우린 친구니까요, 러셀. 그건 중대한 사건이에요. 그런 중대한

237

사건은 내게 말할 수도, 아니지, 말해줘야 한다고요.

별일 아니에요. 남자들은 모두 전쟁터로 가는 중이거나 이미 갔으니까요.

당신은 아니잖아요.

네, 난 아니죠.

소 한 마리가 체중을 실어 깊은 한숨을 내쉬었다. 러셀은 소에게 다가가 등을 쓸어내렸다. 이상한 옷을 입고 있네요, 에타.

아 네, 당신에게 보여주고 싶었어요. 새 작업복이에요. 헛간은 동물들로 가득 차 무더웠고 밀폐된 공기에서는 냄새가 진동했다.

이제 여공이 된 거예요?

공장 노동자죠. 내일부터요. 학생이 부족해서 학교를 닫았거든요.

아, 몰랐네요. 젠장. 정말 미안해요. 처음에는 보걸 씨가 도와달라고 하더니 그다음에는 고모가 도와달라고 하는 바람에…… 알았더라면 학교에 갔을 텐데요.

괜찮아요, 러셀, 정말로. 당신 잘못이 아니에요. 다른 학생들도 일손을 거드느라 못 나오는 거예요. 음, 루시 퍼킨스만 제외하고요.

루시 엄마가 농장을 팔 거라더군요. 러셀은 짧고 빽빽한 털의 결을 따라 소를 쓰다듬었다.

네, 나도 들었어요. 그래서 당신을 보러 온 거예요.

나한테 작업복을 보여주고, 왜 고모부 일을 말하지 않았냐고 따지러 온 게 아니었어요?

네, 아니에요. 게다가 당신 고모부 일은 불과 20분 전에 보걸 부인에게 듣고서 알았는걸요. 내가 온 이유는 따로 있어요. 정부에서 우리 부모님에게 자꾸 주인 없는 농장을 인수하라고 하는데 부모님은 싫으시대요. 적어도 아버지는요. 그러니 인수하지 않을 거예요. 그래서 난 당신이 인수해야 한다고 생각했죠.

내가요?

네, 당신이 인수해야 해요! 당신 농장이 생기는 거예요. 그럴 나이도 됐고, 또 전쟁터에 나가지도 않았잖아요! 이 동네에 있는 농장이니까 계속 고모님과 보걸 씨를 도울 수도 있어요. 당신이라면 전략적으로 농사를 지을 수 있을 거예요.

내가 인수할 수 있군요.

네!

하지만 루시 퍼킨스의 엄마는요?

그분이 왜요? 관심 없을 거예요, 분명.

네, 하지만 정부에서 공짜로 농장을 나눠주면 루시네 엄마는 어떻게 농장을 팔죠?

음……. 모르겠어요. 하지만 그건 당신 탓이 아니에요. 당신 책임도 아니고.

그래도요. 어차피 지금 하는 일만으로도 벅차요.

당분간이에요, 러셀. 오토와 위니와 당신 고모부와 모든 사람들이 곧 귀국해서 다시 농사를 지을 거예요. 일시적으로 주는 거라고요. 공짜로 농장을 가질 수 있는 기회는 지금뿐이에요, 러셀. 당신이 인수해야 해요.

그런 거 같네요.

그렇다니까요.

좋아요, 그럴게요.

당연히 그래야죠! 에타는 이를 다 드러내고 함박웃음을 지었다. 정말 신나요, 러셀!

그러네요. 환하게 웃는 에타의 미소에서 진심이 느껴졌다. 한숨 쉬는 소의 곁에 있던 러셀은 서툴고 눈에 띄는 걸음을 내디며 에타에게 다가갔다. 근데 왜 당신은 인수하지 않죠?

난 농부가 아니에요, 러셀. 선생님이죠. 이젠 공장 노동자고요. 날 봐요.

당신도 농부가 될 수 있어요.

그럴 거 같지 않은데요. 에타는 그의 어깨에 한 손을 올렸다. 너무 무겁지도 가볍지도 않게, 그저 손만. 러셀은 자기도 모르게 눈을 감았다. 하지만 당신은 잘할 거예요. 에타는 그렇게 말하며 그의 어깨를 꽉 잡았고, 러셀은 다시 눈을 떴다. 에타의 다른 쪽 손은 캐러멜색 암송아지의 등에 있었다. 그녀는 소와 러셀 사이의 다리가 되었다. 그리고 필요하다면 내가 도울게요. 그녀는 두 손을 다시 내렸다. 헛간으로 들어오는 햇살은 단단한 물체, 단단한 청동 같았다.

알았어요. 러셀이 말했다. 에타는 다시 헛간 문으로 걸어갔다.

내일 출근을 위해 집에 가서 준비하고 자야 했다. 러셀은 어깨에, 아까 에타의 손이 있던 곳에 손을 올렸다. 고마워요, 에타.

당신이 좋으면 나도 좋아요, 러셀.

그 후로 매일 아침 에타와 루시 퍼킨스는 함께 버스를 타고 시내로 갔다.

바지가 멋져요, 선생님. 나도 바지가 있었으면 좋겠어요. 루시가 말했다.

고맙구나. 에타는 매일 작업복을 입었다. 가렵기도 하고 주름도 지고 발목과 손목은 약간 조이기도 했지만 이 옷이 점점 더 마음에 들었다. 언젠가는 너도 입게 될 거야.

네. 그랬으면 좋겠어요.

그들은 학교 앞에서 헤어졌고, 에타는 마을 동쪽으로 25분간 걸어가 대형 곡물창고를 지나 공장으로 갔다. 매일 아침 그녀가 걸어갈 때마다 다른 여자들이 합류해 같은 방향으로, 같은 남색 작업복을 입고 걸었다. 공장에 가까워질수록 더 많은 여자들이 모여들었고 이내 출퇴근기록기에 카드를 찍고 소지한 액세서리를 빼두는 건물 앞에서 정체가 시작되었다. 낮은 곳에 고인 물처럼. 매일 아침 자기 차례가 되면 에타는 출퇴근기록기에 카드를 넣어 출근 시간을 찍고, 눈썹이 고드름처럼 생긴 경비원 토머스가 결혼반지는? 이라고 물으면 아무것도 없는 손가락을 쫙 펴서 보여주었다. 그러면 토머스는 차가운 구리 냄새가 풍기는 거대한 작업실로 들어가라고 손짓했다.

저녁에 교대 근무가 끝나면 폐교 옆 사택에서 에타는 쿠키를 구웠다. 자신과 동료들, 러셀과 루시 퍼킨스 그리고 그 애의 엄마를 위한 쿠키이자 갈색 종이로 포장하고 거친 노끈으로 묶어 저 멀리 오토에게 보낼 쿠키였다. 노래를 부르며 쿠키를 굽고 있으면 머리카락에서 쇠붙이 냄새가 서서히 빠져나가고 시나몬과 육두구, 바닐라 냄새가 배어들었다. 손은 반죽 속에서 오르락내리락, 오르락내리락하면서 반죽을 치대고 들어 올리고 공기를 넣었다가 다시 치대어 공기를 빼냈다. 반면 오토의 발은 군화를 신은 채 오르락내리락, 오르락내리락하면서 땅을 내디뎠다가 위로 올라가고 공간이 생겼다가 다시 밀어냈다.

★★★

러셀은 글렌다 휴버트와 함께 바위와 구멍과 잡초와 흙으로
된 장애물 코스를 가로질러 계속 걸어갔다. 전직 농부이나 지금
은 군인인 로리 휴버트의 아내 글렌다는 장성한 다섯 아이를 둔
어머니이자 열다섯 명의 손자를 둔 할머니였다. 자식들 중 셋은
떠나고 둘은 여기 살았으며, 손자들은 한 살에서 열두 살까지 있
었다. 또 1년 전부터는 고퍼랜즈 지역 농장 부흥 프로젝트 위원
회(Gopherlands Regional Farm Revival Project Committee) 책임자였다.
그녀가 입은 회색 작업복 등에는 G.R.F.R.P.C.라고 손으로 쓴
글씨가 적혀 있었는데 뒤로 갈수록 공간이 모자라 점점 작아졌
다. 발밑 조심하세요. 여긴 땅다람쥐들이 파놓은 구멍 천지라서
발이 빠지기 쉬워요.

네, 고맙습니다. 러셀이 말했다.

그들은 기우뚱거리며 25분 동안 걸어 다녔다. 자, 이제 다 봤
어요. 인수할 건가요? 글렌다가 물었다.

새끼 양(洋)만 한 크기의 바위에 걸려 넘어질 뻔한 러셀이 몸
을 똑바로 세웠다. 네, 인수하겠습니다.

앞으로 1년 안에 이 땅을 고르고 여기 살면서 다시 농산물을
수확하겠다고 약속해야 해요. 계약서에도 서명해야 하고요. 할
수 있겠어요?

러셀은 글렌다의 회색 작업복 어깨 너머로 서쪽을 바라봤다.

저 멀리 멀리 멀리 보이는 것이라고는 흙과 잡초와 바위뿐이었다. 네. 네, 할 수 있습니다. 러셀이 대답했다. 저물어가는 태양에 농장이 캐러멜색과 오렌지색, 황금색으로 물들고 있었다.

12

그리고 에타는 걷고 또 걸었다. 제임스도 걸었다. 가끔은 앞서 달려 나가기도 하고, 가끔은 뒤에서 킁킁거리기도 하고, 가끔은 그냥 그녀의 곁에서. 바위와 호수와 나무. 바위와 호수와 나무.

그리고 오토는 밤을 새워 만들고 또 만들었다. 올빼미, 제비, 일각돌고래, 땅다람쥐, 너구리 두 마리, 여우, 거위, 다람쥐, 방울뱀, 며칠 밤이 걸린 들소, 스라소니, 닭, 코요테, 늑대, 제일 작고 섬세한 메뚜기 무리.

그리고 러셀은 북쪽 어딘가에 있었고, 본인을 제외하고는 그가 어디 있는지는 아무도 몰랐다.

이제 위니는 죽었지만 얼마 전까지는 살아 있었다. 오토의 생일을 맞아 파리의 정부 관저에서 장거리전화를 한 적이 있다.

집에 안 오니? 오토는 늘 그랬듯이 그렇게 물었다.

이젠 여기가 내 집이야. 위니는 늘 그랬듯이 그렇게 대답했다. 목소리에서 진하게 묻어나는 프랑스어 억양은 오토와 이야기할수록 옅어졌다.

그래. 그래도 또 물어봐야지. 혹시 모르니까. 오토가 말했다.

하하! 전화기 너머로 그가 이해할 수 없는 낯선 언어가 들렸다.

네가 여길 떠난 지 65년이나 지났구나, 위니. 여길 떠날 때 그렇게 될 줄 알았니?

응, 그랬던 거 같아.

흠……

그건 그렇고 에타는 잘 지내?

에타는…… 잘 지내는 편이다. 대개는 잘 지내지.

다행이야. 오빠?

응?

혹시 내가 필요하면 언제든 갈게. 집으로 돌아갈게.

알고 있어. 고맙구나, 위니. 그리고 선물로 보내준 지구본도 고맙다.

늦지 않게 도착했어? 부서진 데는 없고?

딱 맞춰서 도착했다. 아름답더구나. 고맙다.

De rien. Joyeux anniversaire, mon vieux(천만에. 생일 축하해, 오빠).

★★★

친애하는 에타 글로리아 키닉

난 이제 날아오는 총알을 다 바라봐요. 당신도 총알을 본 적이 있는지 궁금하네요.

자주는 아니고 가끔씩, 아직 술집과 음악과 여자들이 있을 정도로 복구된 대도시에서 오토는 저녁을 보내게 되었다. 고향에서는 맥주와 라이 위스키만 마셨지만 여기서는 혀와 입술을 짙은 붉은색으로 물들이며 와인을 마시곤 했다. 군인들에게는 언제나 술이 무료였다.

자주 오는 손님 중에 지젤이라는 여자가 있었다. 어느 마을, 어느 도시를 가든 지젤, 똑같은 얼굴의 지젤이 있었다. 머리는 짧고 갈색이었으며, 오토가 알아보기 전에 늘 그녀가 먼저 알아봤다.

내가 좋아하는 군인 아저씨가 여기 있네. 백발 청년. 춤출 준비 됐어요?

내가 없을 때는 누구랑 춥니까? 오토가 아코디언과 클라리넷 소리보다 크게 외쳤다.

내가 좋아하는 군인 아저씨가 당신만 있는 건 아니니까요. 지젤이 한 손으로 그의 등을 감싸고, 한 손으로 그의 머리카락을 만지며 말했다.

에타

     ☐☐☐☐☐☐☐☐☐☐. 그래서 우리가 그들을 쫓는 줄 알았는데 사실은 그들이 우리를 쫓고 있었어요. 그리고 ☐☐☐ ☐☐☐☐☐☐☐☐☐☐☐ 그래서 난 달렸어요. 쫓지도, 도망치지도 않고 그냥 달렸어요. 그랬더니 ☐☐에 들어와 있더군요. 어둡고 밀폐된 공간이지만 평소 어둠에 익숙한 터라다 볼 수 있었어요. 난 그를 볼 수 있었죠. 그 ☐☐은 뒤쪽 벽에 붙어 있었어요. 자기도 달려왔는지 숨을 헐떡이면서요. 분명 나를 보고 있었을 거예요. 그의 오른손은 오른쪽 옆구리에 있었고, 내 오른손도 오른쪽 옆구리에 있었어요. 무슨 말이라도 하고 싶었지만 우린 상대의 말을 몰라요. 그때 ☐☐ ☐났고, 그가 깜짝 놀라 움찔하더니 재빨리 몸을 숙였어요. 난 책꽂이 뒤로 숨으면서 팔을 옆으로 빼서 총을 쏘고 쏘고 또 쐈어요. 이 모두가 한 번에 이뤄진 동작이었어요. 하나의 숨, 하나의 단어처럼요. 그러다 밖으로 뛰쳐나갔죠. ☐☐☐에서, 거기서 벗어나 다시 달리기 시작했죠. 달리고 또 달리면서 머릿속으로 '이걸 편지에 적자, 이걸 편지에 적자'는 생각만 했어요. 다른 생각보다 그 생각을 우선시하면 무사하리라는 걸 알았죠. 왜냐하면 다시 펜과 종이를 잡고 이 편지를 쓰려면 몸과 마음을 온

전히 유지해야만 하니까요.

그리고 곱슬머리가 얼굴 옆선을 가린 지젤과 춤을 췄다. 그녀에게서 풍기는 향수 냄새, 강렬한 알코올 기운이 감도는 달콤한 꽃 냄새가 그의 코와 입술을 그녀의 손목 안쪽, 귀 뒤, 가슴골, 스타킹의 선을 따라 허벅지 안쪽으로 이끌었다.

에타에게

얼굴에 물을 끼얹듯, 목구멍에 진을 들이붓듯 무언가가 당신을 덮치면 이렇게 말해요. 이건 진짜다 이건 진짜다 이건 진짜다. 마치 고향의 모든 것, 심지어는 리자이나와 핼리팩스, 기차까지 모두 무대장치이고 뒤를 돌아보면, 가까이서 들여다보면 앞면만 있을 뿐 뒤는 텅 비어 있을 것만 같아도 이게 진짜예요. 이것만이 늘 진짜.

곧 있으면 입대한 지 1년이 돼서 며칠 휴가를 얻어 고향에 돌아갈 수 있어요, 에타. 솔직히 가고 싶은지 잘 모르겠어요. 고향에 다녀와도 이 생활을 다시 할 수 있을까요? 과연 가능할까요?

당신의 편지를 읽고 또 읽으며 당신과 아이들 사진을 여러 번 봤어요. 이곳과 그곳을 연결하는 실이니까요. 그걸 보면서 그곳이 존재하며, 여전히 내게 중요한 곳이라는 사실을 상기했어요.

에타

열흘간 휴가를 얻어 고향에 돌아갑니다. 올 한 해는 정말 한없이 길게 느껴지네요. 높이 자란 밀밭을 가로질러 걸을 때처럼요. 대서양을 건너는 데 ☐이 걸리고, 다시 기차로 3일이 걸리니까 고향에는 ☐밖에 못 있겠네요. 역에는 당신만 마중 나오면 좋겠어요. 고향에 처음 발을 딛는 그 순간만큼은요. 엄마, 아빠에 러셀과 누나, 동생들까지 나오는 건 너무 벅차요. 내가 어떤 감정을 느낄지 혹은 무슨 행동을 할지 두렵거든요. 이해하죠? 역에서 당신을 찾을게요.

오토.

대서양을 건너려면 얼마나 걸려요? 에타는 쇼트브레드 쿠키를 들고 러셀의 새 농장에 찾아온 참이었다. 러셀은 밖에서 낡은 농가를 새로 칠하고 있었다. 흰색으로. 해는 거의 저물었다.

음, 오토가 대서양을 건너 유럽으로 갈 때 일주일이 걸렸을 거예요. 하지만 그보다 빨리 갈 수도 있어요. 우리 고모부는 4일 정도 걸린 거 같아요……. 그러니까 4일에서 8일 사이쯤 되겠네요. 근데 왜요? 러셀은 사다리 위에서 아래를 내려다보며 소리쳤다.

그냥 궁금해서요. 에타는 쿠키가 담긴 접시를 멀찍이, 사다리와 위에서 떨어지는 페인트에서 멀찍이 비켜난 곳에 내려놓았다. 쿠키는 여기 두고 갈게요. 알았죠?

네, 고마워요. 일이 끝나면 당신 집으로 접시를 가져갈게요.

내가 와서 가져가는 게 낫겠어요. 당분간 공장 교대 시간이 어떻게 될지 몰라서요.

알았어요.

네, 그럼 잘 자요, 러셀. 너무 무리하지 말고요.

러셀은 에타의 뒷모습을 지켜보았다. 사다리 위에 있으니 들판을 가로질러 멀리까지 잘 보였다. 에타가 시야에서 사라지자 러셀은 사다리에서 내려와 페인트가 튄 손으로 쿠키를 집어 먹었다.

시내에 오는 기차는 하루에 한 대뿐이었고 대개 타는 사람
도, 내리는 사람도 없었다. 일요일을 제외하고 매일 2시 13분에
서 14분 사이에 미리 요청한 사람이 있을 때만 정차했는데 요란
한 경적 소리를 내며 그냥 통과해버리는 경우가 다반사였다. 하
지만 언제든 누군가 내릴 수 있고, 늘 가능성이 있었다. 그래서
에타는 계산 끝에 오토가 다음 주 목요일에서 그다음 주 목요일
사이에 언제든 올 수 있다는 결론을 내렸다. 일요일만 제외하고.
그래서 공장에 가서 야간 근무로 바꿔줄 수 있는지 물어봤다.

일주일만요?

일주일하고 하루만요.

버스는 야간에 운행하지 않으므로 부모님 집에 머무르며 공
장까지 걸어 다니기로 했다. 부모님에게는 그냥 이렇게 말했다.

공장에서 야간 근무를 하게 됐어요.

거짓말은 아니었다. 부모님은 이유를 묻지 않았다. 혹은 그렇
게 근무 시간을 교대하는 일이 자주 있는지, 앞으로 집에 더 자
주 찾아올지, 그녀가 썼던 침대를 다시 정돈해둬야 하는지도 묻
지 않았다. 어차피 침대는 늘 정돈해두었다. 만약을 대비해서.

에타는 루시 퍼킨스에게도 말했다. 수요일에, 집에 가는 버스에
서 늘 앉는 자리에 앉아, 비포장도로를 지나느라 몸을 들썩이며.

선생님은 당분간 버스 안 탈 거야.

얼마 동안요?

8일 동안.

선생님도 참전하시는 거예요?

아니, 아니.

다행이다. 그럼 선생님 자리 맡아둘게요.

이튿날 목요일부터 에타는 새로운 의식을 치르기 시작했다. 오후 1시 45분이 되면 어깨만 살짝 덮는 짧은 소매에 잘 다린 칼라가 달리고, 허리를 꽉 조인 하늘색 원피스를 입고 기차역까지 걸어갔다. 2시가 조금 넘어 역에 도착하면 플랫폼에 서서 12분 동안 기다렸다. 기차가 다가오는 소리, 멀리서도 들리는 그 소리에 비례해 아드레날린이 용솟음쳤고 에타는 숨을 죽인 채 지나가는 기차를 지켜봤다. 그런 다음 얼굴과 옷에서 기차가 날린 먼지를 털어내고 2시 14분에서 16분 사이에 다시 부모님 집으로 걸어가 원피스를 벗고 잠을 자거나 책을 읽거나 엄마를 돕거나 아버지와 이야기를 나누다가 시간이 되면 작업복을 입고 지는 해와 함께 공장으로 걸어갔다.

야간 근무를 하는 여자들은 달랐다. 에타가 처음 야간 근무를 시작했을 때 한 여자, 공장에서 준 남색 스카프 대신 초록 바탕에 노랑 물방울무늬 스카프를 머리에 두른 여자가 이렇게 말했다.

신입이네. 누가 좀 물어줘.

그러자 다른 여자, 공장에서 준 남색 스카프를 머리에 둘렀지만 다홍색 립스틱을 바른 여자가 에타의 팔을 잡아 입으로 가져가더니 손목을 살짝 깨물어 희미한 이빨 자국과 또렷한 입술 자국을 남겼다. 우린 뱀파이어야. 봐, 밤에 일하는 여자들이잖아. 그러니까 너도 뱀파이어가 돼야지.

야간 근무 중에는 잡담을 나눠도 제재를 받지 않았다. 떠들어야 졸지 않기 때문이다.

왜 야간 근무로 바꾼 거야? 초록 바탕에 노랑 물방울무늬가 물었다.

그냥 한번 해보고 싶었어. 에타가 말했다.

정말? 다홍색 립스틱이 한쪽 눈썹을 치켜세웠다. 능숙하게, 아주 높이.

목요일에는 아무도 기차에서 내리거나 타지 않았다. 기차는 그냥 꾸준히, 리드미컬하게, 서지 않을 거야 서지 않을 거야 하면서 덜그럭덜그럭 지나갔다.

금요일도 마찬가지였다.

토요일에는 2시 10분이 되자, 다가오는 기차의 쌕쌕 소리가 점점 느려졌다. 에타는 등 뒤로 손을 깍지 낀 채 기차가 토해내는 먼지를 깊이 벌컥벌컥 들이마셨다. 한 여자가 2시 11분에 헉헉거리며 플랫폼으로 달려왔다. 은색 버클이 달린 소형 수트케이스 두 개를 들고 있었다. 여자는 에타에게 미소 지으며 손으로 눈썹을 훔쳤고, 2시 13분에 기차의 세 단짜리 금속 계단을 올라갔다. 기차는 2시 15분에 다시 몸을 추스르고 움직이기 시작했다. 처음에는 힘겨워 보였으나 점점 편안하게 나아가며 시야에서 멀어졌다.

일요일에는 아버지의 차를 빌려 집으로, 교사 사택으로 갔다. 화초에 물을 주고 정원의 잡초를 뽑고, 바닥과 다른 물건에 내려 앉은 초원의 조각들을 털어내고, 안 자던 시간에 자려고 몸부림을 쳤다.

월요일에는 기차에 타는 사람도, 내리는 사람도 없었다. 기차는 그저 리드미컬하게 서지 않을 거야 서지 않을 거야 하면서 지나갔다.

화요일에는 2시 7분부터 기차 소리가 들렸다. 에타는 등 뒤로 손을 깍지 낀 채 기차가 토해내는 먼지를 깊이, 벌컥벌컥 들이마셨다. 2시 10분이나 11분이 되어도 플랫폼에는 아무도 없었다. 에타는 잊지 않고 눈을 깜빡거렸다. 손으로 머리카락을 쓸어내렸다. 이제는 기차 차창이 보이기 시작했고, 안에 탄 승객들도 그녀를 볼 수 있었다.

2시 12분에 기차가 멈췄다. 2시 13분에 세 번째 객차의 문이 열리고 오토가 세 단짜리 금속 계단을 내려왔다. 하나, 둘, 셋. 그의 머리카락은 뿌얀 먼지만큼이나 새하얬다.

그의 짐은 하나뿐이었다. 부드러운 초록색 가방. 오토는 들고 있던 가방을 그대로 놓아버린 채 에타에게 걸어갔다.

오토, 당신 머리카락이. 에타가 말했다.

오토는 두 손으로 그녀의 팔을, 팔꿈치 위를 잡아 끌어당기고 그녀의 입술에, 그녀에게 키스하고 키스했다. 둘 다 숨을 쉴 수 없었고, 둘 다 그러고 싶지도 않았다.

13

에타에게

당신이 돌아오면 주려고 뭘 좀 만들었소. 이제야 이해가 가는
군. 당신이 거친 노끈과 갈색 종이로 싸서 내게 보내줬던 그 퀴
퀴하고 바스러진 쿠키들. 이젠 당신이 멀리 있고 내가 여기 있
구려. 그러니 당신이 돌아올 때까지 난 만들고 또 만들 거요. 집
으로 돌아올 이유가 있다는 걸 당신과 내게 상기시키기 위해서.

사람들은 오토의 작품을 알아보기 시작했다. 차로 지나가다
보면 차고 세일을 하려고 펼쳐둔 물건처럼 집 앞에 쏟아져 나온
작품들을 볼 수 있었다. 저게 뭐예요? 수영 강습을 받으려고 부
모와 함께 그 앞을 지나던 옆집 소녀가 물었다.

음……. 늑대 같은데? 소녀의 아빠가 말했다.

어머, 저기 들소도 있어요. 소녀의 엄마가 손으로 가리키며 말했다. 근데…… 이건 뭐죠? 고양이?

스컹크?

토끼 같아요.

진짠가?

수영 안 가도 돼요?

수영 가야지.

너 수영 좋아하는 줄 알았는데.

좋아해요. 하지만…….

이건 고래 아니에요?

낮이면 오토의 작품을 보기 위해 단선 도로를 따라 차들이 몰려들어 퍼레이드를 하듯 엉금엉금 지나갔다. 도로 한쪽에는 오토가 만든 동물들, 밀가루와 물과 신문지로 만든 미색 동물들이 얼어붙은 군중처럼 늘어서 있었다. 하지만 오토는 이 퍼레이드를 눈치채지 못했다. 이젠 매일 해가 떠 있는 동안에 잤기 때문이다.

닷새 동안 물고기를 먹은 뒤 제임스와 에타는 어느 도시 외곽에 도착했다.

난 돌아가서 반대편에 가 있을 테니 거기서 만나. 냄새로 널찾을게. 도시를 별로 좋아하지 않는 제임스가 말했다.

좋아. 에타가 말했다. 지금 그녀에게는 우정보다도 빵과 설탕과 버터를 구하는 게 더 급선무였다. 여기 슈퍼마켓이 있을 거야. 금방 갈게.

에타는 맨 처음 눈에 띈 주유소로 들어갔다. 랩에 싸인 슈가번과 아몬드 세 봉지, 1리터짜리 오렌지주스, 나사 모양의 빨간색감초 젤리 여섯 개, 치즈 샌드위치를 집어 들었다. 계산을 하려고물건들을 하나씩 카운터에 내려놓으며 에타가 물었다.

근처에 슈퍼마켓 있나요?

그러자 남자 직원이 머리를 갸웃하며 금전등록기에 테이프로붙여둔 안내판을 가리켰다.

En Français, s'il vous plaît(프랑스어로 말해주세요).

그걸 보니 퀘벡에 온 실감이 났다.

아, 알겠어요. 음……. pouves-vous dire moi où je trouverais une shoppe de grocerie?

이제 좀 낫네요. 직원이 영어로 말했다. 그저 약간의 성의만 보여달라는 거예요. 이렇게 주 경계선에서 살다 보면 사람들에게 잊히는 기분이 들기 십상이거든요. 고마워요, 에타. 그리고 마침 여기서 여섯 블록 떨어진 곳에 슈퍼가 있습니다. 저쪽으로 두 블록 갔다가, 남자 직원은 가게를 가로질러 막대 아이스크림과 냉동식품이 있는 쪽을 가리켰다. 저쪽으로 네 블록 가면 됩니다. 이번에는 에타 너머 가게 뒤쪽을 가리켰다. 빨간색 대형 간판이 달려 있어요. 부프 본느라는 슈퍼죠. 거기 토마토가 끝내줘요.

밖으로 나온 에타는 똑같이 생긴 두 집 사이의 사각형 풀밭에 앉아 샌드위치와 슈가번을 먹고 주스를 마신 후에야 깨달았다. 주유소 남자 직원의 무엇이 거슬렸는지. 그는 그녀를 에타라고 불렀다. 하지만 에타는 그를 알지 못했다. 에타는 그의 얼굴과 이목구비를 떠올리려고 했지만 이쪽저쪽을 가리키던 손가락만 기억났다. 주머니에서 고이 접어둔 종이를 꺼냈다.

가족:
마타 글로리아 키닉. 어머니. 가정주부. (사망)
레이먼드 피터 키닉. 아버지. 기자. (사망)
앨마 개브리엘 키닉. 언니. 수녀. (사망)
제임스 피터 키닉. 조카. 아이. (태어나지 못함)
오토 보걸. 남편. 군인/농부. (생존)

그 남자는 여기 어디에도 해당되지 않았다. 하지만 러셀도 이 명단에 없으나 그녀는 분명 러셀을 알고 있었다. 에타는 펜을 꺼내 오토의 이름 밑에 이렇게 적었다.

러셀 파머. 친구. 농부/탐험가. (생존)

하지만 아냐, 아냐, 그 남자는 러셀이 아니다. 러셀 말고도 명단에 빠진 사람들은 또 있었다. 사촌? 시댁 식구들? 친구? 그 외 사람들? 에타는 제임스가 곁에 있었으면 좋겠다고 생각했다.

부프 본느는 쉽게 찾을 수 있었다. 그 남자가 말한 대로 두 블록 건넌 다음, 네 블록 올라가니 나왔다. 그러니 적어도 거짓말쟁이는 아니었다.

에타는 장바구니에 물건을 가득 담은 뒤, 슈퍼에 비치된 비닐봉지 다섯 개를 가져와 하나에 물건을 가득 담고 나머지 네 개는 낚시나 다른 비상사태를 대비해 가방에 찔러 넣었다. 이 정도가 그녀가 편안히 들고 갈 수 있는 양이었다.

계산을 하려고 4번 카운터로 갔다. 카운터를 담당한 직원은 십대 소년이었는데 너무 말라서 유니폼이 헐렁했다.

봉주르. 에타가 인사를 건넸다.

에타 할머니! 소년이 말했다.

물건을 내려놓던 에타는 동작을 멈췄다. 이 소년도 그녀를 알고 있다. 이 말라깽이 어린 이방인도. 에타는 머릿속을 뒤지며 생각을 모으고 정리했다. 친구? 삼촌? 조카? 정신을 집중하려고, 기억해내려고 실눈을 떴다. 자기가 집어 온 물건들을 내려다봤다. 왜 이렇게 많이 가져왔지? 그것도 이런 음식을? 내가 이런 음식을 먹는단 말인가?

에타 할머니. 소년이 말을 이었다. 음절을 늘려서 에에타아, 라고 불렀다. 정말 대단하세요. 그 말을 꼭 전하고 싶었어요. 정말, 정말 대단하세요. 소년은 한꺼번에 너무 많은 말을, 그것도 모국어가 아닌 영어로 빠르게 하느라 고군분투했다. 이 물건을 공짜로 드릴 수 있는지 한번 알아볼게요. 정말이지 꼭 그래야 한다고 생각해요. 네? 싫으시다고요? 걱정 마세요. 아무 문제 없어요. 여기서 잠깐 기다리세요. 금방 올게요.

에타는 머리를 쥐어짜고 또 쥐어짰다. 아무것도, 아무것도 없었다. 소년이 자리를 비우자 단서를 찾기 위해 주위를 둘러봤다. 금전등록기, 그녀가 집어 온 물건, 다른 손님들, 음식이 든 상자와 봉지가 그득 쌓인 진열대. 모든 물건은 두 개의 언어로 표시되어 있었다. English-French(영어-프랑스어). Français-Anglais(프랑스어-영어). 그 정도는 알고 있었다. 계산대 뒤의 벽은 주차장이 내다보이는 창문이 거의 다 차지했다. 창문 옆 대형 게시판에는 '지역 광고'와 '분실물'이라고 적힌 종이가 붙어 있었다. 게시판에서도 가장 먼 쪽, 누가 지나갈 때마다 쉭쉭 소리를 내며 열렸다 닫히는 자동문 옆에 '우수 사원'이 붙어 있었고 바로 거기, 우수 사원 왼쪽, 골든레트리버 사진과 수영복을 입은 가족사진 사이에 에타가 있었다. 신문에서 오려낸 사진이었는데 짧은 기사와 지도도 함께 붙어 있었다.

정말 잘됐어요! 소년이 다시 성큼성큼 걸어왔다. 걸어오면서 펄럭이는 소매를 걷어 올렸다. 점장님이 전부 공짜래요!

소년 뒤에서 부스스하고 희끗희끗한 곱슬머리 여자가 미소를 지으며 걸어오고 있었다. Oui(네)! C'est vrai(맞아요)! 그녀가 말했다.

저 사진은 어디서 났죠?

소년과 점장은 걸음을 멈추고 게시판을 돌아보았다. 신문마다 다 실렸어요, 에타. 기사도요. 그리고 이제 『캐네디언 내셔널』에서는 매일 '라이프 앤드 타임' 섹션 뒤쪽에 당신이 어디쯤 있을지 추측하는 지도를 작게 싣는답니다. 우린 그 기사를 오려서 매일 붙여둬요. 여기 있는 자니엘이 그 일을 하죠. 이 애는 당신의 열렬한 팬이에요.

자니엘이 얼굴을 붉히며 말했다. 음, 그건 그냥, 정말 대단하신 분이잖아요, 그렇죠? 제 생각엔ㅡ

아! 점장이 자니엘의 말을 잘랐다. 이렇게 되면 우리도 신문사에 전화할 수 있겠네요! 당신을 봤으니까요! 그러면 다음 지도를 업데이트할 때 우리에게 고맙다는 말을 남길 거예요!

그러니 이들은 에타가 잊어버린 게 아니라 전혀 모르는 사람들이었다. 다행이다, 다행이야. 하지만……. 에타는 숨을 들이쉬었다. 난 그냥, 그녀가 말문을 열었다.

게시판을 바라보고 있던 점장과 소년이 뒤돌아 다시 그녀를 바라봤다. 기대에 찬 눈빛으로.

이렇게 요란하게 할 생각은 없었어요. 그냥…… 조용히 다녀오려고 했는데.

물론 그러셨겠죠. 점장이 나직이 말했다.

물론이죠. 자니엘이 말했다.

그래서 우리가 이렇게 흥분한 거예요.

그들은 에타를 도와 가방에 물건을 담았다. 날 봤다는…… 제보가 많이 들어왔나요? 가방 옆쪽의 빈 공간에 당근을 밀어 넣으며 에타가 물었다.

네, 그럼요. 엄청나게 많이 들어왔죠. 하지만 대부분은 허위 제보예요. 밴쿠버에 사는 남자처럼요. 그 사람은 밴쿠버의 대형 공원에서 당신을 봤다고 했거든요.

그리고 네브래스카의 어떤 여자도요.

그리고 북쪽의 한 남자도 있었지. 엘크를 몬다는 사람.

러셀? 에타가 말했다.

늘 이름을 밝히지는 않아요. 자니엘이 말했다.

이제 음식은 가방에 다 들어갔고 에타는 떠날 준비가 되었다. 어서 떠나고 싶었다. 제임스를 만나 이 일을 어떻게 생각하는지, 이 일에 대해 아는 게 있는지 묻고 싶었다.

그럼, 이제 아셨으니까 저희와 사진 한 장 찍어주시겠어요? 손님에게 부탁하면 돼요. 점장이 말했다.

에타는 빨간색 부프 본느 유니폼을 입은 계산대 직원들에게 둘러싸여, 미소 짓는 점장 바로 옆에 서서 사진을 찍었다. 사진을 찍어주는 손님은 과하게 웃으며 말했다. Prêt(준비됐어요)?

267

Un, deux, trois(하나, 둘, 셋)……

점장을 비롯한 다른 직원들은 모두 제자리로 돌아갔다. 주차장까지 에타를 배웅한 자니엘은 호주머니에 손을 넣었다. 에타 할머니, 이거 받아주시겠어요? 자니엘이 내민 것은 종이학이었다. 겨우 5센트짜리 동전만 한 크기로 주머니에 넣어둔 탓에 살짝 찌그러져 있었다. 긴 손바닥에 찍힌 점처럼 조그마했다.

그럼, 물론이지. 에타는 자니엘의 손에서 종이학을 집어 주머니에 넣었다.

에타는 마을 동쪽, 교외 주택가가 막 황야로 변해가는 지점에서 제임스와 재회했다.

오래 걸렸네.

정말 이상해, 제임스. 인간은 이상한 동물이야.

지금까지 근처에서 사람 냄새를 맡은 적은 없어. 자니엘과 점장 그리고 에타를 본 사람들의 제보 이야기를 듣고 제임스가 말했다. 하지만 이제부턴 좀 더 신경 써서 살펴볼게.

난 모든 것으로부터 완전히 멀어지고 싶어. 에타가 말했다.

그건 불가능해. 하지만 그런 척할 수 있을 정도로 멀어질 수는 있지.

넌 어때? 코요테들은?

코요테도 마찬가지야.

그들은 마을에서 가능한 한 멀리 벗어났다. 어스름마저 사라지고 사방이 어두워져 그만 쉬어야 할 때까지.

무슨 냄새 나? 에타가 물었다.

아니, 아무 냄새도 안 나. 아무도 없어. 제임스가 말했다.

★★★

그들은 기차가 떠나는 줄도 몰랐고, 플랫폼에는 두 사람만 남았다. 오토의 손은 아직 그녀의 팔을 잡고 있었고, 여전히 그녀를 원하는 몸은 그녀에게 기울어져 있었다.

돌아온 걸 환영해요.

네. 고마워요. 오토가 말했다. 그는 숨을 들이쉬며 주위를 둘러봤다. 발아래 널빤지의 메마른 나뭇결, 얇고 밝은 공기의 냄새, 기차역 벽에 붙은 기차 시간표와 안전 측선을 알리는 공고, 에타의 머리카락과 옷, 여기 있는 모든 사람의 머리카락과 옷, 이 모두가 쿵쿵 고동치며 외쳤다. 기억나? 기억나? 기억나? 오토는 눈을 감았다. 다시 에타를 끌어안았다. 이것만 생각하자. 당신 집으로 갈 수 있어요? 그가 물었다.

에타가 전화로 택시를 부르는 동안, 오토는 플랫폼에서 기다렸다. 택시 운전사가 로버트 맥널리나 데이빗 맥널리가 아닌지 물어보세요. 에이머스 형의 친구들이라 우리 엄마를 알아요. 오토가 말했다.

요즘 택시 운전사들은 전부 여자예요. 하지만 혹시 모르니 확인할게요. 에타가 말했다.

택시 운전사는 두 사람 다 모르는 여자였다. 그녀는 운전하는 동안 아무 말도 하지 않았고, 그들 역시 땀으로 끈적한 손을 맞잡은 채 아무 말도 하지 않았다.

목적지에 도착하자 운전사는 돈을 받지 않았다. 마치 오토와 에타와 그들이 내는 돈을 밀어내듯 양손을 들어 올렸다. 아뇨, 아뇨, 군인에게는 돈을 받지 않아요. 그녀가 말했다.

그들은 비틀거리며 진입로에 들어서 학교를 지났다. 그러자 친근함이 밀려들었고 오토는 먼지와 함께 그걸 들이마셨다. 기억나, 기억나. 에타가 한 손으로 현관 열쇠를 더듬거리며 찾는 동안 오토는 그녀의 다른 손을 더 꼭 잡았다. 에타가 문을 열고 그를 끌어당기는 동안 오토는 그녀의 팔과 어깨, 목에 키스했다.

두 사람은 거실 소파 위로 쓰러졌다. 침실까지 가지도 않았고, 현관문을 닫지도 않았다. 제발, 기억해요. 에타가 말했다.

네. 여전히 눈을 감은 채 오토가 말했다. 네, 네.

제발, 제발, 제발. 에타가 말했다.

오토는 소파 위 천장을 가로지르는 기둥을 올려다보며 한 방향으로 세기 시작했다. 하나, 둘, 셋, 넷. 그런 다음, 다시 다른 방향으로 셌다. 하나, 둘, 셋, 넷, 다섯. 에타는 잠들었는지 혹은 잠든 흉내를 내는지 규칙적이고 리드미컬하게 숨을 쉬었다. 연푸른색 원피스는 위로 말려 올라간 채 구겨졌지만 그래도 여전히 입고 있었다. 교실 천장에도 저런 기둥이 있었던가? 오토는 혼잣말로 혹은 에타에게 말했다. 전에는 저런 기둥이 있는 줄도 몰랐는데.

오토. 에타가 그를 불렀다. 비몽사몽에 빠진 가벼운 목소리였다. 하고 싶은 얘기 있어요?

아뇨, 아직.

그래서 그들은 그냥 누워 있었다. 편안하지도 불편하지도 않게 거기 그냥 함께. 그러다 에타가 작업복을 입고 머리에 스카프를 두르고 공장에 가야 할 시간이 되었다. 당신이 돌아올 때까지 여기 있어도 될까요? 그냥 잘 거예요. 아무것도 만지지 않을 게요. 오토가 말했다.

가족들은 어쩌고요?

내일 만나러 갈 겁니다.

알았어요. 물론이죠. 물론 있어도 돼요.

오토는 현관까지 배웅 나가 에타의 이마에, 입술에, 입술 위의 먼지에 키스했다. 그리고 내 입술에도. 오토는 생각했다. 그런 다음 소파에 앉아 고개를 뒤로 젖히고 천장의 기둥을 세기 시작했다. 세고, 또 세고.

이튿날 아침 집에 돌아온 에타는 소파에서 잠든 그를 침대로 끌고 갔다. 황토색 셔츠의 단추를 풀고, 소매에서 팔을 빼냈다. 양말도 돌돌 말아 내리고 러닝셔츠도 머리 위로 벗겨냈다. 그의 가슴에 키스한 다음, 입고 있던 작업복을 벗었다. 스카프 아래로 머리카락이 흘러내렸다.

머리카락이 어쩌다 이렇게 됐어요, 오토?

무서웠어요. 배에 탔을 때.

잘됐어요. 이젠 딴사람 같아서 좋아요.

그들은 침대에서 함께 먹었다. 에타는 저녁을, 오토는 아침을. 그런 다음, 오토는 샤워하고 에타는 잠들었다. 오토는 욕조에서 손가락과 발가락을 세보았다. 각각 열 개였다. 예전과 똑같이, 언제나 그랬듯이. 그런 다음 부모님의 농장으로, 집으로 갈 준비를 했다.

그레이스 보걸은 늘 자신의 시력을 자랑스러워했다. 원래 자랑하기 좋아하는 성격은 아니었으나, 시력 이야기만 나오면 그냥 넘어가지 않았다. 좋아, 그럼 이웃집 고양이의 리본이 무슨 색깔이지? 그녀는 그렇게 따지곤 했다. 혹은 문 밖으로 나가서 복도를 내려가 옆으로 고개를 돌려서 보이는 신문 1면에 뭐라고 적혀 있지? 혹은 저기 뛰어가는 아이가 손에 쿠키를 몇 개나 들고 있지? 그녀는 절대 틀리는 법이 없었다. 그레이스 보걸의 눈은 예리하고 멀리 볼 수 있고 진실했다. 늘 그랬다. 따라서 농장을 가로질러 2킬로미터 떨어져 있어도, 머리카락이 모두 백발로 변했어도 그녀는 집에 돌아온 오토를 단번에 알아보고 그에게 달려갔고, 하마터면 오토와 부딪칠 뻔했다.

두 팔을 활짝 벌려 아들을 번쩍 안아 올렸을 때 이런 말은 하지 않았다.

왜 온다고 말 안 했니?

이런 말도 하지 않았다.

그 예쁘던 머리가 왜 이렇게 된 거야?

그레이스는 아들을 놓아주며 말했다.

저녁식사 준비가 거의 다 됐다. 가서 도와다오.

오토와 엄마는 집으로 걸어가는 동안 침묵을 지켰다. 하지만 엄마는 열 걸음마다 한 번씩 오토를 힐끗 바라보았다. 아들이 거기 있는지 확인하기 위해. 여전히 말없이, 여전히 단둘이서 집에 거의 다 왔을 때 오토가 말했다.

다들 어디 있어요?

엄마는 걸음을 멈추지 않았다. 오토를 돌아보지도 않았다. 너도 알다시피 월터와 와일리는 떠났어. 거스는 지금 핼리팩스에 있고, 마리는 클라라의 집에 갔다. 클라라의 남편이 전쟁터로 떠났거든. 에이머스는 레스브리지의 부대에 있다. 러셀은 자기 농장을 마련했고. 그리고 위니는…….

어딘가 안전한 데 있죠.

어디 있는지 아니?

아뇨. 그래도요.

그래. 위니는 어딘가에 있지.

두 사람은 현관 계단, 두 단은 넓고 한 단, 마지막 한 단은 얇은 계단을 올라가 높이 솟은 문지방을 넘어갔다. 그러고는 왼쪽으로 돌아 부엌으로, 오븐의 건조한 열기와 어린 동생들의 뜨겁고 먼지투성이인 머리카락 냄새와 숨 냄새 속으로 들어갔다. 제일 먼저 해리엇이 보였다. 해리엇은 그들을 등진 채 어린 동생들의 손을 검사하고 있었다. 동생들은 일렬로, 나이 순서대로 서 있었다.

해리엇. 엄마가 불렀다.

아! 아! 아! 맨 끝에서 두 번째에 서서 지저분한 손을 내밀고 있던 여섯 살짜리 조시가 외쳤다. 오토 형!

그제야 뒤돌아본 해리엇이 외쳤다. 너…… 너 이 나쁜 새끼.

해리엇! 엄마가 나무랐다.

오토 형! 여덟 살짜리 에밋이 줄에서 뛰쳐나왔다.

어쩌면 말도 없이……. 와일리와 월터가 돌아올 날만 세고 있었는데 넌 말도 안 해주니. 해리엇이 돌아 나와 에밋 옆으로 지나갔다.

오-토 오-빠! 오-토 오-빠! 아홉 살짜리 쌍둥이 엘리와 벤지가 폴짝폴짝 뛰면서 말했다.

저녁 먹고 싶으면 다시 줄 서라. 엄마가 엄하게 말했다.

말이나 좀 해주지. 해리엇은 그렇게 말하며 두 팔로 오토의 어깨를 감싸—오토보다 족히 15센티미터는 컸다—거칠게 끌어당겼다.

줄 맨 끝에 선 다섯 살짜리 테드는 울고 있었다.

야! 울지 마! 테드 옆에 선 조시가 말했다.

울지 마, 테드. 해리엇이 말했다.

오-토 오-빠! 오-토 오-빠! 엘리와 벤지가 폴짝폴짝 뛰면서 말했다.

조시 형도 울고 있잖아. 그래서 우는 거야. 테드가 말했다.

아버지는 어디 계시지? 오토가 물었다.

2층에. 에밋이 말했다.

좀 이따 가렴. 엄마가 말했다.

오-토 오-빠! 오-토 오-빠! 엘리와 벤지가 폴짝폴짝 뛰면서 말했다.

저녁은 만두를 넣은 스프였다. 자주 먹던 음식이었는데도 오토에게는 그 똑같은 음식이 다르게, 더 맛있게 느껴졌다.

저녁식사 후에는 2층으로 올라갔다. 방문은 모두 닫혀 있었다. 부모님 방. 어린 동생들 방. 누나들 방. 형들 방. 오토는 형들이 쓰던 방을 두드렸다. 아빠?

오토구나. 그래, 들어와라. 문 너머에서 들리는 목소리는 예전과 똑같았다.

오토는 문을 열었고, 중간에 마루가 틀어진 곳에서는 본능적으로 문을 들어 올렸다.

이게 누구야. 군복을 입으니 딴사람 같구나. 먼지 하나 없이 말끔하고.

아버지는 옛날에 와일리 형이 썼던 침대에 누워 있었다. 목과 머리만 이불 위로 내놓았고 머리카락은 완전히 백발이었다.

저 때문에 깨셨어요? 나중에 올 걸 그랬네요.

아니다! 아니야. 이리 오거라, 더 가까이. 이것 좀 꺼야겠다. 아버지는 머리맡에 뒤집어놓은 상자 위의 라디오를 바라보았다.

오토는 라디오에서 웅얼거리는 소리가 흘러나오는 줄도 몰랐다.

제가 할게요.

이젠 뭘 예상해야 할지 모르겠습니다. 라디오에서 이런 말이 흘러나왔다.

어차피 듣고 있지도 않았어. 아버지가 말했다.

글쎄요, 굶주림과— 오토는 라디오를 껐다. 아버지를 껴안아야 할지, 악수를 해야 할지, 아니면 무릎을 꿇어 눈높이를 맞춰야 할지, 침대에 누워 있는 아버지를 내려다봐야 할지 알 수 없었다. 결국 무릎을 꿇었다. 그러고는 이불 아래 아버지의 손이 있으리라 짐작되는 곳 근처에 한 손을 올렸다.

머리카락 얘기를 미리 해줄 걸 그랬구나. 아버지가 말했다. 우리 집 유전이란다. 그래도 군복을 입으니 멋있구나.

고맙습니다. 오토가 말했다.

사람을 죽였니?

모르겠어요.

그래. 아버지는 눈을 감았다. 죽였든 안 죽였든 상관없다. 아버지는 말하는 동안 눈과 입을 제외하고는 전혀 움직이지 않았다. 자는 거 아니니 걱정 말아라. 눈이 늘 같은 방향만 보니까 피곤해서 그래.

알겠어요. 오토가 말했다.

보고 싶으면 봐도 된다.

뭘요?

이불 속.

안 봐도 돼요.

한번 보렴. 그렇게 나쁘지 않아. 보고 나면 기분이 좋아질 거다.

정말이요?

응.

알았어요. 오토는 아버지의 허리 근처까지 이불과 시트를 걷어 내렸다. 아버지는 파자마 차림이었고, 양팔을 몸 옆에 붙인 채 두꺼운 가죽 벨트로 꽁꽁 묶여 있었다. 에이머스 형과 월터 형의 벨트였다.

다리도 마찬가지란다. 불편할 거 같지만 사실은 아무 느낌도 없어. 아버지가 말했다.

몇 달 전 어느 날, 그레이스 보걸은 널빤지를 이어 만든 닭장에 달라붙어 있는 남편을 발견했다. 널빤지의 결이 그의 얼굴과 손에 찍혀 있었다. 난 여기 있고 싶지 않아. 내 다리가 저절로 움직인 거라고. 그가 말했다.

이튿날 쌍둥이들은 방풍림의 한 나무에 올라가 있는 아빠를 발견했다. 나뭇가지가 제일 굵고, 이파리가 제일 무성한 나무였다. 쌍둥이들이 아빠를 발견한 이유는 두 팔이 제멋대로 나무에 올라가는 동안 아빠가 소리를 질렀고, 마침 쌍둥이들이 옆으로 지나가고 있었기 때문이다.

아무리 애를 써도 몸은 더 이상 그의 명령을 듣지 않고 자기

의지대로 움직였다. 그는 몸이 움직이는 대로 부엌 바닥에 모로 누워 아내와 상의했다.

젖 먹던 힘까지 짜내서 팔을 들어봐요. 그레이스가 말했다.

그는 그렇게 하려고 했지만 팔은 몸 양옆에 힘없이 늘어져 있었다.

다시, 더 열심히 해봐요. 눈을 감고 해봐요. 팔에 힘을 꽉 주고 들어 올려보라고요. 그녀가 말했다.

그는 눈을 감고―눈과 입과 코는 여전히 움직일 수 있었다. 아직은 그의 소유였다―팔에 힘을 꽉 주고 들어 올리려 했다. 아내와 오토와 와일리와 월터와 위니와 해리엇과 에이머스와 테드와 에밋과 조시와 엘리와 벤지와 클라라와 마리와 거스와 애디를 생각하며 노력하고 또 노력했다. 하지만 팔은 움직이지 않았다. 대신 다리가 천천히 발길질을 시작했다. 수영을 하는 것처럼.

됐어요. 그만해요. 내일 다시 해봐요. 그레이스가 말했다.

아빠 발작하는 거예요? 테드와 조시가 부엌으로 들어오며 말했다. 조시는 태어난 지 하루밖에 안 된 병아리를 들고 있었는데 병아리는 자꾸 조시의 손에서 빠져나가려고 했다.

아니. 엄마가 말했다.

아니. 아빠가 말했다. 걱정 마라. 쥐들처럼 이 바닥에 있으면 어떤지 보려고 그러는 거야. 테드, 넌 가서 해리엇 누나를 데려와라. 조시는 그 병아리 좀 보여주고.

해리엇과 엄마는 간신히 루퍼트 보걸을 일으켜 세웠고 반은 부축하고, 반은 끌다시피 해서 계단을 올라가 남자아이들이 쓰는 방으로 갔다.

미안해. 그가 말했다.

별거 아니에요. 별로 무겁지도 않아요. 더 무거운 송아지도 드는걸요. 그레이스가 말했다.

하지만 보걸 씨는 아내의 말을 제대로 들을 수 없었다. 손가락이 서로 부딪치며 계속 딱딱 소리를 냈기 때문이다. 빠르고 요란하게.

그래도 그는 할 수 있는 일을 계속 했다. 몸이 말을 듣지 않는다고 해서 놀고먹을 수는 없다. 낮에는 라디오 뉴스를 들었다. 하나도 빠짐없이, 하루 종일. 들으면서 알아둬야 할 것이 있는지 혹은 아는 이름이 나오는지 살폈다. 밤에는 아내와 해리엇이 그를 아래층으로 끌고 와 닭장 옆 의자에 앉혀두었다. 하루 종일 침대에 누워 똑같은 풍경만 바라봤기 때문에 밤새 자지 않고 여우와 코요테가 오는지 살피기란 쉬운 일이었다. 사지가 벨트로 의자에 묶인 채 눈을 좌우로 왔다갔다, 왔다갔다, 오르락내리락, 오르락내리락 돌리며 사방을 살폈다. 가능한 한 많은 것을 보려 했다.

오토는 러셀의 새집으로 이어지는 진입로에 들어섰다. 현관문을 빠르게 두드리고 기다렸다. 다시 두드리고 기다렸다. 다시 한 번 빠르게 두드렸다. 30까지 셌다가 거꾸로 셌다. 그런 다음 헛간으로 갔다.

헛간으로 들어가는 입구는 뾰족뾰족한 철사가 둘러진 동물 우리 반대쪽으로 돌아가야 했기에 오토는 그냥 창문으로 뛰어 올랐다. 팔꿈치로 몸을 지탱한 채 숨 막히는 헛간 안쪽에 대고 외쳤다. 러셀! 러셀? 그늘을 찾아 어슬렁거리며 들어온 소 서너 마리가 턱을 계속 돌리며 나른한 눈빛으로 그를 바라보았다. 러셀은 여기 없었다.

오토는 팔꿈치의 힘을 빼고 바닥으로 내려갔다. 주위를 둘러보았다. 삽과 돌무더기, 풀을 뜯는 말 한 마리, 그보다 더 많은 소, 그리고 그를 향해 빠르게 걸어오는 고양이 한 마리. 하얀 발을 가진 검은 고양이였다.

너 러셀 아니? 오토가 고양이에게 물었다.

고양이는 아무 대답 없이 그를 총총 지나 집 모퉁이를 돌았다. 오토는 고양이를 따라갔다. 고양이는 계속 집 뒤를 돌아 타이어와 밧줄로 만든 그네를 지나 낡은 트랙터로 갔다. 칠이 벗겨지고 가장자리는 녹슬고 후드는 열려 있었다. 고양이는 트랙터 운전석에 폴짝 뛰어올랐다.

저기가 제일 따뜻해. 하루 종일 저기 앉아 있어.

네가 기계를 잘 아는 줄 몰랐네.

배우는 중이야. 많이. 러셀이 후드 뒤에서 허리를 펴며 거친 무명천에 손을 닦았다. 빨강과 검정 체크무늬 기모 셔츠를 입었는데 오늘 입기에는 너무 더운 옷이라 양쪽 소매가 걷어 올려져 있었다. 오토, 이 개자식. 러셀이 트랙터 뒤에서 걸어 나오며 말했다. 온다는 말도 없이 이렇게 여우처럼 몰래 돌아오다니. 그래도 보니까 좋구나, 젠장. 러셀이 두 팔을 벌려 오토를 껴안았다. 러셀은 오토가 기억하는 것보다 키가 크고, 힘이 셌고, 흰 비누와 먼지, 가축, 곡물의 냄새가 났다. 익숙한 냄새. 나 같구나. 예전의 나 같아. 오토는 깨달았다.

죽음을 자주 생각해?

두 사람은 러셀의 농장 경계선을 따라 걷고 있었다. 오토에게 농장을 구경시켜 주는 중이었다.

전쟁터에서? 오토가 주먹보다 조금 큰 돌을 집어 들어 농장 밖으로 던졌다. 죽음보다 삶을 더 생각하지. 그러려고 최선을 다해. 너도 그곳의 댄스파티를 봐야 해, 러셀. 여자들도.

댄스파티는 여기도 있어.

물론 그렇지. 다만…… 덜 대조적이지.

그들은 말없이 호밀밭 가장자리에 도달했고 90도로 방향을 틀었다. 정말 대단하다. 오토가 말했다. 이 농장이 전부 네 거라니. 정말 대단해.

고마워. 하지만 그래봐야 작은 농장이야. 20분이면 다 둘러볼 수 있는. 그래서 퍼킨스 씨 농장도 사들일 생각이야. 돈이 생기면.

내게 줄 땅을 남겨두는 것도 잊지 마. 내가 돌아오면.

돌아올 거야? 러셀은 그렇게 말했다가 다시 정정했다. 내 말은 그런 뜻이 아니라, 전쟁이 끝난 후에 거기 남지 않을 거냐고.

전쟁이 끝나면 집으로 돌아올 거야, 러셀.

좋아. 좋아, 잘됐다. 그냥 확실하지 않아서. 여기서는 알 수가 없잖아.

그들은 또 다른 모퉁이에 도달했고 다시 90도로 방향을 틀었다. 오토는 입을 열었다가 다물었다. 숨을 들이쉬고 다시 입을 열었다. 나도 확신할 순 없어. 거기에 있으면 그럴 수 있을지, 그러니까 집으로 돌아갈 수 있을지 확신할 수 없어. 정말로. 전쟁터에서의 생활이 이곳 생활과 겹쳐져 어느 것도 말이 안 되고 텅 비어버려. 그냥 텅텅. 귀신을 붙들고 있는 것처럼. 덧없어.

하지만 사실은 그렇지 않잖아.

대부분은 그렇지 않지.

에타가 일어났을 때 오토는 가고 없었다. 그대로 침대에 누워 몸 구석구석이 다르게 느끼는지 살폈다. 몸 안에서부터 더 따뜻해진 기분이었다. 에타는 러셀과 이야기하고 싶었다. 하지만 하지 않았다. 할 수 없었다. 러셀은 오토가 돌아온 것도 아직 모를 것이다. 언니 앨마와도 얘기하고 싶었다. 언니를 데리고 홀드패스트 카페로 가서 함께 파이를 먹으며 언니가 예전처럼 그녀의 이야기를 말없이, 조용히 들어주기를, 다 듣고 난 후에는 침착하고 간단한 충고를 해주기를 바랐다. 에타는 이불을 밀어내고 일어나 앉은 다음, 두 다리를 침대 아래로 내렸다. 야간 근무의 나쁜 점은 하루 중 제일 더운 시간에 자야 한다는 것이다. 바닥에 벗어 던진 작업복을 넘어가 위에서 두 번째 서랍을 열고 겹겹이 쌓인 스타킹을 더듬거렸다. 차갑고 단단하고 날카로운 무언가가 만져지자, 스타킹 사이로 들어 올려 귀에 대고 속삭였다. 이게 좋은 일일까?

Oui, oui, oui. 그것이 속삭였다.

마지막 야간 근무 시간에 에타는 쿠키를 구워서 가져갔다. 표면이 설탕으로 덮이고, 레이스처럼 가벼운 핀휠 쿠키였다.

이거 만들기 정말 힘든데. 물방울무늬 스카프를 두른 여자가 한쪽 눈은 감고 한쪽 눈은 가늘게 뜬 채 총알 하나를 집어 들어 코앞에 대고 말했다. 이렇게 귀한 걸 우리에게 낭비하면 쓰나.

오늘이 마지막 근무예요. 에타는 손을 떨지 않고 차분히 놀리려고 애썼다. 그들을 가르친 여자가 계속 외쳤던 대로. 언제나 차분히, 오로지 차분히. 어떤 식으로든 기념하고 싶었어요.

뭐? 벌써? 너무 짧네. 그래서 우릴 떠나겠다고? 우리가 싫은 거야? 탄피에 비친 여자들이 일그러져 있었다.

좋고 싫고의 문제가 아니에요. 버스 때문이에요. 버스가 낮에만 운행하거든요.

그럼 오늘은 어떻게 왔어? 어제는?

말을 타고요. 빌렸어요. 주차장 뒤 미클버그 씨 밭에 묶어뒀죠.

어머…… 그러면 안 될 텐데.

네, 안 되죠.

난 말을 타본 적이 없어. 한참 아래쪽에서 일하던, 다홍색 립스틱을 바른 여자가 끼어들었다.

한 번도요?

한 번도?

난 도시에서 태어났거든. 트램을 타거나 걸어 다니지.

그럼 에타가 꼭 말에 태워줘야겠네.

사실은 내 말도 아니에요.

그래도.

난 동물이 무서워.

전부 다?

285

응. 특히 나보다 몸집이 큰 동물.

내일 아침에는 주인에게 말을 돌려줘야 해요. 오늘이 마지막 기회라고요. 에타가 말했다.

타보지도 않고 두렵다는 걸 어떻게 알아? 노랑 물방울무늬가 말했다. 어쩌면 평생 잘못 알고 있었는지도 모른다고.

아닐걸. 분명 보자마자 기절할 거야. 다홍색 립스틱이 말했다.

오늘 밤이 마지막 기회예요. 에타가 말했다.

15분 뒤에 쉬는 시간이야. 노랑 물방울무늬가 말했다.

오늘 밤이 마지막 기회라. 다홍색 립스틱이 속삭이듯 말했다.

에타는 걸었고 다리는 아프지 않았고 발도 아프지 않았고 허리도 쑤시지 않았다. 눈을 감고 빨간색과 하얀색으로 된 달리기 선수의 유니폼을, 몸에 딱 달라붙어 길고 검은 선처럼 보이는 크로스컨트리 스키 선수의 유니폼을, 오토가 군대에서 입었던 회녹색 군복을 입은 자신의 모습을 상상했다.

이 부츠는 아주 좋아. 에타가 제임스에게 말했다.

부츠가 아니라 운동화지. 응, 훌륭한 운동화야. 제임스가 말했다.

에타는 편지를 썼다.

친애하는 에타

요즘에는 행군하고 행군하고 행군하고 행군하고 또 행군해요.

오로지, 늘. 하지만 행군하는 동안 노래를 하죠. 그러다 보니 당신 수업이 생각나더군요. 난 당신 수업을 꽤 좋아했는데 말이죠. 군화는 새로운 땅을 밟고, 새로운 나무 아래를 지나고, 옆구리의 맨살은 총에 쓸리는데도 수녀들이 짜준 양말 속 두 발은 따뜻해요.

에타가 잠든 사이 제임스는 이 편지를 그녀의 가방에서 꺼내 호수에 버렸다. 칠흑처럼 검은 잉크가 밤처럼 검은 호수 속에서 피를 흘렸고, 물고기들은 서로에게 헤엄쳐 갔다. 잉크가 희석되어 깨끗이 사라질 때까지.

아침이 되자 제임스가 말했다. 좋은 아침이야, 에타.
에타가 대답했다. 좋은 아침이야, 제임스.
그리고 그들은 노래를 부르며 계속 걸었다. 여분의 음식이 있는 동안에는 도시에서 계속 멀리 떨어져 있었다.
하지만 마침내 음식이 또 떨어졌다. 에타는 물고기를 잡고 물을 끓였다.
이제 도시 근처야. 냄새가 나. 사람과 자동차 냄새. 제임스가 말했다.
들렀다 가야겠어. 에타가 말했다.
그래. 제임스가 말했다.
그래서 그들은 경로를 살짝 바꿔 아래로, 도심으로 향했다.

덥다.

저기 오는 거 같아!

너무 이르지 않아?

아, 잘못 봤네. 오토바이야.

정말 덥다.

물 안 가져왔어?

가져왔지. 하지만 우리가 마실 물이 아니야. 그녀에게 줄 거라고.

얼마나 가져왔는데?

우리가 마실 물이 아니라니까.

덥다.

이번에는 진짜로 왔어!

안 보이는데. 개 좀 치워봐.

워워, 진정해.

카메라 꺼내!

물도!

그녀가 멈췄다 갈까?

거의 멈추지 않던데.

현수막!

현수막!

현수막!

하마터면 잊을 뻔했다. 꺼내, 빨리!

손에 땀이 나서 자꾸 미끄러져.

더 높이 들어!

저기, 내가—

내 얼굴을 가리잖아!

더 높이 들어!

에타!

에타다!

에타!

에타!

에타!

에타는 제임스에게 뒤로 가라고, 반대쪽에 서는 게 더 안전할
거라고 손짓했다. 그러고는 한 손을 들어 안녕하세요, 안녕하세
요, 안녕하세요, 안녕하세요, 안녕하세요, 라고 인사했다. 보이는
얼굴마다 인사를 건넸다. 미안하지만 난 멈출 수 없어요. 에타가
앞에 대고 외쳤다. 그 말이 방패라도 되는 듯이.

네, 알아요.

괜찮아요.

우리가 물을 가져왔어요!

(물이 어디 있지?)

(네가 마셨니?)

여기요, 물 좀 드세요!

고마워요. 에타가 생수병을 향해 손을 뻗자 카메라 플래시가
터졌다. 여기서 팡, 저기서 팡.

에타, 이걸 받아주실래요? 한 아이는 잠들고 한 아이는 깨어 있
는 유모차 두 대를 끌고 나온 여자가 말했다. 여자가 내민 물건은
한쪽 끝에 조그만 비취색 별이 달린 실핀이었다. 에타는 실핀을
집어 들고 여자의 손을 꼭 잡아준 다음, 오른쪽 귀 뒤에 찔렀다.

에타! 반대편에서 양복 차림에 번쩍이는 구두를 신은 젊은 남
자가 외쳤다. 제발, 이걸 받아주세요. 남자는 5센트짜리 동전을
건넸다. 제가 태어난 해의 동전이에요.

에타는 시종일관 걸음을 멈추지 않고 헤엄치듯 군중 사이를
지나갔다. 군중은 계속 이동하며 그녀를 에워쌌다.

이윽고 에타는 다시 군중을 빠져나오게 되었다.

에타!

에타!

에타!

주문처럼 울려 퍼지는 그녀의 이름을 뒤로한 채. 이제 에타에
게는 음식과 물과 실핀과 5센트와 초록색 리본과 로켓(작은 사진
이나 머리카락, 기념물 등을 넣어 보관하는 금속 케이스-옮긴이)과 작
은 플라스틱 병정과 완벽하게 동그란 조약돌이 있었다. 에타는
제임스의 목에 리본을 묶어주고 나머지는 모두 주머니에 넣었다.

따라오는 사람 있니? 에타가 제임스에게 물었다.

아니.

그들은 다시 벌판과 호수와 나무로 돌아갔다.

오토는 식탁 한쪽에 놓인 믹싱볼과 신문, 연장 그리고 반대편에 놓인 편지와 레시피 카드 사이의 공간을 치웠다. 그러고는 집에 있는 볼펜 중에서 가장 좋고 매끄러운 검정 볼펜과 미색 종이를 꺼냈다. 오츠는 유리 같은 눈동자를 굴려 그를 올려다보았지만 말없이 상자 한쪽만 할짝거렸다.

사랑하는 에타

오늘 내 작품을 가져가는 대가로 돈을, 상당히 많은 돈을 주겠다는 제안을 받았소. 당신이 돌아올 때까지 시간을 보내려고 만든 작품들이오. 갈색과 은색이 섞인 머리카락을 뒤로 바짝 당겨서 묶은 여자가 우리 집에 들렀소. 낮에 온 모양인데 그때 난 자고 있었소. 그녀 말에 의하면 내가 식탁에 엎드려 자는 걸 보고 마당에 놓인 동물들 사이를 거닐며 기다렸다는군. 그러다 해가 지고 난 깨어났지. 창문 너머로 식탁에서 내가 사라진 걸 본 그녀는 노크를 했고, 난 문을 열어줬소. 그녀를 집에 들이고 커피와 대추 케이크를 대접했더니 그녀가 그러더군. 비가 올 거예요.
나는 스푼으로 커피를 휘휘 저은 다음, 그녀에게 스푼을 건넸소. 그녀는 괜찮다고 하더니 이렇게 말했소. 정말로 비가 올 거예요, 오토. 지금은 여름이지만 언젠가는 여름이 끝나겠죠. 그러면 비가 올 거고 분명 눈도 내릴 거예요. 그럼 작품은 모두 망가지겠죠. 우리가 미술관에서 당신 작품을 관리할게요. 벽에 그림을 그려서 여기와 똑같아 보이도록 할 수도 있어요.

그래서 내가 말했소. 비가 올 때쯤이면 에타는 돌아올 겁니다. 눈이 올 때쯤에는 더더욱. 그러니 녹아도 괜찮습니다.

괜찮지 않아요. 그녀가 말했소.

괜찮습니다.

그녀는 내게 명함을 줬소. 혹시 마음이 바뀌면 연락 달라면서. 편지에 그 명함을 동봉했소.

자, 오늘은 여기까지요.

당신이 어디 있는지 알았으면 좋겠구려. 앞으로 얼마나 더 가야 하고, 얼마나 더 걸릴지도. 우리 집 마당은 거의 다 찼소. 러셀의 마당도. 난 지치고 늙었소. 그저 얼마나 더 기다려야 하는지만 알고 싶소.

오늘 밤에는 송어를 만들 생각이오. 밀가루만 넉넉했으면 학교를 만들었을 텐데.

당신의
오토.

★★★

아침마다 오토는 엄마와 해리엇 누나를 도와 들어 올리고, 나르고, 잡아당기고, 걷고, 부르고, 들고 있었다. 이렇게 몸을 쓰니 기분이 좋았다. 쓸모 있는 사람이 된 기분이었다. 오후에는 러셀의 집에 가서 똑같이 했다. 조용하고 적막한 도시의 집으로 돌아가 다리에 쥐가 날 정도로 거실 소파에 누워만 있는 군인들이 불쌍하게 느껴졌다.

러셀의 집에 들른 다음에는 교사 사택으로, 에타에게 갔다. 그녀가 작업복으로 갈아입은 직후나 갈아입기 직전에. 두 사람은 만나면 앞으로 남은 날만큼 오른손 손가락을 펴서 맞대었다. 닷새가 남았을 때는 다섯 손가락, 그다음에는 네 손가락, 그다음에는 세 손가락. 그렇게 손가락을 맞대고 껴안았다. 그 외에는 함께할 날이 줄어드는 것을 입에 올리지 않았다.

그러다 손가락 두 개만 남은 날이 되었고 일몰 직전, 학교 뒤 들판이기는 하나 엄밀히 말하면 퍼킨스 씨의 땅이고, 잡초가 너무 빨리 무성하게 자라는 곳에 두 사람이 함께 누워 있었을 때 에타가 입을 열었다.

우리 더하기로 해요.

그들이 벗어 던진 옷이 교사 사택 현관까지 길을 내놓았다. 에타의 맨발이 아래로 내려와 아직 양말을 신고 있는 오토의 발에 닿았다.

더하자고요?

네. 우린 지금 하루씩 빼고 있잖아요. 그러지 말고 함께 보낸 날도 계산해요. 하루씩 더하자고요.

오토는 곰곰이 생각하다가 두 손을 들어 올려 지는 해를 가렸다. 한 손은 손가락 두 개를, 다른 손은 손가락 세 개를 폈다. 에타도 손가락을 똑같이 펴서 그의 손에 포갰다.

이튿날에는 하나의 손가락과 네 개의 손가락이 되었다. 오토는 편지를 모두 가져왔다. 그가 먼저 썼다가 에타가 교정해서 다시 보내준 편지들이었다. 순서대로 하나씩 펴서 큰 소리로 읽은 다음 에타에게 주었다. 에타는 그 편지를 받아 침대 머리맡 작은 탁자 서랍에 한 장씩 넣었다. 오토가 마지막 편지까지 다 읽고 나자 에타가 말했다.

더 읽어줘요.

그래서 오토는 아직 쓰지 않은 편지들을 읽어주었고, 에타는 아직 쓰지 않은 답장을 읽어주었다.

밖에는 바람이 불었고, 바람을 타고 일어난 먼지가 창문에 두껍게 쌓여 집 안에서는 늦은 오후의 희미한 햇살만 보였다. 덕분에 그들은 사그라드는 햇살을 모른 척할 수 있었다.

이튿날 에타는 평소보다 한 시간 일찍 점심을 먹고, 시간 맞춰 기차역에 도착해 오토의 형제자매, 부모 그리고 러셀과 함께 나란히 줄을 섰다. 러셀은 그녀가 끼어들 수 있도록 해리엇에게 바짝 붙었다. 벤치 한쪽 끝에는 오토의 아버지가 팔다리가 묶인 채 앉아 있었다. 에타가 줄에 끼어들자 그레이스 보걸은 에타를 힐끔 바라봤지만 아무 말도 하지 않았다.

곧 돌아올게요. 금방 다시 만나게 될 겁니다. 오토가 말했다.

캐나다에서 제일 씩씩한 군인이 돼줘, 형. 테드가 말했다.

울지 마, 나 안 울었어, 울지 말라고, 안 울었다니까, 넌 매번 울더라, 안 울었다고, 울었다니까. 쌍둥이 엘리와 벤지가 실랑이를 벌였다.

다들 전쟁터에 가다니 바보 같아. 에밋이 말했다.

몸조심해. 해리엇이 말했다.

정말로 몸조심해. 클라라가 말했다.

늘 친절한 사람이 되렴. 마리가 말했다.

사랑해요. 에타가 말했다. 어찌나 나직하게 속삭이는지 오토는 하마터면 못 알아들을 뻔했다.

우릴 기억해. 러셀이 말했다.

내가 한 말 기억해. 해리엇이 말했다.

제발 무사해라. 어머니가 말했다.

너 자신을 잃지 마라. 아버지가 말했다.

오토는 한 사람씩 왼쪽 뺨에 키스했고, 에타와 엄마의 손을 잡을 때만 잠시 머뭇거렸다. 그런 다음 해리엇에게 가방을 받아 들고, 이 정거장의 유일한 승객인 그를 기다리는 기차에 올라탔다. 기차가 떠나기 직전에 오토는 먼지와 기름때가 긴 차창에 거꾸로 썼다.

당신의
오토.

기차가 떠난 후에도 그들은 계속 그렇게 일렬종대로 서서 기차가 있던 곳을 바라보았다. 벤치에 앉아 있던 오토의 아버지가 외칠 때까지. 자, 이제 그만 각자 하던 일로 돌아가자! 그제야 그들은 흩어졌고, 러셀은 엘리와 벤지를 말에 태워 데려다주기로 했고, 다른 보걸 형제들은 트럭에 올라탔다. 체구가 작은 아이들은 운전석에, 덩치 큰 아이들은 아버지와 함께 짐칸에, 그레이스 보걸은 운전석에. 에타는 혼자 공장으로 걸어갔고, 가는 도중 머리에 두른 스카프 속으로 머리카락을 밀어 넣었다. 기다리면서 일하는 거야. 그녀는 중얼거렸다. 기다리면서 일하자. 위장이 조이고 쿡쿡 쑤시고 딱딱해졌다.

15

에타와 제임스는 강을 따라 걸었고, 마을과 그녀를 기다리는 사람들은 점점 더 많아졌다. 에타는 그들이 주는 물건, 즉 단추, 사진, 화살촉, 반지를 받았고 사람들에게서 벗어나면 늘 제임스에게 똑같은 질문을 했다.

따라오는 사람 있니?

그리고 제임스는 늘 같은 대답을 했다.

아니.

그러면 그들은 잠을 자기 위해 다시 숲으로 돌아갔다.

우린 곧 강을 건너야 해. 강은 점점 넓어져서 바다가 될 거라고.

알아. 그냥 적당한 다리가 나오기를 기다리는 중이야. 지금까지 나온 다리는 죄다 콘크리트와 강철로 만들어졌고, 차들이 지나다니잖아. 그런 다리는 건너고 싶지 않아.

헤엄쳐서 갈 수도 있어. 제임스가 말했다.

하지만 강기슭이 높고 가팔랐다. 물살은 얼마나 셀지 알 수 없었다. 난 내려갈 수 있어. 내가 도와줄게. 제임스가 말했다.

이틀만 더 기다려보자. 가파르게 경사진 강기슭을 힐끗 내려다보며 에타가 말했다. 이틀 후에도 마땅한 다리가 없으면 그때 헤엄쳐서 건너자.

하지만 이튿날이 거의 끝나갈 무렵에 다리가, 제대로 된 다리가 나왔다. 격자 세공을 한 기둥들로 둘러싸인 갈색 목조 다리였다. 지붕이 있어서 안쪽은 어둡고 축축했다. 기차가 지나가는 낡은 철교네. 이거면 되겠다. 에타가 말했다.

글쎄, 난 마음에 안 들어. 제임스가 말했다.

예쁜 다리야. 좋은 다리라고. 에타가 말했다.

아니, 안을 볼 수가 없잖아. 가운데가 어두워. 안 돼.

우린 강을 건너야 해.

난 헤엄쳐서 갈게.

저 아래까지 내려가겠다고?

응. 나한테는 쉬워.

그럼 강 건너편에서 만나.

응. 강 건너편에서 냄새로 널 찾을게.

제임스는 넓게 지그재그를 그리며 경쾌한 걸음으로 협곡에 들어갔고, 발에 걸린 작은 돌과 꽃잎이 강물 속으로 퐁당퐁당 빠졌다. 에타는 한 발로 다리의 첫 번째 계단을 톡톡 쳐서 썩지 않앉는지 확인한 후, 발을 내디뎠다.

제임스가 아래에서 지그재그로 내려가는 동안 에타는 이런 식으로, 썩었는지 확인하고 내디디며 천천히 조심스럽게 다리 중간의 어둠을 향해 나아갔다. 계속 왼팔을 뻗어 다리의 벽이 되는 널빤지를 짚었다. 바닥이 무너져도 벽을 세게 짚으면 안전하지 않을까? 짚고, 확인하고, 내딛고, 짚고, 확인하고, 내딛고. 그렇게 칠흑처럼 깜깜한 다리 중간에 도착했다. 짚고, 확인하고, 내딛고. 짚고, 잠깐만. 이번에는 왼손에 널빤지의 서늘한 결이 아닌, 따뜻하고 부드럽고 고른 질감의 무언가가 만져졌다. 모직. 모직이 알 듯 모를 듯 하게 위아래로 움직였다. 숨을 쉬고 있었다. 어깨다.

에타. 그것이 말했다.

깜짝이야! 에타가 말했다.

미안해요.

맙소사!

놀라지 마세요. 저예요.

그게 누군데?

저요. 브라이어니.

이미 칠흑처럼 깜깜한데도 에타는 눈을 감았다. 브라이어니? 그게 이름인가? 내가 잘 아는 사람인가?

제임스? 에타가 물었다.

아뇨, 브라이어니요. 어깨가 움직였다. 누군가의 손이 뻗어 있는 에타의 팔을 잡았다. 지난번에 만난 기자요. 기억나세요?

어깨의 감촉은 모직 천이었다. 버건디 바지 정장의 모직 천. 그럼요. 기억하다마다요. 브라이어니. 또 인터뷰하러 왔나요? 에타가 물었다.

아뇨.

고향이 여기예요?

이 다리요?

음, 그럴 수도 있고. 이 지역이냐고요.

아뇨. 전 프랑스어를 전혀 못해요. 제가 여기 온 이유는, 음, 전 이야기를 따라가는 중이었어요. 군중들도요. 매번 군중 속에 있었어요. 뒤쪽에.

근데 왜 인사 안 했어요? 에타가 말했다.

죄송해요. 용기가 안 나서요.

당신도 내게 줄 게 있나요?

네. 바로 그거예요. 그래요. 브라이어니는 말을 멈췄다. 한숨과 함께 모직 어깨가 올라갔다가 내려왔다. 에타, 전 다른 사람들 이야기에 신물이 났어요.

나한테 이야기를 주려고요?

아뇨. 저 자신요.

당신?

절 가져가세요. 에타와 함께 갈 준비가 됐어요.

그래요?

괜찮죠?

물론이죠.

기자 브라이어니는 다리 오른쪽을 따라 오른손으로 벽을 짚으며 걸었고, 에타는 계속 왼쪽을 따라 걸었다. 그들은 다리 가운데서 손을 맞잡았다. 제 발밑이 꺼져도 계속 손잡아주실 건가요?

아마 아닐걸요. 에타가 대답했다. 하지만 그들은 계속 그렇게 걸었고 다리를 통과해 반대편의 눈부신 햇살 속으로 나갔다.

그들은 대개 말없이 걸었다. 강의 이쪽은 마을도 많지 않고 훨씬 더 조용했다. 호수가 나오거나 갈림길에 이르면 에타는 매번 걸음을 멈추고 주위를 둘러본 뒤, 땅에 침을 뱉고 신발로 침을 흙에 문질렀다. 돌아서 가야 하는 산마루 앞에서 에타가 세 번째로 침을 뱉자 브라이어니가 물었다. 왜 그러시는 거예요?

제임스 때문에요. 제임스가 우릴 찾을 수 있게 흔적을 남겨야 해요. 에타가 말했다.

하지만 강을 건넌 지 세 시간이 지나도 제임스는 여전히 보이지 않았다. 나직이 초를 세고 있던 에타는 다시 걸음을 멈췄다. 아까 강의 물살이 셌나요?

우리가 건넌 강요? 세인트로렌스강?

네.

모르겠네요. 워낙 큰 강이라서.

그리고 깊겠죠?

그리고 깊죠.

알았어요. 에타는 그렇게 말했고 두 사람은 계속 걸었다.

그날 저녁 잠자리에 들기 전에 브라이어니는 불을 피우려고 했다.

피우면 안 돼요. 에타가 말했다.

왜요? 밤엔 추울 텐데. 지금은 안 추워도 금방 추워질 거예요.

제임스는 불을 싫어해요. 무서워하죠.

알았어요. 브라이어니가 말했다.

에타는 이끼를 널찍하게 뜯어서 초록 면이 아래로 가게 브라이어니를 덮어주었다. 불이 없어도 춥지 않도록. 잠들기 전 짙은 초록색 냄새에 둘러싸인 브라이어니가 말했다. 설사 우리가 돌아갔다 해도 아래로 내려가서 찾는 건 불가능해요, 에타.

알아요.

그러니까 죄책감 갖지 마세요. 브라이어니가 말했다.

알아요.

좋아요.

오토에게

여기 카리부의 털을 동봉하네. 만져보게. 그냥 한번 만져봐. 굉장하지 않나? 말이나 소, 고양이, 심지어 개하고도 다르지? 근래 만져본 것 중에 최고지 않나?

여긴 추워지기 시작했네. 코트를 만들까 생각 중이야. 넷실릭 에스키모 여자가 벌써 모자를 만들어줬네. 카리부 이동 경로에 속하는 지역에 사는데 무리에서 뒤처지거나 쓰러진 카리부의 털로 모자를 만들더군. 그 집에는 이런 털이 가득하다네. 가을과 겨울에 실내 보온을 위해서래.

하지만 난 그 전에 집에 돌아갈 걸세.

러셀

오토는 봉투 밑바닥에 깔린 털이 나오도록 봉투를 뒤집어 톡톡 쳤다. 뭉친 털 덩어리들이 떨어졌다. 오토는 나이를 먹으면 자신의 머리카락도 저렇게 덩어리째 빠질 줄 알았다. 하지만 83세인 지금도 열일곱 살 때와 똑같이 숱 많은 백발이었다. 오토는 흩어진 털을 하나로 뭉쳐 손끝으로 만진 다음, 엄지와 검지로 집어서 비벼보았다. 고양이나 사슴의 털보다 두껍고, 개나 코요테의 털보다 부드러웠다. 한쪽 방향으로는 쉽게 편안히 쓸렸고, 반대 방향으로는 지문의 결에 거슬렀다.

오토는 최근 기침을 많이 했다. 처음에는 매번 깜짝 놀라 파피에 마세 뒤에 숨던 오츠도 이제는 상자를 계속 핥거나 씹거나 잠을 잘 뿐 기침 소리에 개의치 않았다. 오토도 파도처럼 정기적으로 몸을 휩쓰는 짧은 경련에 더 이상 신경 쓰지 않았다. 아침이든 밤이든 낮이든 잠을 좀 자야겠다는 생각이 드는 때가 언제인지만 신경 썼다. 그때가 되어 눈을 감으면 몸의 사소한 증상과 둥둥거리는 팀파니처럼 진동하는 기침, 팀파니에 동반된 작은북처럼 빨라지는 심장박동을 예리하게 자각했다. 오토는 이런 자각의 순간들 사이사이에 쪽잠을 잤다. 5초, 10초, 2초씩 모아 쌓아 올렸다. 다음 작품을 위해 조리대 믹싱볼 옆에 보관해둔 카리부의 털처럼. 다음 작품은 실물 크기의 카리부로 머리와 눈 주위에 그 털을 붙일 생각이었다.

***

오토는 기차에 올라탔고, 발아래로 땅이 끌어당기는 것을 느꼈다. 선로를 따라 땅끝으로 가는 내내, 또다시. 기차에서 내린 다음에는 배를 탔고, 배는 며칠 밤낮으로 바다를 가로질렀다. 그 동안 바다 위에서 훈련을 받고, 진짜 경보와 가짜 경보가 울리기도 하고, 노래하고 웃으면서 교대로 대걸레나 걸레로 바닥에 찍힌 군화 자국을 닦고, 위나 아래나 옆으로 무언가가 발사되어 대위나 누군가의 외침에 따라 걸레를 바닥에 내던지고, 갑판에 납작 엎드려 걸레질을 할 수 있었던 것에 감사하노라면 볼에 갑판의 나뭇결이 찍히고, 귀를 기울이면 온갖 총성과 외침 속에서 부모님이 두런두런 이야기를 나누거나 춤을 추는 소리가 들릴 것만 같았다. 딱딱한 땅을 실감하지 못하는 두 발로 배에서 내려, 아직 주름 사이에 어머니 농장의 먼지가 끼어 있는 더플백을 어깨에 둘러메고, 다른 병사들과 함께 무더기로 초록색 트럭에 올라탔을 때 이번에는 머리 색깔이 바뀌지 않았고, 병사들은 서로 무릎이 닿고 몸을 부딪치며 기나긴 여정의 마지막에 다다랐다.

트럭은 불과 2주 전 오토의 부대가 있던 곳에서 동쪽으로 몇 킬로미터 떨어진, 돌과 모래로 지어진 작은 마을에 오토를 내려주었다. 이건 우리가 이기고 있다는 뜻이야, 아니면 지고 있다는 뜻이야? 오토는 제라르에게 물었다. 제라르는 그동안 자신의 침실이었다는 버려진 성당을 보여주는 중이었다.

우리가 계속 움직이고 있다는 뜻이지. 제라르가 말했다. 앞으로 갔다 뒤로 갔다, 앞으로 갔다 뒤로 갔다. 우린 놈들하고 싸우는 게 아니야. 춤을 추는 거지.

부대 인원은 얼마 되지 않았다. 부상자와 실종자가 점점 늘어나고, 휴가에서 돌아오지 않은 병사도 세 명이나 있었다. 가족들은 그들을 본 적도 소식을 들은 적도 없다고 맹세했다. 곧 추가 병력이 투입될 거야. 새끼손톱 부근의 살을 잘근잘근 씹으며 제라르가 말했다. 네가 다시 적응될 때쯤인 이틀 후에. 제라르는 휴가를 다녀오지 않았다. 계속 부대에 남겠다고 했다. 오토와 다른 사람들이 돌아올 때까지 마을을 지키며 상황을 살펴보겠다고 했다. 집에 돌아가면 어떤 기분일지 실제로 겪는 것보다 상상하는 게 더 좋아, 제라르는 그렇게 말했다. 여기 홀로 앉아 저녁 8시부터 아침 8시까지 주변을 감시하며 밤마다 아내와 함께 있다고 상상했지. 아, 그녀가 얼마나 아름답던지. 그렇게 상상하는 건 너무 쉽고 너무 간단했어.

에타는 러셀의 농장으로 걸어갔다. 공장에서 퇴근하는 길이라서 아직 작업복 차림이었다. 오토가 떠난 지 이틀이 지났다. 러셀은 허리를 숙인 채 엉겅퀴를 뽑고 있었다. 에타는 장갑이 없어서 대신 민들레를 뽑았다. 아래쪽을 당겨 뿌리까지 뽑아냈다. 뿌리는 비옥한 토양에서 잔뜩 끌어와 모아두었던 것들을 죄다 토해냈다. 당신은 할 필요 없어요. 러셀이 말했다.

텅 빈 집에 혼자 있기 싫어요. 에타가 말했다.

알았어요.

며칠 뒤 버스에서 루시 퍼킨스가 에타에게 말했다.

선생님은 도시가 좋아요?

여기 시내 말하는 거니? 학교랑 공장이 있는 시내?

네.

응. 싫지는 않구나.

전 싫어요. 루시 퍼킨스가 말했다.

그런 대화를 주고받은 다음 날, 루시 퍼킨스는 버스에 타지 않았다. 에타는 차창에 머리를 기댄 채 조는 소년 옆에 앉았다.

공장 일을 마친 뒤에는 러셀의 집으로 갔다. 그는 지난번보다 훨씬 더 아래쪽에서 여전히 엉겅퀴를 뽑고 있었다. 에타는 그에게 다가가 민들레를 뽑기 시작했다.

어제 퍼킨스 부인이 다녀갔어요. 러셀이 말했다. 한 손으로 엉 경퀴 아래쪽을 잡아당겼으나 잎만 흔들릴 뿐 뽑히지 않자, 두 손 으로 뿌리 바로 위를 잡고 다시 뽑았다. 다른 엉경퀴보다 두 배 는 긴 뿌리가 우수수 뽑혀 나왔다. 농장 파는 걸 포기했대요. 너 무 지쳤다더군요. 폭삭 늙어버린 기분이래요. 러셀은 다시 두 손 으로 다른 엉경퀴를 뽑았다. 엉킨 머리카락 같은 뿌리가 뽑혀 나 왔다. 그래서 내가 그렇지 않다고, 예전과 똑같다고 말했죠. 내 눈엔 정말 그렇게 보였으니까요. 하지만 부인은 고개를 저으며 아니라고 하더군요. 아냐, 러셀. 난 완전히 달라졌어. 그러면서 자기 농장이 우리 농장 바로 옆이니까 내게 주겠다고 했어요. 자 기는 루시와 함께 시내에 있는 언니 집으로 이사할 거래요. 오늘 이나 내일.

오늘이에요. 에타가 말했다.

만났어요?

오늘 루시가 버스에 타지 않았거든요. 에타는 나중에 샐러드 에 넣으려고 민들레잎을 떼어내 따로 쌓아두었다. 러셀, 에타가 말했다. 그래서 당신 생각은—

알아요. 우편배달부가 퍼킨스 부인에게 온 편지 봉투의 색깔 을 알아봤대요. 안에 군번이 새겨진 인식표도 만져졌고요. 웨스 턴유니언 전보로 오는 건 전사통지서뿐이에요, 라고 말하더군 요. 무서울 정도로 확실했대요. 우편배달부는 퍼킨스 부인에게 그 봉투를 전하기 직전에 우리 고모네 집에도 들렀죠. 집에 들어가서 식탁에 앉아 커피를 달라고 했지만 마시지는 않았어요. 그저 고모와 함께 앉아서 시간을 뒤로 돌릴 수 있기를 바랐대요. 그럼 지금 해야 하는 일을 할 필요가 없으니까요. 마침내 커피가 식고, 반나절의 일정을 날려버린 후에야 우편배달부는 고모의 집에서 나왔어요. 그 후에 고모가 우리 집에 들렀더군요. 장례식 준비를 도와달라면서요. 그때 들었어요.

어제요?

그제요.

에타는 민들레 이파리를 뜯고, 줄기를 찢었다. 줄기가 진득하고 하얀 피를 흘렸다. 러셀, 고모부는 여기 사람이에요. 우리가 사는 바로 여기. 우리 중 누구라도 죽을 수 있어요.

압니다. 고모도, 보걸 부인도, 우편배달부도 그걸 알죠. 오토도, 월터 형도, 와일리 형도, 고모부도, 랭커스터 선생님도, 위니도 알고요.

에타는 다리에 손을 문질러 닦고, 샐러드용 무더기에 이파리를 내려놓았다. 그래서 뭐라고 했어요? 농장은?

내가 관리하겠다고 했어요. 그들이 다시 돌아올 때까지 땅을 비옥하게 만들어놓겠다고 했죠. 퍼킨스 부인은 절대 돌아오고 싶지 않을 거라고 했고 난 그래도, 그래도 혹시 모른다고 말했죠. 그랬더니 퍼킨스 부인이 이렇게 말하더군요. 아뇨, 러셀, 그럴 일 없어요. 남은 사람은 당신뿐이에요. 당신 혼자.

그렇지 않아요. 퍼킨스 부인이 틀렸어요. 당신만 남지 않았어요. 나도 있잖아요. 내가 도울게요.

알아요.

포기하는 건 끔찍해요.

알아요.

난 더 부지런히 일하고 싶어요. 더 일하고, 절대 멈추지 않을 거예요. 계속 일하면 살아 있는 거고, 살아 있으면 이기는 거예요, 그렇죠?

에타, 오늘 밤에 춤추러 가요.

좋아요. 네.

★★★

사랑하는 에타

난 잘 지내요. 어디 부러진 데 없이 무사히 도착했어요. 배는
바다 위에 떠 있고, 나는 배 위에 있었죠. 우리의 계급을 올려
주고 기운도 나게 해줄 신병들이 도착할 때까지는 지극히 평화
로워 보이는 [   ]에 머무를 거예요. 지금은 신병들이 없어서
저녁식사 양도 두 배고, 양말이며 면도날, 담요도 모두 두 배로
가지고 있어요. 음식 맛은 형편없지만 실컷 먹으면 그나마 낫
죠. 그러니까 난 잘 지내요. 다만,
당신의 살갗이 그리워요, 에타. 당신의 손과 작업복과 맨다리
와 [   ]와 [   ]와 [   ]와 [   ] [   ]이 그리워요. 이
제 군대 생활은 더 쉽기도 하고 동시에 더 어렵기도 하네요.

여기에서, 당신의
오토.

16

이끼를 덮고 브라이어니와 함께 잔 날, 에타는 또 바다 꿈을 꿨다. 그녀는 근처 해변으로 헤엄쳐 가야 했다. 하지만 군복이 너무 커서 소매와 바짓단을 걷어 올려야 했는데 팔을 저을 때마다 다시 흘러내렸다. 육지와 거기 모인 전우들이 보였다. 그들은 물건을 챙겨 둘씩 짝지어 행군했고, 해변을 가로질러 멀어져갔다. 하지만 그녀는 결코 해변에 도달할 수 없었다. 헤엄을 치다 멈춰서 소매와 바짓단을 다시 걷고, 걷고, 또 걷어야 했기 때문이다. 제라르도 해변에서 그녀를 지켜보며 기다리고 있었다. 제라르가 언제까지 기다려줄지 의문이었다.

브라이어니가 해바라기씨가 든 봉지를 여는 소리에 에타는 잠에서 깼다. 아, 잘됐군요, 잘됐어. 아직 여기 있었네요. 기다려줘서 고마워요. 에타가 말했다.

브라이어니는 미소를 지었고 그녀에게 해바라기씨를 권했다. 바비큐 맛이었다.

에타는 반 움큼만 집었다. 다른 사람들은 떠났나요?

우리뿐이에요. 어젯밤에도 우리 둘뿐이었고요. 브라이어니가 말했다.

어젯밤에는 우리 모두 배에 타고 있었죠. 에타가 말했다.

다리를 건넜죠. 브라이어니가 말했다.

배에 탔다니까요.

알았어요. 그럼 이제 갈까요?

물론이죠. 에타가 말했다.

그들은 아침 9시쯤 멈춰서 휴식을 취했다. 그때까지 둘 다 말 없이 걸었다.

그 친구가 돌아올까요? 에타가 물었다.

누구요?

제임스.

아, 모르겠어요, 에타. 그랬으면 좋겠네요.

코요테가 무섭지 않아요?

더 무서운 것도 있으니까요.

그게 뭔데요?

곰이나…… 사람…… 상어…….

여기도 곰이 나온답니다, 가끔씩.

알아요.

그리고 사람도요.

하지만 상어는 없죠.

내가 아는 한 없어요. 아직까지는.

그들은 물을 마시고 스트레칭을 하고 영역 표시를 했다. 에타의 영역은 브라이어니의 영역에서 한참 떨어져 있었다. 이제 다시 갈까요? 브라이어니가 말했다. 에타는 바위에 앉아 구겨진 종이쪽지를 바라보았다.

너는

디어데일 농장에 사는 에타 글로리아 키닉. 올해 8월로 83세.

브라이어니, 오늘 아침에 난 누구였죠?

당연히 당신이었죠, 에타.

그랬나요?

잘 모르겠네요.

나도 잘 모르겠어요.

그들은 넓은 벌판을 따라 걸으며 울창한 숲과 나무가 듬성듬성한 숲을 통과했다. 신발을 벗고(에타는 운동화를, 브라이어니는 목이 긴 가죽 부츠를) 자갈이 깔린 얕은 개울과 미끄럽고 축축한 석판암 계곡을 건넜다. 다시 마을과 사람들에게서 멀어졌고, 적어도 사나흘 동안은 마을에 들를 필요가 없었다. 브라이어니는 버건디 재킷을 벗어 허리에 두툼하게 묶었다. 이제 하루의 길어진 중반부를 지날 때는 아주 더웠고, 에타는 더 많은 음식과 더 많은 설탕과 빨리 근육으로 변해 자지 않고 계속 걸을 수 있게 해주는 음식을 더 많이 먹어야 했다. 에타는 어서 빨리 시내와 개울이 나오기를, 그리하여 시원한 물에 발을 담글 수 있기를 고대했다.

북쪽으로 흘러가는 차가운 시냇물을 건너느라 정강이는 얼얼하고, 무릎 위쪽은 더워서 땀으로 흠뻑 젖었을 때 에타가 물었다. 이봐요, 브라이어니, 당신의 이야기는 뭔가요?

전 이야기가 없어요. 그게 문제죠. 브라이어니는 시냇물에서 발을 뺄 때마다 발끝을 세워서 최대한 잔물결이 일지 않게 했다. 다이빙 선수처럼.

하지만 분명 있을 거예요.

정말로 없다니까요.

겹겹이 쌓인 다른 사람들의 이야기 밑에 분명 당신 이야기도 있어요. 아마 잊어버렸을 거예요. 아니면 너무 밑에 깔려서 닿지 않거나.

그럴 수도 있겠네요. 브라이어니가 말했다.

잘 생각해봐요. 그리고 기억나면 말해줘요.

알았어요. 그들은 다시 계속 걸었다. 브라이어니는 발을 뗄 때마다 발끝을 세웠고, 에타는 발을 질질 끌었다. 가능한 한 물속에 오래 있기 위해서.

그들은 걷고, 발을 들어 올리고, 질질 끌고, 전진하고, 걷고, 발을 들어 올리고, 질질 끌고, 전진했다. 교대로 앞장서서 북쪽과 동쪽으로 이동했고, 미국 국경과 거리를 유지했다. 그러다 생 엘제아흐 드 테미스쿠오타 외곽, 겨자꽃에 둘러싸인 버려진 헛간에서 노숙하기로 했다.

그날 저녁 에타는 수영하는 꿈 혹은 춤추는 꿈을 꿨다. 정확히 어느 쪽인지 알 수 없지만 상관없었다. 사실 두 가지는 똑같기 때문이다. 다만 수영은 물이 파트너가 되어 우리를 에워싸고, 준비되어 있고, 따라오고, 가벼우면서 쉽고, 묵직하면서 위로가 되고, 우리 품 안에 있으면서 우리가 그 품 안에 있고, 노래를 따라 부르기 위해 입을 열면 입 속으로 왈칵 쏟아져 들어와 비밀을 말해주고, 와인 맛이 난다는 점만 다를 뿐이다.

이튿날 아침 에타가 말했다. 집에 가고 싶어.

브라이어니는 이미 일어나 있었다. 늘 먼저 일어나 있었다. 집에요?

응, 상부에서 허락만 해준다면. 걱정돼. 아버지, 엄마, 누이들, 형제들 생각이 머리를 떠나지 않아⋯⋯. 넌 아내가 걱정되지 않아, 제라르? 우리가 고향에 가족과 함께 있지 않고, 여기에 우리끼리 있다는 게 정말 어이없지 않아?

아뇨, 그렇지 않아요. 어이없지 않아요. 이건 중요한 일이니까요. 브라이어니가 말했다.

정말?

네.

그럼 계속 행군하는 거야?

네.

오늘 밤에는 술집에 가서 춤을 추자.

운이 좋으면요.

좋아. 에타는 한숨을 쉬었다. 그녀는 땅바닥에 앉아 있었다. 아직 일어나지 않았다.

자, 일어나요. 브라이어니는 양손으로 에타의 손을 잡아 일으켜 세웠다.

가족들이 너무 보고 싶어. 에타가 말했다.

알아요. 브라이어니가 말했다.

오토는 레시피 카드를 뒤적이며 아직까지 만들어보지 못한 음식, 하지만 재료는 갖추고 있는 음식이 있는지 찾아보았다. 그러다 에타가 젊을 때 적어둔 카드를 발견했다. 60년이 흘러 잉크가 옅은 남색으로 변해 있었다. 오토가 제대해 집으로 돌아왔을 때 쓴 카드였는데 동글동글한 서체로 이렇게 적혀 있었다.

잠 못 드는 오토를 위해

준비물:
아마꽃 20개, 사발, 막자

만드는 법:
푸른색 꽃을 따서 사발에 넣고 빻아 걸쭉하게 만든다. 이 반죽을 오토의 눈꺼풀에 바른다. 눈꺼풀이 무겁게 내려앉을 정도로 두껍게. 그런 다음, 오토를 잠자리에 들게 하면 금방 잠들고 꿈도 꾸지 않는다. 아침에는 꽃이 바삭하게 말라 가볍고, 누런 가루로 변해 머리카락이나 먼지처럼 쉽게 털어낼 수 있다.

오토는 이 카드를 따로 빼놓은 다음, 밖으로 나가 자신이 만든 동물들 사이를 지나 러셀의 아마밭으로 갔다. 늦게 핀 아마꽃이 남아 있는지 살펴봤더니 네 송이가 있었다. 꽃을 따서 들고 간 머그잔에 조심스럽게 담았다.

다시 부엌으로 돌아가 줄기에서 조심스럽게 꽃잎을 떼어내 사발에 넣었다. 꽃잎을 빻자 색깔이 점점 밝고 진해졌다. 딱정벌레를 만들기에 딱 좋은 색이로군. 오토는 그렇게 생각하며 다음에는 딱정벌레를 만들겠다고 다짐했다. 반죽을 눈꺼풀에 펴 바르려니 곤혹스러웠다. 반죽으로 무겁게 내려앉은 눈을 감은 채 복도를 내려가 침실로 가려니 한층 더 곤혹스러웠다. 하지만 침실에 들어가 베개에 푸른 물이 들지 않도록 등을 대고 눕자마자 곯아떨어졌다.

오토는 밤이 될 때까지, 그러다 밤이 지나 이튿날 아침까지 자고 또 잤다. 잠에서 깨 아무 생각 없이 손으로 얼굴을 쓸어내렸더니 누런 가루가 우수수 떨어졌다.

기분이 날아갈 듯했다. 오랜만에 처음으로 몸이 아무것도 요구하지 않는 느낌이었다. 커피를 내리고 아침을 준비한 다음, 딱정벌레를 디자인하고 만드는 일을 시작했다. 손도 떨리지 않고, 가슴도 두근거리지 않았다. 초벌로 바른 풀이 마르는 동안, 다시 밖으로 나가 동물들 사이를 지나 들판으로 가서 아마꽃을 찾았다 이번에는 더 멀리, 더 오래 가야 했지만 결국 만개한 아마꽃 두 송이와 잎이 반은 떨어진 한 송이를 찾아냈다. 신선하게 보관하기 위해 약간의 물을 담아온 커피 잔에 꽃송이를 넣었다.

그리고 꽃을 빻았다.

그리고 잠들었다.

이튿날 수풀이 무성하게 자란 러셀의 땅을 위아래로 오가며 뒤지고 또 뒤졌지만 아마꽃은 한 송이도 발견하지 못했다. 태양은 뜨거웠고 정수리가 욱신거렸다.

그날 저녁은 다시 가슴이 두근거리고 폐가 요동쳤다. 오토는 달리기 선수처럼 숨을 헐떡거리며 치장벽토로 만든 천장의 반짝이는 광채를 올려다보다가 급기야 하나씩 세기 시작했다. 그러다 침대에서 일어나 파자마와 가운 차림으로 부엌에 가서 큰 그릇 하나를 씻어 밀가루와 물을 섞기 시작했다. 손이 부들부들 떨렸지만 반죽을 만드는 과정에서는 크게 문제되지 않았다. 나중에 종이를 자르거나 만들어야 할 때가 오면 커피를 마시거나 진통제를 먹거나 호밀을 먹어 진정시킬 것이다.

해가 뜨고 서너 시간 뒤, 오토는 트럭에 시동을 걸어 쿱으로 갔다. 막 영업을 시작한 직원들이 출입문 옆에 꽃이 든 양동이를 내놓고 있었다.

좋은 아침일세. 오토는 인사를 건넸다. 혹시라도 기침 발작이 일어나 균형을 잃고 꽃 양동이 위로 쓰러지지 않도록 천천히 조심스럽게 슈퍼로 걸어갔다.

또 밀가루 사러 오셨어요?

오늘은 아니야, 셰릴.

그럼 페인트?

오늘은 아닐세, 웨슬리.

출입문 바로 옆에서 분홍색과 노란색 카네이션 다발을 풀고 있던 셰릴이 꽃을 내려놓으며 오토를 위해 문을 열어주었다. 자, 들어가세요.

고맙네.

금방 들어갈게요. 투명한 비닐로 한 송이씩 포장된 장미의 줄기를 자르며 웨슬리가 오토의 등에 대고 외쳤다.

2분 뒤 장미 손질을 마친 웨슬리는 슈퍼 안으로 들어가 게시판 옆에 있는 오토에게 갔다. 이걸 좀 붙여주게. 오토는 그렇게 말하며 집에서 만들어 온 공지를 건넸다.

아마꽃 구함
본인 소유의 땅이나 야생 들판에서 아마꽃을 봤거나
아마꽃이 있는 분은 오토 보걸에게 연락 바랍니다.
긴급한 용무입니다.

물론이죠. 얼마동안 붙여둘까요? 웨슬리가 물었다.

오토는 머릿속으로 계산했다. 지금 에타가 어디 있지? 퀘벡? 2주쯤. 그가 말했다. 아마 그보다 더 붙여둬야 할 테지만.

출입문에 달린 종이 딸랑거리자 오토와 웨슬리는 뒤를 돌아보았다. 전지가위와 잘라낸 줄기가 가득 담긴 양동이를 들고 셰릴이 다가왔다. 오토, 불면증 있어요?

심각한 건 아냐.

불면증 약도 있거든요.

약은 심장에 좋지 않아. 난 괜찮네.

알겠어요.

그럼 2주 동안 붙여둘게요. 여기 한가운데에요. 웨슬리가 말했다.

그리고 이거 받으세요. 셰릴은 너무 짧아서 다른 꽃들과 섞이지 못하는 노란 카네이션 한 송이를 건넸다.

집에 도착한 오토는 커피 잔에 카네이션을 꽂았다. 다른 꽃병은 너무 길어서 꽂을 수가 없었다. 자고 있는 오츠의 머리를 쓰다듬고, 오츠 맞은편 바닥에 깔린 신문지 조각을 갈아준 다음, 너구리에 마지막으로 덧바른 풀이 다 말랐는지 확인했다. 다 말라 있었다. 여기서는 모든 게 바싹 마른다. 오토는 조심스럽게 너구리를 집어 들고 마당으로 나가 놓아둘 공간을 찾았다. 눈이 쑤시고 뜨거웠다. 이걸 놓아둔 다음, 거실이나 부엌의 그늘진 곳에서 다시 잠을 청하리라.

너구리가 예쁘네요. 갈색과 은색이 섞인 머리카락을 뒤로 바싹 당겨서 묶은 여자가 말했다. 그녀는 일각돌고래와 송어 사이에 서 있었다. 물속에 있군. 실제로는 아니지만. 오토는 생각했다.

고맙습니다. 저쪽 가장자리에 놓아둘 생각이에요. 저기서 송어를 볼 수 있도록요.

일리 있네요. 여자가 말했다.

하지만 팔고 싶진 않습니다. 이것이든 무엇이든. 오토가 말했다.

그건 일리가 없네요. 하지만 알겠어요. 여자가 말했다.

앞으로 2주 동안은 비가 오지 않을 겁니다. 이 계절에—오토는 말을 멈추고 기침을 했다—비가 오는 일은 아주 드무니까요.

알아요. 그래도 올 수 있죠. 하지만 그것 때문에 온 게 아니에요. 그녀는 한 손을 들어 일각돌고래 옆으로 가져갔다. 마치 토닥이듯이. 하지만 정말로 만지지는 않고 살짝 떨어져 있었다. 불행하거나 예상치 못한 일이 일어났을 때 당신의 작품이 어떻게될 수 있는지 혹은 어떻게 돼야 할지 이야기하고 싶어서 왔어요.

오토는 고개를 끄덕이며 기다렸다.

여자는 오토를 바라보며 기다렸다.

오토는 다시 고개를 끄덕이고 기다렸다.

그러니까, 그러니까 당신이 죽을 경우에 말이에요, 오토. 난유언으로 당신 작품을 우리 미술관에 맡겨달라고 부탁하러 왔어요.

아. 오토는 그렇게 말하고 생각했다. 왼손이 떨렸다. 그래서오른손과 함께 등 뒤로 돌렸다. 첫 번째 문제는 이게 대부분 선물이라는 겁니다. 오토가 말했다.

선물요?

네, 선물. 에타와 러셀에게 주는 선물. 그러니 유언으로 이 작품을 미술관에 맡기는 게 적절한지 모르겠군요.

음, 분명 방법이—

그리고 두 번째 문제는, 솔직히 말해서 미술관에 가는 사람들

중에 누가 이런 걸 보고 싶어 할지 모르겠군요. 그러니까 물론 당신은 제외하고요.

정말이세요? 여자가 말했다.

정말로요.

맙소사! 오토! 저길 좀 봐요. 여자가 뒤돌아 길 쪽을 가리켰다. 자동차와 트럭의 행렬이 굼벵이처럼 꿈틀꿈틀 기어갔고, 몇몇 사람은 차창 밖으로 쌍안경까지 내밀고 있었다. 오토는 열다섯 대까지 세다가 눈이 침침해서 그만두었다. 등 뒤에 있던 손을 들어 흔들었다. 푸른색 스테이션왜건 뒷좌석에서 팔 하나가 나와 흔들며 답했다.

아…… 정말입니까? 오토가 말했다.

그렇고말고요.

흠. 그렇다면 생각해보죠.

고맙습니다. 여자는 떠나기 전에 또 명함을 건넸다.

이미 가지고 있습니다. 오토가 말했다.

그럼 이제 두 개가 됐네요.

여자가 떠난 후 오토는 너구리 옆 잔디에 앉아 천천히 기어가는 차들을 바라보았다. 기침할 때를 제외하고는 양손을 등진 채 조각처럼 꼼짝하지 않았다.

★★★

신병들은 나른한 토요일 오후에 도착했다. 마을 민병대원들은 빌려 온 침대나 소파, 잔디밭에서 졸고 있었고, 또 그중 몇몇은 주인 없는 개에게 음식물 쓰레기를 던져주었다. 오토는 편지를 쓰고 있었고, 제라르는 당번이 아닌데도 그들이 진지로 삼은 성당 지붕에 올라가 주변을 감시했다. 따라서 자갈이 튀고 새들이 날아오르는 가운데 길 아래쪽에서 올라오는 트럭 행렬을 제일 먼저 발견한 사람은 제라르였다. 신병들이 오고 있음을 제일 먼저 안 사람도 제라르였고, 그다음이 제라르의 고함을 들은 오토였다.

트럭이다!

에타, 신병들이 왔어요! 마침내. 곧 더 올 거예요.

그러자 한때 소도시였던 이 마을의 시작이자 끝이며 하나뿐인 도로로 모두가 쏟아져 나왔다. 군인들은 환호하고, 소리치고, 주먹을 날리고, 잔뜩 들떠 동시에 트럭으로 우르르 달려갔다. 대위들이 줄을 서라고 외쳤지만 아무도 그 말을 듣지 않았고, 대위들도 개의치 않았다.

오토는 두 번째 트럭 옆에 서게 되었다. 다들 여러 대의 트럭을 에워싼 채 소리치고, 방방 뛰고, 따뜻한 트럭 표면을 손으로

327

탕탕 쳤고, 신병들은 트럭 안에서 등을 꼿꼿이 세운 채 흐리멍덩한 눈으로 전방을 응시했다. 첫 번째 트럭 조수석에 앉은 대위가 휘파람을 불었다. 그러자 트럭 문이 열리며 신병들이 모두 쏟아져 내렸고 섞이고 만났다.

래브라도에서 온 랠프 맥닐입니다. 오렌지색 머리카락을 바짝 깎은 소년이 말했다. 소년은 오토의 손을 잡고 맹렬히 흔들었다. 드디어 오게 돼서 정말 기쁩니다. 정말, 정말 기쁩니다.

플린플론에서 온 로렌 잉거슨입니다. 오토의 등 뒤에서 손 하나를 내밀어 오토의 다른 손을 잡으며 소년이 외쳤다. 여기 음식은 배에서 먹은 것보다 맛있으면 좋겠습니다.

랠프와 로렌은 다음 신병에 밀려 사라졌고, 오토 앞에는 또 다른 두 소년의 얼굴이 나타났다. 하나는 길고 창백하며, 또 하나는 곱슬곱슬한 갈색머리였다. 첫 번째 얼굴이 말했다. 안녕하십니까. 전 에이드리언입니다. 저는—

오언. 오토가 말했다.

아닙니다, 에이드리언—

맙소사, 오언. 오토가 말했다.

죄송합니다만 저는—

안녕, 오토. 오언이 말했다.

아, 두 분이 원래 아는 사이인가요?

응. 오토가 말했다.

응. 오언이 말했다.

그러자 사람들이 밀어닥치고 끌어당기고 누군가 오토의 어깨를 쳤다. 오토가 뒤를 돌아봤지만 그들은 이미 사라졌고, 다시 에이드리언과 오언에게 몸을 돌렸을 때는 그들 역시 사라지고 더 낯설고, 본 적 없는 얼굴이 있었다. 곧 무슨 일이 벌어지리라는 기대감으로 잔뜩 긴장된 얼굴이었다. 그들 머리 뒤로 이삼십 명쯤 건너에 오언의 머리카락이 얼핏 보이는 듯했다. 하지만 잘 생각해보면 오언은 키가 크지 않았고, 군중은 계속 움직이니 확실하지 않았다.

그날 저녁 다른 병사들이 저녁을 먹으려고 줄을 서는 동안, 오토는 식당으로 쓰는 시청사 출입문 옆에서 기다렸다. 오언과 에이드리언은 거의 맨 마지막으로 왔다. 여기서는 모든 것의 양이 정해져 있다는 사실을 아직 모르는 모양이었다. 오토는 에이드리언을 가로질러 팔을 뻗어 오언을 줄에서 끌어낸 다음, 모퉁이를 돌아 임시 휴대품 보관소로 데려갔다.

여기 음식은 좀 나아? 오언이 물었다.

여기서 뭐 하는 거야?

방금 네가 여기로 데려왔잖아.

아니, 그 여기 말고 '여기', 이 동네. 네가 왜 '여기' 있냐고?

너와 같은 이유지.

아니, 그렇지 않아.

아니라고?

넌 너무 어려, 오언. 어려도 한참 어려.

군대에서는 묻지도 않던데. 나이는 전혀 신경 쓰지 않았어.

하지만 난 신경 쓰여. 너도 그래야 하고.

음, 그렇게 말해주니 정말 고마워, 오토. 정말 고마운데 틀렸어.

틀렸다고?

오토, 나이를 먹고 어른이 되는 데는 시간이 가는 것 말고 다른 방법도 있어. 아주 많지. 난 내가 아는 사람들 중에 가장 늙었어. 가끔은 내가 제일 나이 많은 것처럼 느껴지기도 해. 그게 꼭 좋은 건 아니지만 어쨌든 사실이야.

오언은 감정을 억누르며 담담한 어조로 말했다.

하지만 걱정해줘서 고마워. 오언은 말을 이었다. 내게는 각별해. 큰 의미가 있지.

휴대품 보관소 안은 어둑했고 사실상 조명이 없었다. 그저 옆 식당에서 접시가 달그락거리는 소리, 떠들어대는 소리와 함께 빛이 약간 새어 들어올 뿐이었다. 오언이 오토의 등 아래쪽에 손을 올리자 오토는 땀에 젖은 셔츠가 부끄러워졌다.

난 그저 네가 다치지 않기를 바랄 뿐이야. 오토가 말했다.

사람은 어디서든 다칠 수 있어. 오언은 그렇게 말하며 아주 약간 몸을 기울여, 아주 약간 더 다가왔다. 보고 싶었어, 오토. 정말 그리웠어.

그래, 알았어. 오토는 숨을 들이쉬며 뒤로 한 발짝 물러섰다. 거리를 두었다. 숨을 내쉬었다. 당연하지. 나도 보고 싶었어, 오언. 보고 싶고말고. 이제 가서 음식이 남았는지 볼까?

그래. 오언은 그렇게 말하며 오토의 등에서 손을 뗐다.

……그래서 제라르와 나는 다시 한방을 써요. 우리 사이의 공간에는 □명의 신병이 침낭을 깔고 자도록 배정되었죠. 좋은 녀석들이에요. 파트리스라는 친구는 영어를 잘 못해서 늘 제라르와 붙어 다녀요. 서부 출신의 에이드리언은 느긋하고 성격이 좋아요. 그 친구 말이 오는 동안 몇몇 신병이 제정신이 아니었다고 해요. 무서움을 극복하기 위해 혹은 정말로 신이 나서 막흥분하는 바람에요.

그리고 물론 우리도 신병들이 와서 신났죠. 난 그랬어요. 다른 일에 정신을 돌릴 수 있어서 좋더군요. 그 친구들의 새로운 희망도 느껴져서 좋았고요.

왜냐하면 아주 끔찍한 생각이 들거든요. 그게 사실이 아니고, 말이 안 된다는 것도 알지만 그래도 자꾸 이런 생각이 들어요. 죽은 전우들을 대신하러 온 이 친구들은 정확히 그들을 대신할 거고, 그래서 결국엔 그들처럼, 그들과 똑같이 총에 맞거나 어둠 속에서 칼에 찔리거나 폭탄이 터져서 한 명씩 차례로 죽고 또 새로운 친구들이 그들을 대신하고, 그들은 또 총에 맞거나 어둠 속에서 칼에 찔리거나 폭탄이 터져서 이전 친구들과 똑같이 죽고, 그럼 또 신병들이 오고 또 같은 일이 벌어진다고요. 그리고 우리들, 남은 자들은 그저 바라보면서 무슨 말을 해야 할지, 어떻게 해야 할지 알기도 하고 모르기도 할 거예요. 그들에게 경고를 해줘야 할지, 아니면 짧은 삶의 마지막 한 조각을 즐기도록 내버려둬야 할지. 그들과 우리 중에서 누가 더 힘들까요?

이게 사실이 아니라는 거 알아요. 하지만 가끔, 이렇게 멀리 떨어져 있을 때는 그게 별 의미가 없어요.

건강 잘 챙겨요. 그리고 혹시 러셀이나 해리엇 누나, 조시, 엘리, 벤지, 엄마, 아빠를 보게 되면 그들도 잘 챙겨줘요. 그리고 당신도.

여기서

오토.

이제 에타와 러셀은 매일 밤마다 춤을 추러 갔다. 여기저기 다니면서 인근 마을과 도심의 행사들을 적어 목록을 만들었다. 러셀의 말이나 에타 아버지의 차를 타고 다녔다. 다리가 불편해도 러셀은 춤을 꽤 잘 췄다. 그저 다른 사람들보다 반 박자 늦을 뿐이었고, 에타는 개의치 않았다. 그동안에 혼자서 여러 바퀴 돌 수 있기 때문이다. 이제는 연주자들과도 안면을 터서 댄스장에 들어가거나 나갈 때 모자 끝을 톡 치며 서로 인사했다. 파티에 오는 사람들은 대부분 노인과 농장에서 일하는 처녀들이었다. 다들 농장 일과 공장 일로 지쳐 눈 밑에는 다크서클이, 손에는 굳은살이 박여 있었다. 그래도 다들 좋은 신발에 잘 다린 옷을 차려입고 연주를 하고 하고 또 하고, 춤을 추고 추고 또 추었다.

17

그들은 막 뉴브런즈윅에 들어섰다. 공기는 점점 더 탁하고 후 텁지근했으며 아주 미세하게 소금기가 더 짙어졌다. 그때 브라 이어니가 말했다.

제겐 오빠가 있어요.

그게 전부였다. 그들은 비교적 침묵을 지키며 걸었다. 높이 자 란 야생초에 다리가 쓸리며 다정한 줄무늬 모양으로 이슬 자국 이 남는 소리만 제외하고.

그거 괜찮네요. 그게 이야기죠. 에타가 말했다.

아뇨. 그냥 사람이에요. 이야기가 아니라.

음, 그래도 괜찮아요. 오빠는 어떤 사람이었죠?

……음, 별을 좋아했어요. 아직도 좋아할 거예요, 분명. 천문 학을요.

천문학자인가요?

아뇨, 그냥 별을 좋아할 뿐이에요.

좋아요. 옛날에 별과 사랑에 빠진 오빠를 둔 여자가 있었어요. 이건 이야기잖아요, 그렇죠?

그럴 수도 있겠네요. 굉장히 훌륭한 이야기는 아니지만요. 제 이야기도 아니고요.

그럼 당신은 뭘 좋아하죠?

바다요, 아마도.

가본 적이 없는데도요?

오빠도 별에 가본 적이 없어요. 가고 싶어 하긴 했죠, 어렸을 때. 우주 비행사가 되고 싶어 했어요.

당신은요? 당신은 뭐가 되고 싶었죠?

난 오빠가 되고 싶었어요.

기자가 아니고요?

그건 나중에요.

지금 오빠는 어디 있나요?

세인트존에 있는 여왕폐하 교도소요. 해안가에 있는 교도소 있잖아요.

그들은 시쿼트 지구로 다가가고 있었다. 에타는 그들을 기다리는 소규모 군중 위로 현수막과 피켓이 솟아 있는 것을 보았다. 그들은 주문을 외듯 외쳤다. 에-타! 에-타! 전진! 전진! 전진!

어머나. 에타가 말했다.

괜찮아요. 걱정 마세요……. 남자 형제가 있으세요? 여자 형제는요?

열네 명이나 있죠. 형제 여덟에 누이 여섯.

군중들이 다가와 그들을 맞이했다. 곧 카메라 플래시가 터지고, 사람들은 울고 고함치면서 에타와 브라이어니에게 물건을 주었다. 말린 라벤더 줄기와 반쯤 녹은 양초, 손잡이가 뒤로 구부러진 아기용 은수저 같은 작은 물건뿐 아니라 말린 살구와 집에서 만든 수제 맥주, 엔젤푸드 케이크같이 더 큰 물건들도. 이내 에타와 브라이어니는 마을을 통과했고 다시 그들만 남았다. 남은 하루는 침묵 속에서 줄곧 걸었다.

이틀 밤이 지나고, 몸의 느낌과 하늘의 상태로 보아 새벽 2시쯤 되었을 때 브라이어니는 잠에서 깼다. 그들은 흰색과 노란색 자작나무 숲에서 자는 중이었다. 브라이어니는 곰곰이 생각했다. 오줌이 마렵지도 않고, 목이 마르거나 잠자리가 불편하거나 춥거나 덥지도 않았다. 이불 삼은 재킷은 여전히 잘 덮고 있었다. 몸에 혹은 주위에 동물이나 곤충도 없었다. 그런데도 잠이 깼다. 알 수 없는 이유로.

에타? 브라이어니는 반쯤 속삭이며 두 나무 건너 에타가 누워 있는 쪽으로 돌아누웠다.

에타는 눈을 뜬 채, 뜬 눈으로 브라이어니를, 브라이어니 너머를 응시하고 있었다. 아. 에타가 말했다. 으아으아으아으아으아. 도와줘요. 살려줘. 아, 아. 아악! 내 귀. 내 귀! 내귀내귀내 귀.

아, 맙소사 아 맙소사. 으아으아으아.

에타, 왜 그래요?

악, 맙소사! 하느님 맙소사, 으악 하느님!

에타, 나 여기 있어요. 브라이어니예요. 대체 왜—

불이 붙었어요! 내 머리에! 제발!

에타, 왜 이래요. 무슨 소리—

불이 났어요! 이제 에타는 등을 대고 누운 채 사지를 부들부들 떨면서 물에 빠진 사람처럼 버둥거렸다. 브라이어니는 에타에게 다가갈 수 없었다. 내 귀! 내 귀! 내 귀! 맙소사! 맙소사! 맙소사!

알았어요. 가만히 있어요. 여기 가만히 있어요.

브라이어니는 가장 가까이에 있는 가방을 집어 들었다. 가방 속에서 단추, 종이, 펜, 반지, 플라스틱 말, 아이 신발 한 짝 등을 집어 던지다가 마침내 생수병을 찾아냈다. 더듬거리며 생수병 뚜껑을 열고 내 귀 내 귀 내—, 라고 외쳐대는 에타의 오른쪽 귀에 천천히 신중히 물을 부었다. 에타의 머리 아래로 물이 고여 웅덩이가 되었다. 자, 자, 자, 자, 브라이어니는 그렇게 말하며 물을 붓고 또 부었다. 마침내 에타는 정상적으로 호흡했고 더는 몸부림을 치지도, 소리를 지르지도 않고 그저 똑바로 위를 올려다보았다.

그 애가 죽었어요. 에타가 말했다.

쉬이이이.

337

죽었어요.

자, 내가 이야기를 들려줄게요.

잘 안 들려요.

또박또박 말할게요.

알았어요, 알았어.

브라이어니는 숨을 들이쉬고 내쉰 후에 이야기를 시작했다.

좋아요. 옛날에 온타리오 주 교외에 한 가족이 살았어요. 가정집이 많았던 지역이죠. 아마 지금도 그럴 거예요. 하지만 이 가족은 특별했어요. 내가 하려는 이야기의 주인공이기 때문이겠지만 뭐 그것도 중요하니까요. 엄마, 아빠, 아들이 살았고 그로부터 2년 후에 딸이 태어났어요. 아들은 밤마다 잠들기 전에 망원경을 들고 엄마와 함께 마당에 나갔어요. 그러면 엄마는 정확히 별이 있는 지점에 망원경을 대주었죠. 어디에 별이 있는지 그냥 알았어요. 그러고는 아들에게 별을 보라고 말했죠. 그럼 아들은 한쪽 눈을 감고, 한쪽 눈은 렌즈에 댄 채 너무 멀리 떨어져 있어서 생각이 아닌 숫자로만 생각해야 이해할 수 있는 것들을 바라봤어요. 그러니까 엄마는 망원경을 별에 대주고, 아들은 바라보고, 딸은 매일 밤마다 창문 너머로 두 사람을 바라봤어요.

그래서 난 밤마다 그들을 바라보며 그들과 함께하고 싶었죠. 그러던 어느 날 다들 무언가를 하느라 정신이 팔려 있을 때 몰래 뒷마당으로 나가 초록색 플라스틱 의자를 망원경 앞으로 끌고 갔어요. 의자에 올라가 망원경 렌즈를 들여다봤죠. 보이는 것이라고는 광대하게 펼쳐진 흐릿한 푸른색뿐이었요. 아, 바다구나. 난 그렇게 생각했어요. 당연히.

2년 뒤에 엄마가 돌아가셨어요. 오랫동안 천천히 한 방울씩. 엄마의 몸은 천천히 스스로를 갉아먹었어요. 우리의 몸이 가끔씩, 자주 그러듯이요. 우리는 그저 바라만 봤죠. 할 수 있는 게 그것뿐이었으니까요. 우린 의사가 아니었고, 의사들도 전혀 손을 쓰지 못한 채 그저 우리 옆에 앉아 다 함께 지켜봤죠.

엄마가 죽은 지 2주 뒤 난 오빠에게 망원경 쓰는 법을 알려달라고, 그리고 별이 있는 곳에 대달라고 부탁했어요. 하지만 오빠는 부탁을 들어주지 않았어요. 아주 상냥하게 거절하더군요. 그냥 이렇게 말했어요. 안 돼, 브라이어니, 난 할 수 없어. 그래도 늦은 밤이면 오빠는 여전히 망원경을 들여다봤어요.

아빠는 성격이 좋고 상냥하고 혼자서도 자식들을 잘 키웠죠. 우리 가족은 다들 비교적 행복하게 살았어요. 아들은 숫자를 떠올리며 별자리로 가득한 생각을 하고, 딸은 바다를 떠올리며 축축하고 묵직한 생각을 하고요.

열여덟 살이 됐을 때 아들은 대학으로 떠났어요. 동부 대학에서 기계공학을 공부하기 위해서요. 난 오빠가 미친 듯이 그리웠어요. 아직 고등학생이고, 아직 어려서 집에서 살았죠. 처음 서너 주는 오빠의 부재가 집 안에 쿵쿵 울렸어요. 굶주림처럼요. 그러다 점점 덜해졌고, 인생은 계속됐죠. 난 한부모 밑에서 자라는 외동딸처럼 됐어요.

오빠는 크리스마스에도 오지 않았어요. 그래서 난 카드를 썼죠. 사람들은 정말로 우주 비행사가 되고 싶어 해? 아직도? 그런 시대는 끝나지 않았어? 카드에 그렇게 적었어요.

오빠의 답장은 3주 후에 왔죠. 크리스마스와 겨울방학이 끝난 뒤에요. 응. 아직도 그래. 답장에는 그렇게 적혀 있었어요.

1월에 방학이 끝나고 다시 학교에 갔어요. 경력 및 인생 경영 수업이 끝나고 체육 수업이 시작되기 전 쉬는 시간에 여자 선배와 이야기를 하게 됐어요. 곱실거리고 부스스한 금발의 벳 로빈스라는 선배였는데 친한 사이도 아니었죠. 난 선배에게 크리스마스는 잘 보냈지만 오빠가 오지 않아 서운했다고 말했어요.

당연히 안 오지. 오빠를 그냥 보내줄 리가 없잖아. 선배가 그러더군요.

왜 안 보내줘요? 앨버타에서 대학에 다니는 루벤의 언니는 돌아왔다고요.

너희 오빠는 보내주지 않아, 브라이어니. 대학이 아니라 감옥에 갔으니까.

아니에요, 대학에 갔어요.

감옥이라니까.

대학이에요.

감옥이야.

소녀는 일주일을 기다렸다가 아빠에게 물어봤어요. 그랬더니 아빠가 말하더군요. 미안하다, 브라이어니. 미안해…… 거기서도 수업을 한단다. 수감자들을 위해서. 오빠도 거기서 수업을 받을 수 있어. 기술을 배울 수 있어. 미안하다, 미안하다, 미안하다, 내가 진작, 진작 말했어야……

그래서 소녀는 말했어요. 아니에요, 아빠. 괜찮아요. 네, 네.

부녀가 그 일로 나눈 대화는 그게 전부였어요. 수감된 이유도, 언제까지 수감돼야 하는지도 말하지 않았죠.

그래서 난 기다리고 기다리고 기다렸고 결국 아버지도 돌아가시고 모든 게 조용했고 동부에서는 아무 소식도 없었어요. 마침내 난 어른이 됐고 어른의 직장을 구했고, 에타를 만나 동부로, 바다를 향해 걷고 있어요. 에타가 그랬죠. 당신에게도 언니가 있고, 나도 함께 갈 수 있다고. 난 갈 수 없어, 그녀는 그렇게 생각했어요. 멀리, 아주 멀리 떨어진 곳에 오빠가 있는데도요. 난 갈 수 없어, 그녀는 그렇게 생각했어요. 그러다 어느 밤에 하늘과 아직도 이름을 모르는 별들을 올려다봤죠. 어느 밤, 그리 오래되지 않은, 전혀 오래되지 않은 밤에요. 그러고는 깨달았죠. 그래. 그래, 난 갈 수 있어. 당연히 갈 수 있고말고. 당연히 가야 해. 난 갈 거야. 대단한 발견은 아니었어요. 아주 보잘것없고 놀랍도록 사소한 발견이었죠. 그래서 지금 내가 여기 있는 거예요, 에타. 그래서 우리가 여기 있는 거예요.

에타는 자고 있었다. 브라이어니는 에타의 코트를 다시 끌어당겨 덮어준 다음, 옆에 누웠다. 자작나무 이파리 사이를 올려다보며 별을 세고 세고 또 세다가 마침내 잠이 들었다.

이튿날 브라이어니는 느지막이, 태양이 완전히 뜬 후에 잠에서 깼다. 먼저 일어난 에타는 쓰러진 나무의 기다란 몸통에 앉아 양손에 얼굴을 묻은 채 울고 있었다.

잘 잤어요, 에타? 브라이어니가 말했다.

에타는 계속 울기만 할 뿐 고개를 들지 않았다.

귀 때문에 그래요? 계속 아파요? 브라이어니가 물었다.

내 잘못이에요. 에타는 손에 얼굴을 묻은 채 계속 흐느끼면서, 얇고 젖은 숨을 내쉬었다. 그 애는 날 따라온 거예요.

그 애라뇨?

오언. 에타가 말했다. 귀 주위의 피부는 울긋불긋하게 얼룩져 있었다. 계속 긁고 있었기 때문이었다.

정말이에요, 에타? 정말 당신을 따라온 거예요?

그렇다니까요. 아직 울음이 덜 그친 탓에 에타는 몸을 살짝 들썩였고, 햇살 아래 훤히 드러난 피부는 거뭇하면서 푸르스름했다. 처음으로 제 나이로 보였다.

확실해요? 브라이어니가 물었다.

확실해요. 에타가 말했다.

알았어요. 그래도 우린 먹어야 해요. 브라이어니는 가방을 열어 크래커 한 통과 살구를 꺼냈다. 여기요. 브라이어니는 그렇게 말하며 한 번에 하나씩 건넸다. 크래커 하나, 살구 하나, 크래커 하나, 살구 하나. 여기요, 여기요, 여기요, 여기요, 여기요. 그런 다음 두 번째 생수병, 어젯밤 에타에게 붓지 않은 병을 꺼내 뚜껑을 열어 건넸다. 여기요. 에타는 마시고 또 마셨다.

자, 이제 그만 가야 해요. 브라이어니가 말했다.

다른 사람들 없이? 에타가 물었다.

다른 사람들 없이.

그들은 서쪽으로 되돌아갔다. 브라이어니가 앞장서고 에타는 서너 발짝 뒤에서 따라갔다. 해가 지기 서너 시간 전에 그랜드폴스 병원에 도착했다.

브라이어니는 로비 의자에 에타를 앉히고 접수처로 갔다.

안녕하세요. 접수처를 지키는 남자 간호사가 인사했다. 몸집이 거대했는데 키가 210센티미터는 되는 듯했다. 검은 피부에 검은 머리카락. 뭘 도와드릴까요?

정신이 온전치 못한 분을 데려왔어요. 브라이어니가 말했다.

남자 간호사는 고개를 끄덕였다. 가족인가요?

아뇨. 미안해요.

간호사는 접수대를 가로질러 브라이어니 쪽으로 입원신청서를 밀었고, 신청서에서 오랫동안 손을 떼지 않았다. 위로였다.

정말 미안해요. 정말, 정말. 브라이어니가 말했다.

괜찮습니다.

저건 저분이 늘 가지고 다니는 물건이에요. 브라이어니는 에타의 발치에 있는 물건 쪽으로 고갯짓을 했다. 너덜너덜한 가방,

코트, 그리고—

총이네요.

총알도 없고 안팎으로 다 녹슬었죠. 그냥 장난감이에요.

알겠습니다. 저 물건은 늘 환자분 곁에 두도록 하죠.

신청서를 다 작성한 후, 그들은 에타와 함께 비슷한 방들이 늘어선 복도 한가운데의 작은 방으로 들어갔다. 에타는 침대에 앉았다. 브라이어니도 그 옆에 앉았다. 간호사는 문 옆으로 물러섰다. 난 이제 세인트존에 갈 거예요, 에타. 브라이어니가 말했다.

교도소요? 에타가 말했다.

네.

알았어요.

나중에, 집에 가는 길에 다시 들를게요. 브라이어니는 그렇게 말하고 에타를, 그다음에는 간호사를 바라봤다. 두 사람 다 고개를 끄덕였다.

오빠 잘 만나고 와요. 오빠도 분명 미안해할 거예요. 분명. 에타가 말했다.

고마워요. 브라이어니가 말했다.

잘 가요.

잘 있어요.

브라이어니가 떠난 뒤, 간호사는 에타를 데리고 복도를 반쯤 내려가 다른 문보다 약간 더 짙은 녹색으로 칠해진 문 앞에 섰

344

다. 샤워실 겸 화장실이에요. 간호사가 말했다. 이제 깨끗이 씻어볼까요? 혼자서 옷 벗을 수 있겠어요? 샤워도 할 수 있고요?

걱정 말아요. 에타가 말했다.

수도꼭지는 안전장치가 돼 있으니까 화상을 입는 일은 없을 겁니다. 수건은 세면대 옆 찬장에 들어 있고요.

걱정 말라니까요.

네, 네. 압니다. 혹시 몰라서요. 샤워 끝날 때까지 밖에서 기다릴게요. 그리고 병실까지 모셔다 드릴게요.

나 혼자서도—

당연히 그러시겠죠, 알아요. 그냥 함께 있고 싶어서요.

샤워실 문을 밀치던 에타는 무언가가 생각나 간호사를 돌아보았다. 혹시 제라르도 여기 있나요? 제라르는 무사한가요?

무사합니다. 집으로 돌아갔어요.

확실한가요? 억양이 강한 친구예요. 바지가 찢어졌고.

확실해요.

알았어요. 제라르에게 잘해주세요. 냉정하고 못돼 보이지만 실은 그냥 무서워서 그러는 거예요. 너무 무서워서.

알겠습니다. 그럴게요. 자, 이제 전 여기서 기다릴게요. 바로 여기서요.

알았어요, 바로 여기서.

그날 저녁 에타는 자고 또 잤다. 두 다리와 발과 엉덩이가 동시

345

에 아파왔다. 자정에 그녀의 상태를 확인하러 간호사가 왔을 때도, 또 이튿날 아침 다섯 명의 장성한 딸을 둔 실라라는 간호사가 차와 달걀과 주스와 토스트를 가져와 머리맡 테이블에 두고 갔을 때도, 또 오후에 실라가 다시 차를 가지고 찾아왔을 때도, 또 밤에도 계속 잤다. 오토가 깼을 때는 주위가 캄캄했다. 이불 아래서 다리와 발가락을 쭉 폈다. 문 밑으로 새어 나오는 한 줄기 빛과 커튼을 통해 들어오는 창백한 달빛만 있었다. 눈이 어둠에 적응될 때까지 주위를 둘러보다가 자리에서 일어나 다시 다리와 발가락을 폈다. 기운이 나고 살아 있는 기분이 들었다. 문을 열고 복도로 나가 화장실로 갔다. 문 세 개를 지나면 나오는 진녹색 문. 불이 환하게 켜진 복도에는 아무도 없었다. 사방이 고요했다.

화장실 칸의 밝은 불빛 아래서 오토는 곰곰이 살펴봤다. 반은 종이고 반은 섬유로 된 환자복을 입고 있었다. 병실 문과 같은 연초록색이었다. 부대 트럭과 같은 연초록색. 그러니까 저들은 내가 누군지 알고 있군. 오토는 생각했다. 귀에는 붕대가 감겨 있었다. 살짝 만져보았더니 아직 귀가 아팠다. 손으로 머리카락을 쓸어내리자 서너 가닥이 딸려 나왔다. 밝은 은색 머리칼.

변기에 앉으려던 오토는 자신이 기저귀를 차고 있는 걸 깨달았다. 기저귀를 떼어서 변기 수조 옆 쓰레기통에 버리고 장과 방광을 비운 다음, 물을 내리고 손을 씻고 다시 병실로 돌아갔다.

병실에 돌아온 뒤에는 잠이 오지 않아 침대에 앉아 있었다. 전혀 피곤하지 않았다. 그의 호흡에 따라 종이 환자복이 바스락거리는 소리, 재깍거리는 시계 소리, 창밖에서 노래하듯 높아졌다가 낮아지는 바람 소리를 들었다. 하지만 바람 소리라기에는 너무 길고 규칙적이고 두꺼웠다. 너무 단단했다. 오토는 창가로 가서 열리는 만큼, 8센티미터 정도 창문을 열고 다시 귀를 기울였다. 익숙하면서도 아련한 향수를 불러일으키는 소리였다. 귀에 감긴 붕대를 조심스럽게 만져 끝자락을 찾아내 풀고 또 풀었다. 귀에 공기가 느껴지고 소리가 들릴 때까지. 아까보다 두 배는 더 크게 들리는 소리가 나직이 시작했다가 다시 높아지고 다시 낮아졌다. 코요테야. 오토는 방에, 시계에, 바람에 대고 말했다. 고향에서처럼. 오토는 방에 하나 있는 안락의자를 끌어다가 창문과 마주 보도록 빙글 돌리고, 의자에 앉아 코요테의 울음소리를 들었다.

자정이 되자 남자 간호사가 부드럽게 노크하고 문을 빼꼼 열었다. 야간 순찰입니다. 그렇게 속삭이는 간호사의 눈에 빈 침대가 들어왔다. 에타, 일어났어요?

네, 난 괜찮아요. 오토가 말했다.

의자를 옮겼네요.

네, 하지만 무겁지 않았어요.

그래도 다음엔 절 부르세요. 도와드릴게요.

알았어요. 오토가 말했다. 간호사는 문을 닫았고 오토는 다시 홀로 남았다.

오토의 이웃, 오토에게 기니피그를 준 소녀의 가족이 도로를 따라 느릿느릿 지나가는 자동차 행렬에서 빠져나와 오토의 집 앞 진입로에 들어섰을 때 오토는 아직 마당에, 아직 너구리와 송 어 옆에 앉아 있었다. 오토는 그들의 차를 알아보았다. 짙은 남 색에 실용적인 대형 차량이었다. 자동차는 그의 작품들 사이를 조심스럽게 지나 오토가 앉아 있는 곳까지 올라왔다. 제일 먼저 뒷좌석 문이 열리고 키 작은 소녀가 폴짝 뛰어내렸다. 안녕하세 요, 보걸 씨! 소녀는 그렇게 말하더니 너구리에게 달려가 꼬리 까지 한 번에 쓰다듬었다. 그러고는 뒤돌아 늑대에게 달려가 양 쪽 귀 사이를 조심스럽게 토닥이고는 뇌조에게 달려갔다. 소녀 의 부모가 자동차에서 내렸을 때는 땅다람쥐를 만지고 있었다.

안녕하세요, 오토. 소녀의 아빠가 말했다.

어서 오게. 오토가 말했다.

안녕하세요, 오토. 소녀의 엄마가 말했다.

어서 오게. 오토가 말했다.

기니피그가 말을 잘 듣나요?

아, 그럼. 하는 일이라고는 자고 핥는 것뿐이니까.

맞아요. 아빠가 말했다.

잘 알죠. 엄마가 말했다.

러셀은 아직 돌아오지 않은 것 같네요, 네? 아빠가 말했다.

그렇다네. 지금 한참 북쪽에 있지. 오토가 말했다.

그렇군요. 아빠가 말했다.

어쨌거나 드릴 게 있어서 왔어요. 엄마는 그렇게 말하더니 다시 차로, 뒷좌석으로 갔다. 꽤 시들었지만 그래도 필요하실 것 같아서요. 엄마는 꽃잎이 반만 남은, 슬퍼 보이는 아마꽃 세 송이가 담긴 양철 커피 통을 꺼냈다. 게시판에 붙은 공지를 봤어요. 그들 뒤로 소녀가 검독수리에서 여우로, 거기서 다시 청솔모에게 달려갔다.

이런. 이렇게 고마울 데가. 그럼, 그럼, 필요하지.

많지는 않아요. 하지만 우리 농장에는 이게 전부예요. 엄마가 말했다.

오후 내내 뒤졌답니다. 아빠가 덧붙였다.

너무 적어서 죄송해요. 엄마가 말했다.

아닐세, 아니야, 무슨 소리. 이것도 좋다네. 정말 고맙네. 오토는 꽃을 바라보며 속으로 꽃잎을 셌다. 바람에 꽃잎이 부르르 떨었다. 떨어지지 말고 조금만 더 버텨다오. 오토는 생각했다. 저기, 내가 커피라도 대접하고 싶은데—

아뇨, 아뇨. 아빠가 말했다. 말씀은 고맙지만 가봐야 해요. 시내에 수영 강습이 있거든요. 아빠는 딸이 있는 쪽으로 몸을 돌렸다. 소녀는 이제 메뚜기들 사이를 돌아다니고 있었다. 카시아! 수영 가야지! 아빠가 외쳤다. 하지만 소녀는 아빠의 말을 무시한 채 세 걸음 뛰어서 메뚜기를 만지고, 세 걸음 뛰어서 다시 메뚜기를 만졌다. 아빠는 어깨를 으쓱이며 딸에게 갔다.

아빠가 사라지자 엄마가 양철통을 든 채 오토에게 한 걸음 다가왔다. 괜찮으세요, 오토?

잠을 통 못 자서 그렇다네. 너무 늙은 탓이지 뭐.

원하시면 제가 반죽을 만들어드릴게요. 저녁 먹고 들러서요.

아닐세. 난 반죽 만드는 거 좋아해. 괜찮아.

오토, 우리가 온 후로 계속 앉아 계셨어요. 전혀 움직이지 않고요.

내가?

네. 일어설 수 있으세요?

지금?

네, 지금.

오토는 머뭇거렸다. 아니, 못 하겠네. 지금은 못 일어서겠어.

좋아요. 제가 도와드릴게요. 자연스럽게 해요. 그냥 걸으면서 얘기하는 것처럼.

아닐세. 괜찮아. 굳이 그럴 필요는······.

아뇨, 그럴 필요 있어요.

엄마는 몸집이 크지는 않았지만 힘이 셌다. 튼튼한 팔과 다리에 복근까지. 수영 덕분이죠. 엄마는 그렇게 말하며 오토의 등에 한 팔을 둘러 겨드랑이 바로 밑에 손을 넣은 다음, 그의 체중을 자기에게 실어 일어났다. 오토는 쉽게 일어났다. 꽉 찬 줄 알았는데 텅 빈 유리병처럼.

걸을 수 있겠어요? 엄마가 물었다.

모르겠네.

좋아요, 그럼 한번 해보죠. 엄마가 오른발을 내딛자 오토도 따라 했다. 오른발, 그렇죠, 좋아요. 그다음에 왼발, 좋아요, 잘했어요. 다시 오른발. 그다음에 왼발.

피곤하군.

왼발 그리고 오른발.

두 사람이 현관에 다다랐을 때 모든 동물을 한 번씩 다 만져본 카시아가 다시 그들을 향해 깡총깡총 뛰어왔다.

어디 가요? 카시아가 물었다.

할아버지의 기니피그 구경하러. 엄마한테 보여준다고 하셨거든.

신난다! 나도 기니피그 너무 좋아해요! 카시아가 말했다.

몇 발짝 뒤에서 따라오던 카시아의 아빠가 딸의 머리 너머로 아내와 눈을 마주쳤다. 차에서 기다릴까? 그가 물었다.

아닐세, 아니야, 정말 괜찮아. 다들 오츠를 만나러 가세. 오토가 말했다.

할아버지도 아이가 있어요? 장난감은요? 카시아가 물었다.

미안하지만 없구나. 그냥 기니피그 한 마리뿐이야.

음, 그거 슬프네요. 하지만 괜찮아요. 당분간은요.

그들은 오츠가 있는 오렌지색 상자 주위로 모였다. 오츠는 자고 있었다. 기니피그는 잠을 많이 자요. 제가 키우는 애들도 그래요. 걱정 마세요. 카시아는 그렇게 말하며 상자에 손을 넣어

파피에 마세를 토닥였다. 난 얘가 마음에 들어요.

떠나기 전 카시아의 엄마는 조리대에 기대고 있던 오토 바로 뒤에 아마꽃이 든 양철통을 내려놓았다. 다리를 들어 올릴 수 있겠어요? 엄마가 속삭였다.

그럼. 오토도 속삭였다.

보여주세요.

오토는 왼쪽 다리를 들어 올렸다. 7센티미터, 아니 10센티미터쯤.

좋아요. 됐죠? 엄마가 속삭였다.

그래. 됐네. 오토가 속삭였다.

그들이 떠난 후 오토는 펜과 종이를 꺼냈고, 혹시라도 앉으면 다시는 일어나지 못할까 봐 선 채로 편지를 썼다.

사랑하는 에타

살다 보면 좋은 날도 있고 나쁜 날도 있소. 한번은 당신이 내게 그랬지. 숨 쉬는 걸 기억하라고. 숨을 쉴 수 있는 한 우리는 뭔가 좋은 일을 하는 거라고. 옛것을 없애고 새것을 받아들이는 거라고. 그렇게 앞으로 나아간다고. 전진한다고. 때로는 그것만이, 그저 숨 쉬는 것만이 앞으로 나아가기 위해 할 일이라고 당신이 그랬소. 그러니 걱정 말아요, 에타. 다른 것은 못 할지라도 난 여전히 숨 쉬고 있소.

당신은 분명 거의 다 갔겠군. 분명 얼마 남지 않았을 거야. 그러기를 바라오. 당신이 모든 것을 보게 되기를.

그저 이렇게 말해주고 싶었소. 난 여기 있으니 걱정 말라고. 여기서 숨 쉬며 당신을 기다리고 있다고.

오토.

편지를 다 쓴 오토는 아마꽃으로 반죽을 만들어 눈꺼풀에 펴고 그대로 잠들었다.

러셀은 둥글고 평평한 바위 위에 서 있었다. 근처에서 가장 높은 바위로 오렌지색과 초록, 회색 이끼로 덮여 있었다. 그의 옆에는 몸집이 작고 눈가에 불꽃처럼 주름이 잡힌 여자가 서 있었다. 동물 가죽과 털로 된 코트를 입었는데 길게 내려온 백발이 코트의 털과 섞여 있었다. 여자는 러셀의 어깨에 한 손을 올리고 있었다. 오늘 순록 무리가 저쪽에서 올 거예요. 여자가 외쳤다. 바람 소리가 너무 커서 러셀은 잘 알아들을 수 없었다. 앞으로 여섯 시간 안에 온다고 장담하죠. 두 사람은 이끼를 긁지 않으려 조심하며 바위에 앉았다. 당신은 부인이 없나요? 여자가 외쳤다.

없소. 러셀이 외쳤다.

당신도 혼자가 더 행복한 사람인가 보군요, 나처럼, 아마도. 여자가 외쳤다.

그렇소. 러셀이 외쳤다. 그렇소, 아마도.

★★★

그들은 신병들과 함께 일주일가량 마을에 머물다가 아직 안개가 자욱하고 아직 추운 일요일 새벽 4시, 아무 이유도 듣지 못한 채 일어나 서둘러 군복을 입고 오줌을 싸고 짐을 챙겨 서쪽으로 행군했다.

뒤에서 행군하던 오언이 오토 옆으로 다가왔다. 지금 어디로 가는지 알아?

대열에서 이탈하면 안 돼. 넌 얻어터져서 뒤로 끌려갈 거야. 오토 옆에 있던 제라르가 말했다.

괜찮아요. 저도 알아요. 넌 알아, 오토? 우리가 어디로 가는지? 왜 가는지?

몰라, 오언.

Aucune idée(몰라). 제라르가 말했다.

이런 일이 자주 있어? 이렇게 아무 경고도 없이, 느닷없이 이동하는 게 정상이야?

가끔은. 오토가 말했다.

이봐, 이건 나쁜 일이 아니야. 제라르가 말했다. 놈들이 보초병의 머리 껍질을 벗겨버리거나, 자고 있는데 몰래 들어와 목을 따는 바람에 떠나는 것보다 낫다고. 이 정도는 즐거운 아침 행군이지.

아. 오언이 말했다. 그런 일이 정말로…….

하지만 그것도 그다지 나쁘다고는 할 수 없어. 우리가 잠입하는 것보다는 훨씬 낫지. 창가에 서서 잠든 이방인의 오르락내리락하는 울대뼈를 바라보며 내 칼이 저 울대뼈를 갈라 소리 지를 틈도 없이, 지를 수도 없이, 고작 눈을 떠서 날 보고 심장박동이 빨라지는 걸 느끼자마자 목의 출혈로 죽을 때까지 여섯 번, 어쩌면 일곱 번밖에 숨을 쉴 수 없다고 생각하는 것보단 낫다고.

맙소사, 제라르. 오토는 제라르를 나무라며 오언에게 돌아섰다. 그렇지 않아. 실제로는 그렇게—

괜찮아. 오언이 말했다.

그리고 설사 그렇다고 해도……. 오토는 말을 멈추고 한숨을 쉬었다.

이봐, 이건 체스나 마찬가지야. 제라르가 말했다. 공격을 하든, 방어를 하든 때로는 우리가 움직일 차례가 되는 거야. 때로는 날이 가고 달이 가도 움직이지 않지. 때로는 방금 전에 떠나왔던 곳으로 돌아가기도 하고. 여기서는 모든 게 마구잡이로 이뤄지는 것 같아도 저 위에서는, 체스판 전체를 보는 사람들에게는 분명 이치에 맞는 일일 거야. 전략이, 계획이 있을 거라고. 그러니 어린 친구여, 넌 네가 여왕인지 졸인지만 알면 돼.

오언은 오토를 바라보며 말했다. 여왕인지…….

난 체스 몰라. 오토가 말했다.

그들은 말없이 진군했다. 오언은 계속 그들 옆에 있었다.

서른여섯 걸음 더 걸었을 때 오언은 대열에서 이탈한 것이 발각되어 뒤로 돌아갔다.

오래 걸리지 않을 거야. 분명 어딘가에 다 왔을 거야. 오토가 오언에게 말했다.

오언이 떠난 후 제라르가 말했다. 어디에 다 왔다는 거야? 우리가 어디 있는지 알기나 해?

아니. 하지만 분명 어딘가에 다 왔을 거야.

웃기는 놈이야, 저 녀석. 나라면 너무 친해지지 않을 거야.

알아. 아니까 걱정 말라고. 오토가 말했다.

그들은 어두워질 때까지 그리고 그 후에도 몇 시간 더 진군했고 마침내 멈춰서 야영을 준비하라는 명령이 떨어졌다. 삼면이 가려져 정면을 제외한 어떤 각도에서도 보이지 않는 곳에 약하게 불을 피우고 거기에 음식을 데워 나눠 주었다. 다들 지쳤지만 선뜻 잘 수가 없어 모닥불 주위에 나선형으로 여러 겹 둘러앉았다. 최대한 바싹 붙어서 삼삼오오 두런두런 쓸데없는 이야기를 나누었다. 왜냐하면 그들은 밤과 어둠 그리고 그사이의 모든 것을 다 겪으며 너무도 오랫동안 함께 지냈기 때문에 쓸데없는 것 말고는 할 이야기가 남아 있지 않았기 때문이다. 그러다 저녁식사와 취침 시간 사이의 어디쯤, 두 병사가 쓸데없는 주제로 토론을 하다가 세 병사가 쓸데없는 비교를 하는 것으로 넘어가려는 사이의 어디쯤에서 오언이 노래를 부르기 시작했다.

4월에 내리는 소나기는
5월에 꽃을 피게 하네.

에타의 교실에서 들었을 때처럼 가볍고 성량이 풍부한 테너의 목소리였다. 오언은 오토를 똑바로 바라보고 있었다. 오토는 대화를 중단했다.

그러니 설사 비가 오더라도 후회 말아요,
왜냐하면 비가 아니라
제비꽃이 내리는 거니까.

마침내 다들 이야기를 멈추고 오언의 노래를 들었다. 몇몇은 따라 부르고, 몇몇은 화음을 넣고, 몇몇은 멜로디도 제대로 파악하지 못하고, 몇몇은 말없이 앉아 영화를 보듯 음악을 바라봤다.

언덕 위의 구름을 보거든
곧 수선화 무리를 보게 될 거예요.

그러니 계속 파랑새를 찾고
새의 노랫소리에 귀를 기울여요,
4월에 소나기가 내릴 때마다.

그러니 계속 파랑새를 찾고
새의 노랫소리에 귀를 기울여요,
4월에 소나기가 내릴 때마다.

이튿날 아침 짐을 꾸릴 때 오토의 머릿속에서는 계속 이 노래
가 맴돌았다. 행군을 시작했을 때도, 높이 자란 야생초와 작은
난초가 핀, 건조하고 무더운 들판을 가로질러 계속 행군할 때도,
행군을 멈추고 두 번째 밤을 보낼 곳에 야영을 하고, 이번에는
불도 잡담도 허용되지 않아 말없이 저녁을 먹고 곧장 잠자리에
들었을 때도. 머릿속에서 들리는 이 노랫소리는 그들이 콕 박혀
야영하는 절벽 반대편의 바닷소리와 뒤섞였다. 그들은 다시 바
다로 돌아왔다. 보이지 않는 바다의 느낌이 자장가처럼 오토를
부드럽게 흔들어 잠들게 했다.

아침이 되기 전에 아침이 찾아왔다. 햇빛이 아닌 빛과 속도와
소리와 오토가 자고 있던 텐트를 밀치며 그의 위로 떨어져 손바
닥 모양으로 벽을 내리꽂는 손과 함께. 오토는 벌떡 일어나 육중
한 몸뚱이를 밀어내고, 햇빛이 아닌 빛과 아침의 소리가 아닌 소
리 속으로 나가 끙끙대며 군화를 신고, 병사들의 행렬을 따라 절
벽을 넘어 바다가 있는 쪽으로 내려갔는데 바다 앞에 병사들이 인
산인해를 이루었고, 사방이 소용돌이치고, 병사들이 쏟아져 들어
와 바다와 육지를 나누는 선이 흐릿해지고 사라지고 오로지 사람

만 있고, 다들 소리를 질렀기 때문에 오토도 소리를 질렀고 발목까지, 무릎까지, 엉덩이까지 바다에 잠겼다. 들어가! 들어가! 들어가! 저들을 끌어내! 누군가 소리를 질렀고, 다들 소리를 질렀고, 들어가! 나가! 그리고 배들과 소년들과 남자들과 소년들이 물속에서 숨을 들이쉬고, 물을 뱉어내고, 모든 것이 시끄럽고 형형색색이지만 어두워지고 점점 더 어두워져 차라리 물속으로 깊이, 더 깊이, 더 깊이 들어가는 게 나았고, 물은 예상보다 따뜻했고, 리드미컬했고, 머릿속에서는 여전히 노래가 빙빙 맴돌았고, 아직 일출 직전이라서 바다는 여전히 검고, 고함의 절반과 병사의 절반과 군복의 절반은 눈에 익고, 알아두라고 배운 것이었으며, 나머지 반은 다른 이유로 알아두라고 배운 것이었으나 둘 다 똑같이 소리치고 비명을 지르고 모두 소리치고 비명을 지르고 누군가 무언가 바닷속에서 터졌다. 어떻게 물속에서도 터질 수가 있지? 그리고 소리와 빛과 강철이 단검처럼 그의 머리 한쪽, 오른쪽 귀, 귓속을 찌르더니 주먹과 비슷하지만 그보다 더 크고 묵직한 무언가가 배를 강타했고, 누군가 그를 밀치더니 바닷속에 거꾸로 빠졌고, 오토는 한 손으로 귀를 감싼 채 실눈을 뜨고 사방에, 그냥 사방에 펼쳐진 빛을 바라보며 다른 손을 물속에 넣어 몸뚱이를 뒤집었는데 두 뺨이 볼록하게 부푼 채 기침을 하며 물을 뱉어내는 사람은 오언, 고향의 오언이었고, 너무도 조그만 오언은 기침을 또 했고, 열린 입으로 바닷물이 밀려들어갔고, 아마도 그는 가슴, 가슴 바로 밑, 그의 중심에서 피를 흘리는 듯했고, 오토는 귀에서 손을 떼 두 손으로 오언을 들어 올리고, 끌고, 들어 올리고 끌어서 바다가 아닌 어딘가 조용하고 어두운 곳으로 데려가려 했고 큰 소리로 외쳤다. 제발 도와줘요! 제발! 그의 고함은 다른 고함들과 화음을 이루는 듯했고, 아까는 노래를 부르지 않았던 사람들도, 그저 바라만 봤던 사람들도 이제는 다들 합류해서 고함을 쳤고, 그 고함은 다 함께 높아져 오토의 다치지 않은 귀와 대기를 가득 채우고, 모든 것을 가득 채웠다.

오토가 땅에 내려놓기도 전에 오언은 죽었다. 오언을 내려놓을 만한 조용한 곳은 없었다. 깨끗한 곳도 조용한 곳도 없었다. 오토는 그냥 해변에, 다른 이들 옆에 오언을 내려놓았다. 오언은 눈을 뜨고 있었다. 감겨줘야 했지만 그럴 수가 없었다. 그냥 뜬 눈으로 두었다. 내 탓이야. 오토가 말했다.

그리고 죽은 오언은 이렇게 말했다. 그렇지 않아.

그리고 오토는 말했다. 내 탓이야.

그리고 오언은 말했다. 어쩌면.

그러자 오토의 귀가 하얗게 번쩍거렸고 그 빛은 머리를 뚫고 몸 전체에 흘러내렸다. 오토는 오언에게 키스하고 싶었지만 하지 않았다. 대신 달리고 또 달려 다시 절벽을 넘고, 야영했던 곳으로 돌아가 그곳을 지나 멀리 멀리 멀리 달렸다.

오토는 40분 동안 7,200걸음을 달렸다. 그러다 마침내 빈 도로 옆에 주차된 영국 육군 트럭을 발견했다. 예전에 숱하게 많은 트랙터와 탈곡기와 트럭에 시동을 걸 때 그랬듯이, 뒤에서 밀다가 올라타 내륙으로 몰았다. 근처의 큰 마을이 나오자 트럭에서 내려 가장 어두운 술집으로 들어가 아직 해가 뜨지도 않았는데 라이 위스키를 주문했고, 아직 해가 뜨지도 않았는데 바텐더는 라이 위스키를 내주었다. 오토는 하루 종일 술집에 머물렀다. 해 질 때쯤 지젤이 들어와 그의 목에 팔을 감았고, 오토는 그녀의 다리를 쓰다듬어 올라갔다. 다리에는 스타킹이 없고 그냥 옆선만 그려져 있었다. 오토는 그 선을 따라 올라갔고 지젤은 미소를 지으며 좋아요? 라고 묻더니 그를 끌고 술집에서 나가 길을 내려가 모퉁이를 돌아 그녀의 방으로 올라갔다. 오토는 마치 지젤의 옷이 그의 귓속에서 불타기라도 하는 것처럼 거칠게 찢었고, 마치 그녀가 피로 어둡게 물든 바다라도 되는 것처럼 가르고 들어갔다.

나중에 그가 자는 동안 지젤은 깨끗하고 새하얀 붕대를 그의 귀에 감고 감고 또 감아주었다.

오토는 그 후로 몇 주간을 이 두 공간, 술집과 지젤의 방을 오가며 보냈다. 그러다 토요일쯤 자신이 다시 전쟁터로 돌아갈 수 없음을 깨달았다. 입대하기 전 그는 러셀과 함께 라디오 옆에 웅크리고 앉아 자기와 같은 병사들이 꽃이 핀 들판에서 개죽음당하는 이야기를 들었기 때문이다. 그래서 술집과 지젤의 방만 왔다 갔다 했다. 쉽고, 간단하게.

수요일쯤 그리고 아마도 초저녁쯤 오토가 지금까지 봤던 여자들 중에서 가장 아름다운 여자가 술집에 들어왔다. 진짜 스타킹을 신고 있었다. 여자는 바텐더에게 미소를 짓고 뒤쪽 테이블에 혼자 앉았다. 바에 앉아 있던 오토는 눈에 익은 그 미소를 알아보았고 술을 다 마신 뒤, 잔을 밀치고 그녀에게 다가갔다.

맙소사, 위니. 오토가 말했다.

안녕, 오빠. 위니는 자리에서 일어나 그를 껴안았다. 오토는 팔조차 들지 않은 채 어린아이처럼 양팔을 축 늘어뜨리고 그녀의 어깨에 머리를 떨궜다.

오빠한테서 지독한 냄새 난다. 위니가 말했다.

알아. 너한테선 좋은 냄새 난다. 오토가 말했다.

두 사람은 마주 보고 앉았다. 위니는 레드와인을, 오토는 아무것도 앞에 두지 않은 채. 다들 오빠가 죽은 줄 알아. 바다 어딘가에서.

차라리 그랬어야 했어.

헛소리하지 마. 오빠도 알잖아. 바보같이 굴지 마, 오토.

사람들이 너도 죽은 줄 알아.

그건 다르지.

군에서 전사통지서를 보냈어? 엄마에게?

아직. 밀린 편지가 많아서.

내가 살아 있는 거 어떻게 알았어?

그게 내 일이야. 수소문하고 다니는 거.

너 지젤 알아?

물론이지. 지젤이 하는 일도 그거야.

그래? 넌, 넌 괜찮은 거야?

난 아주 잘 지내, 오빠. 생각하는 것보다 훨씬 더. 괜찮지 않은 건 오빠야.

집에서 다들 걱정해. 엄청 많이.

그럴 필요 없는데. 걱정하지 말라고 전해줘. 하지만 다른 얘긴 하면 안 돼. 어쨌든 걱정해야 할 사람은 오빠야. 지젤은 곧 다른 곳으로 이동해야 해. 지젤도 일이 잔뜩 밀렸거든. 오빠랑 이렇게 오래 있지 말았어야 했는데……. 지젤이 떠나면 어디서 잘 거야?

지젤은 떠난다는 말 없었는데.

말할 수 있는 게 거의 없지. 있잖아, 내가 처리할 수 있을 거 같아. 오빠가 아무 문제 없이 군에 복귀할 수 있게 해줄게.

난 못 해.

할 수 있어.

모르겠어.

할 수 있다니까. 전쟁은 곧 끝날 거야.

알았어.

알았지?

알았어. 고맙다, 위니.

위니는 테이블 아래로 손을 뻗어 오토의 손을 꽉 잡았다. 뭐야, 오빠, 당연한 걸 가지고.

그날 밤 오토는 지젤의 머리맡 테이블에서 펜을 꺼낸 다음, 주머니에서 술집의 냅킨을 꺼내 적기 시작했다.

사랑하는 에타

그는 진군에 대해, 오언의 노래에 대해, 야영과 아침, 바다에 대해, 배와 인산인해와 바다와 귀와 바다와 오언과 바다와 바다와 바다에 대해 썼다.

에타는 긴 감청색 작업복 소매에서 두 팔을 뺀 다음, 바짓가랑이에서 다리를 뺐다. 발에서 발목, 손에서 손목으로 넘어가는 지점에 기름이 묻어 있었다. 창밖으로 러셀이 말을 타고 진입로를 내려오는 게 보였다. 약속 시간보다 이르게.

러셀은 말을 탄 채 마당에서 기다렸고, 에타는 외출 준비를 했다. 저녁 먹은 접시를 치우고, 머리를 뒤로 묶어 틀어 올리고, 부츠 끈을 묶었다. 정말 들어와서 기다리지 않을 거예요? 커피라도 마시면서 기다려요. 열린 현관문 너머로 에타가 외쳤다.

괜찮아요. 러셀이 말했다.

그는 절대 집에 들어오지 않았다. 그리고 늘 일찍 왔다.

에타에게는 댄스파티용 드레스가 두 벌 있었다. 초록색과 푸른색. 오늘 밤에는 초록색을 입기로 했다. 그녀가 안장을 딛고 말 등에 폴짝 올라타자, 주름진 스커트가 확 부풀었다가 가라앉았다. 갑자기 아랫배가 살짝 아팠다.

괜찮아요? 러셀이 말했다.

에타는 숨을 들이쉬었다. 괜찮아요. 어서 가요.

파티가 끝나고 에타와 러셀은 말을 묶어둔 곳으로 다시 걸어갔다. 11시가 막 넘은 시간이었다. 러셀은 손에 모자를 들고 있었다. 다른 사람은 다시 시내로 가거나, 트럭과 말을 주차해둔 주차장으로 가느라 그들과 반대 방향으로 갔다. 러셀은 행여 누가 그의 말을 자기 것으로 착각하고 데려갈까 두려워 늘 다른 곳에, 멀리 떨어진 곳에 묶어두었다.

파티장까지 갔다가 돌아올 때 걷는 속도를 정하는 사람은 주로 러셀이었고 에타는 그에게 맞춰주곤 했다. 하지만 오늘 밤에는 에타가 계속 뒤처졌다. 그녀는 두 발짝 걷고 헐떡거리고, 두 발짝 걷고 헐떡거리기를 반복했다.

에타, 정말 괜찮아요? 러셀이 물었다.

모르겠어요.

그들은 늘어선 집들의 뒤쪽을 따라 걷고 있었는데 집 안은 모두 깜깜했다. 반대편에는 들판이 펼쳐져 있었다. 에타는 걸음을 멈추고 쪼그려 앉아 두 손으로 땅을 짚어 몸을 지탱했다. 헐떡. 헐떡.

알았어요, 알았어. 알았어. 러셀이 말했다. 내가 말을 데려올 테니까 당신은 여기 있어요. 최대한 빨리 올게요. 알았죠?

에타는 헐떡거리고 또 헐떡거리며 고개를 끄덕였다. 알았어요.

에타의 눈이 저절로 감겼다. 러셀의 발소리는 10초 후에 사라졌고, 에타는 두 손으로 땅을 밀치고 일어나 두 발짝 걷고 헐떡거리고, 두 발짝 걷고 헐떡거리며 어느 불 꺼진 집의 뒤쪽 울타리 앞의 산울타리로 다가갔다. 뻣뻣하고 마른 나뭇가지를 젖히며 산울타리를 통과해 그 뒤로 갔는데 도중에 나뭇가지들이 걱정스러운지 스커트 자락을 붙잡았다. 산울타리 뒤에 완벽하게 숨은 에타는 다시 쪼그리고 앉아 두 손으로 서늘한, 거의 축축하다시피 한 땅을 짚었다. 가슴에서 허벅지까지 구석구석 욱신거리고 쥐어짜며 그녀를 안으로 끌어당겼다. 에타는 몸을 공처럼 말고 누워 땅에 머리를 댔다. 나무가 촘촘히 심어진 산울타리와 울타리 사이에는 공간이 충분했다. 관자놀이에 닿는 땅은 적당히 서늘하고 부드러우며 안정적이었다. 에타는 몇 주가 지났는지 세보았다. 1, 2, 3, 4, 5, 6, 7, 거의 8주였다. 거의 8주, 55일. 에타는 그 숫자를 거꾸로 셌다가 옳게 셌다가 다시 거꾸로 셌다가 옳게 셌다. 하나씩 셀 때마다 머릿속으로 이름 하나를 조용히 접어서 버렸다. 한 주에 하나씩, 화사하고 밝은 색깔의 꽃이 칙칙해지듯이. 접어서 버리고. 접어서 버리고. 몸이 욱신거렸고, 아랫도리가 축축해졌다.

몇 분 뒤 러셀이 돌아오는 소리와 말에서 뛰어내리는 소리가 들렸다. 에타? 에타? 러셀이 그녀의 발자국을 보려고 주저앉자 무릎이 빠각하는 소리도 들렸다. 말이 킁킁거리며 서성이는 소리도 들렸다. 산울타리의 가지가 톡 부러지고 다시 젖혀지는 소리도 들렸다. 러셀이 헉하고 숨을 들이쉬는 소리도 들렸다.

진정해요, 러셀. 괜찮아요. 나 안 죽었어요. 에타가 말하는 동안 흙 부스러기가 축축한 입술에 달라붙었다. 배가 아파서 좀 누워 있는 것뿐이에요.

산울타리 반대편에서 말이 행복하게 농작물을 뜯어 먹는 소리가 들렸다.

알았어요. 여기 좀 더 있을래요, 아니면 집에 갈래요?

잠시 여기 있을게요.

알았어요.

러셀은 다시 산울타리를 통과해 반대편으로, 말이 있는 곳으로 가서 36분 동안 기다렸다. 손으로 말을 토닥이며 등과 옆구리를 계속 쓰다듬었다. 털이 완전히 고르고 말끔해질 때까지. 괜찮아, 괜찮아. 러셀은 말을 쓰다듬으며 그렇게 속삭였다. 36분이 지난 후, 에타는 동그랗게 말았던 몸을 풀고 나뭇가지 너머로 말했다. 이제 집에 가요.

정말 괜찮겠어요? 러셀은 그녀의 스커트도 다리도 내려다보지 않았다.

네, 이젠 다 나았어요. 멀쩡해요.

러셀이 집까지 데려다주고 떠난 뒤, 에타는 옷을 몽땅 벗어 개수대에 던졌다. 속옷, 드레스, 스타킹, 전부 다. 모두 빨갛게 빨갛게 빨갛게 물들어 있었다. 아무리 문질러도 빨간 물은 빠지지 않았다. 빨래가 다 마른 후에는 여전히 붉은 빨래를 양동이에 집어넣고 집 뒤 벌판으로 들고 가서 오토에게 쓴 편지, 썼지만 아직 보내지 않은 편지 한 통도 함께 넣고 모두 태워버렸다. 처음에는 양동이 옆면이, 나중에는 양동이를 비롯한 모든 게 검은 재로 변해가는 걸 지켜보았다.

이튿날 오토에게서 편지가 왔다.

사랑하는 에타,

편지는 사각형 구멍투성이였다. 창문처럼 깔끔하게 잘려나간. 그리고 그 구멍들 때문에 편지는 아무 말도 전하지 않았다.

러셀과 에타는 2주 동안 춤을 추지 않았다.

열닷새째 되던 밤, 러셀은 말을 타고 에타의 집으로 갔다. 불편한 다리를 휙 돌려 말에서 내린 다음, 사택 옆 나무에 말을 묶고 열린 현관문 너머로 외쳤다. 에타, 나예요. 오늘은 들어가야 겠어요.

에타는 아직 주머니에 오토의 편지가 든 작업복 차림으로 현관에 섰다.

오토는 여기 없지만 난 있어요. 러셀이 말했다. 내일도 있을 거고, 모레도 글피도 그글피도 있을 거예요. 바로 여기에.

에타는 현관 밖으로 나가 등 뒤로 팔을 뻗어 문을 닫았다. 그러고는 손을 내밀었다. 자요. 에타가 말했다. 그녀의 왼손. 러셀은 오른손으로 그녀의 손을 잡았다. 집에 들어오면 안 돼요. 하지만 여기 함께 있어요, 계단에.

그리하여 두 사람은 계단에 서 있었고 러셀은 그녀의 손을 잡았고, 다리가 아파오자 함께 계단에 앉았고, 그는 계속 그녀의 손을 잡고 있었다. 어찌나 세게 잡았는지 에타는 손가락을 통해 피가 쿵쿵 고동치고 그 울림이 손바닥을 가로질러 손목을 타고 올라오는 걸 느낄 수 있었지만 아무 말도 하지 않았다. 아플 텐데. 그녀는 속으로 생각했다. 분명 아플 거야.

러셀이 떠나자 에타는 그의 손을 잡고 있느라 오그라든 손가락을 펴야만 했다.

이튿날 공장에서 일하는 내내 그녀의 손가락은 자꾸 오그라들어서 다시 펴주고 또 펴줘야 했다.

그녀는 답장을 썼다.

오토,

이젠 너무 힘들어요. 난 기다리고 일하고 기다리고 일하고 일하고 일하고 기다리고 기다리고 기다리고 기다리고 기다렸어요.

이튿날 저녁 러셀이 다시 찾아왔다, 일찌감치. 정말 춤추러 가고 싶어요? 괜찮겠어요? 그가 10미터쯤 떨어진 마당에서 말에 탄 채 물었다.

네. 괜찮고말고요. 에타가 대답했다.

그들은 새로운 방식으로 춤을 췄다. 이전까지는 아무리 공장 일로 피곤해도 에타는 늘 고개를 들고 러셀의 어깨 너머를 바라보며 춤을 췄다. 하지만 이번에는, 오늘 밤에는 러셀의 목과 어깨가 만나는 지점, 볼을 통해 그의 심장박동을 느낄 수 있는 따뜻한 곳에 머리를 떨궜다, 머리를 기댔다.

그들은 일찍 파티장을 나섰다. 주차장과 러셀이 말을 묶어둔 곳 사이의 겨자밭에서 걸음을 멈췄고, 에타는 러셀의 입술에 키스했고 러셀은 에타의 목에 키스했고, 에타는 한 손으로 하나 남은 댄스파티용 푸른색 드레스의 지퍼를 찾고, 다른 손은 주머니에 넣어 손수건 안에 든 매끈한 물고기 머리뼈를 쓰다듬었다. 그녀의 따뜻한 살갗이 닿자 머리뼈는 오, 오, 오, 하고 외쳤다.

에타는 버스에서 내려 집으로 가는 진입로를 올라갔다. 얼굴에는 미소를 띠고 있었다. 30분 뒤면 러셀이 올 것이다.

군대에서 발송한, 눈에 익은 초록색 봉투가 현관 계단에 놓여 있었다. 바람에 날아가지 않도록 위에 자갈을 쌓아서. 하마터면 밟을 뻔했다.

에타는 편지를 집어 들지 않았다. 편지가 놓인 계단에 앉아 하마터면 만질 뻔했지만 그러지 않았다. 얼굴에서 미소가 사라졌다. 에타는 눈을 감았다.

26분 뒤 러셀이 도착했을 때도 에타는 여전히 그런 상태였다. 러셀은 말에서 내려 예전에 학생들이 개를 묶어뒀던 나무에 말을 묶고 그녀를 향해 걸어갔다. 처음에는 씩씩하게, 그러다가 편지를 발견하고는 점점 더 느리게.

안 뜯어 봤네요. 러셀이 말했다.

난 오토의 부인이 아니에요. 가족도 아니고. 내게 보내지 말았어야 해요. 분명 착오일 거예요.

러셀은 그녀 옆에, 편지에서 멀리 떨어진 쪽에 앉아 왼손을 폈다가 오므렸다. 에타가 원하면 그의 손을 잡을 수 있도록. 하지만 그녀는 잡지 않았다. 예정대로 오늘 밤에 춤추러 가고 싶어요. 당신만 괜찮다면요. 그녀가 말했다.

난 좋아요. 러셀이 말했다.

편지를 식탁에 가져다 둘래요? 날아가지 않게.

러셀은 손을 뻗어 편지 위에 쌓인 돌무더기를 계단 아래로 밀어냈다. 탁한 초록색 편지를 집어 들고 남은 계단을 비뚤어진 걸음으로 흔들흔들 올라가 집으로 들어갔다. 편지를 식탁에 내려놓기 전에, 편지 중앙에 적힌 이름과 주소 위로 손바닥 자국이 난 부분을 가슴에 꽉 댔다. 편지 너머로 심장박동이 느껴졌다. 힘차고 빠르고 끔찍한 심장박동.

다시 현관 계단으로 돌아간 러셀이 물었다. 옷 갈아입을래요?

아뇨.

배고파요?

아뇨. 에타는 러셀의 손을 잡았다. 이제 가요.

케나스턴 학교 체육관 댄스홀은 모든 것이 익숙했다. 거기 오는 사람들, 연주되는 노래, 춤을 추며 밟는 스텝. 에타와 러셀은 곡이 나올 때마다 춤을 췄고, 오로지 서로하고만 췄다. 클라리넷, 트럼펫, 피아노, 드럼, 바이올린 그리고 마룻바닥을 밟는 그들의 발소리. 에타는 귀를 열고 눈을 감았기 때문에 오로지 그 소리만 들렸다.

댄스파티가 끝나고 집에 돌아왔을 때 러셀은 말에서 내리지 않은 채 마당에서 기다렸다. 난 여기 있을게요. 오고 싶으면 오고 아니면 말아요. 그가 말했다.

에타는 등 뒤로 현관문을 닫았다. 창문 너머로 민들레를 먹는 러셀의 말이 보였다. 식탁에 앉아 풀로 붙인 봉투 덮개 속으로 손가락을 넣었고 풀 냄새를 들이마셨다. 봉투 안에는 완벽하게 삼등분으로 접힌 편지가 들어 있었다.

18

핼리팩스 항구에서 599킬로미터, 서스캐처원 주 다비스도티르에서 3,379킬로미터 떨어진 요양소의 창문 너머로 코요테가 울었고 오토는 그 소리를 들었다. 점점 더 크고 가까워지는 코요테의 울음소리를 들으며 기다렸다. 들으면서 지켜보니 마침내 거친 털과 삼각형 얼굴의 실루엣이 나타났고, 축축하고 따뜻한 숨 냄새가 났다. 그러더니 창문 바로 밑에 코요테가 있었다.

에타, 여기 있었구나. 코요테가 말했다.

누구라고?

주머니를 뒤져봐. 코트 왼쪽 주머니. 제임스가 말했다.

오토는 창문에서 돌아서 병실을 바라봤다. 문 근처에 놓인 서랍장에 개켜진 옷들이 차곡차곡 쌓여 있었다. 오토는 서랍장으로 걸어가 손끝으로 옷을 하나씩 훑었다. 상의, 하의, 속옷, 브래

지어, 타이츠, 원피스, 스웨터, 코트. 옷 더미가 무너지지 않도록 조심하며 코트를 꺼내 왼쪽 주머니를 뒤졌다. 동전, 반지, 쪽지.

쪽지를 봐, 에타. 제임스가 말했다.

그는 쪽지를 꺼내 펼쳤다. 접힌 부분을 따라 종이가 마모되었고 먼지가 칙칙한 줄무늬를 이뤘다. 쪽지를 창가로 가져갔더니 밤의 불빛에 의지해 읽을 수 있었다.

디어데일 농장에 사는 에타 글로리아 키닉. 올해 8월로 83세. 에타가 쪽지를 읽는 순간, 제임스가 말했다.

가족:

마타 글로리아 키닉. 어머니. 가정주부. (사망)

레이먼드 피터 키닉. 아버지. 기자. (사망)

앨마 개브리엘 키닉. 언니. 수녀. (사망)

제임스 피터 키닉. 조카. 아이. (태어나지 못함)

오토 보걸. 남편. 군인/농부. (생존)

러셀 파머. 친구. 농부/탐험가. (생존)

에타 글로리아 키닉. 에타가 중얼거렸다.

이제 가자, 에타. 제임스가 말했다.

에타는 입고 있던 환자복을 벗고 속옷과 브래지어, 타이츠, 원피스, 스웨터, 코트를 입고 러닝화를 신었다. 가방과 라이플을 찾아 창가에 두었다. 침대를 정돈하고 종이와 섬유로 만들어진 환자복을 개켜 침대 발치에 두었다. 코트 오른쪽 주머니에서 물고기 머리뼈를 꺼내 뾰족한 끝을 창문에 대고 사각형 모양으로 유리를 잘라냈다. 그 구멍으로 나간 다음, 가방과 라이플을 끌어당겼다.

이제 얼마 안 남았지?

아마 2주 정도. 금방 도착할 거야.

오토는 오후 6시부터 이튿날 아침 11시까지 잤다. 잠에서 깬 후에도 그대로 누워 한 손을 심장에 댔다. 느리고 정상적인 박동. 계속 이대로 있어도 돼. 에타가 돌아올 때까지 계속 이렇게. 그다음엔? 그다음엔 일어나서 함께 정원의 월동 준비를 해야지. 아니면 내가 옆으로 비켜서 에타도 함께 누워 있든지. 오토는 30분간 더 누워 있었고 기침을 하기 시작했다. 그러자 심장박동이 빨라졌고, 오줌이 마려웠고, 시트 한 장만 덮었는데도 너무 더웠다. 침대에서 일어나 가운을 입고 화장실로 갔다. 아마꽃 가루를 씻어내려고 세수를 했다. 물 묻은 손으로 머리를 빗어 내리고, 뒤로 반지르르하게 넘기고, 가르마를 찾아 갈랐다. 사물이 흐릿하게 보이도록 실눈을 뜨고 거울을 바라봤다.

그런 다음 커피를 마시러 부엌에 갔더니 카시아가 있었다. 무릎에 오츠를 놓아둔 채 식탁에 앉아 있었다.

안녕하세요. 오츠는 정말 순하네요. 카시아가 말했다.

오츠는 낮에 깨어 있는 걸 별로 좋아하지 않는데. 오토가 말했다.

알아요. 그래서 진짜 살살 만지고 있어요. 아직도 자고 있어요.

오토는 오츠를 내려다봤고, 오츠는 오토를 올려다봤다. 오츠의 발톱이 카시아가 입은 노란 코듀로이 원피스를 살짝 움켜쥐고 있었다.

알았다. 여긴 어떻게 들어왔지? 오토가 물었다.

문이 안 잠겨 있을 거 같아서 밀어봤더니 열리더라고요. 엄마
가 할아버지에게 이걸 가져다 드리라고 했어요. 할아버지가 주
무실 테니 일어나실 때까지 오츠랑 놀고 있으라고도 했고요.

 식탁에는 또 다른 양철 커피 통과 반쯤 죽은 아마꽃 두 송이
가 있었다.

 고맙구나. 친절하기도 하지. 엄마가 이걸 찾느라 너무 고생—

 걱정 마세요. 엄마는 틈만 나면 나갈 핑계를 찾으니까요.

 나갈 핑계?

 엄마가 그렇게 말했어요. 난 틈만 나면 나갈 핑계를 찾아, 라
고요. 저도 그렇고요.

 너도 엄마랑 함께 찾았니?

 아뇨. 그게 아니라 여기 올 핑계를 찾는다고요. 할아버지 마당
도요.

 그렇구나. 오래 기다렸니?

 모르겠어요. 손목시계가 있긴 한데 건전지가 없거든요.

 배가 고프진 않고?

 조금요. 할아버지는 뭐 드세요?

 주로 피클이지, 요즘은.

 맛있겠네요.

 카시아는 오츠 앞에 피클을 들이댔고, 오츠는 냄새가 싫은지
눈과 코를 찡그렸다. 배가 안 고프구나. 카시아는 그렇게 말하고

오츠의 머리에 식초가 떨어지지 않도록 조심하며 피클을 먹었다. 할아버지, 다음에 뭘 만드셔야 할지 아세요? 피클을 아삭아삭 씹으며 카시아가 물었다.

아니. 뭘 만들어야 하지? 오토가 물었다.

어린아이요. 남자아이나 여자아이를 만드는 거예요.

심장이 다시 확 타오르며 눈에 눈물이 맺힐 정도로 기침이 쏟아지는 바람에 오토는 자리에 앉아야 했다. 그래? 기침이 지나간 후에 오토가 말했다.

네, 그렇다니까요. 카시아가 말했다.

★★★

위니와 만난 다음 날 아침, 지젤이 오토를 흔들어 깨웠다. 그
녀는 머리를 뒤로 모아 틀어 올렸고, 구급 간호 봉사대의 간호사
제복을 입고 있었다. 할 거면 지금 해야 해요. 잠은 그만 자요.
지젤이 말했다. 평소의 억양은 사라지고 없었다.

알았어요. 오토는 일어나서 앉았다가 다시 일어서서 바지를
입고 셔츠 단추를 채웠다. 알았어요, 고마워요.

한 손을 귀에 대요. 귀가 울리는 것처럼.

정말로 울려요.

그리고 다른 팔로 내 팔을 감아요, 이렇게, 내가 당신을 부축
하는 것처럼. 좋아요, 네. 됐어요, 이제 가요.

두 사람은 눈부신 아침 햇살 속으로, 지난 몇 주간 오토가 보
지 못한 햇살 속으로 나갔다. 길을 내려갔다가 대로를 따라 계
속 올라가니 할머니와 어린아이들만 있던 보도에 마침내 목발
을 짚거나 외눈 안대를 하거나 팔, 다리, 코가 없는 남자와 소년,
미국인, 영국인, 호주인, 프랑스인, 캐나다인이 나타났다. 그리고
그들 사이로 젊은 여자 간호사들이 후다닥 지나다녔는데 다들
지젤과 똑같은 제복을 입고 있었다. 지젤은 앞만 바라보며 그들
사이로 능숙하게 오토를 끌고 가더니 오래된 석조 건물로 갔다.
성당 같군요. 오토가 말했다.

아니에요. 지젤이 말했다.

계단을 올라가 출입문에 이르자, 지젤은 접수대를 담당한 수간 호사를 향해 고개를 힘차게 끄덕인 다음, 로비를 가로지르고 회전문을 통과해 긴 복도로 들어섰다. 왼쪽에 있는 106호실이에요. 지젤이 말했다. 그들은 급커브를 틀어 병실에 들어섰다. 양쪽에 침대가 다섯 개씩 놓여 있었다. 커튼으로 나뉜 침대마다 잠들었거나 깨어 있는 소년들이 누워 있었는데 오른쪽에서 세 번째 침대만 비어 있었다. 여기예요, 보걸 이등병. 지젤이 오토를 침대로 이끌며 말했다. 다시 누우세요. 군화 벗는 거 도와줄까요?

아, 아뇨. 괜찮습니다. 오토는 그녀에게 둘렀던 팔을 풀고 침대에 앉았다. 귀를 감싸고 있던 손도 내렸다. 팔을 너무 오래 들고 있었더니 따끔거렸다. 혼자 할 수 있어요.

오토가 군화를 벗는 동안, 지젤은 셔츠 단추를 풀어주었다. 바지도 벗으세요. 할 수 있죠? 그녀가 말했다.

깨어 있는 병사들은 그들에게 전혀 관심을 보이지 않았다.

됐어요, 이제 시트 속으로 들어가요. 지젤은 그렇게 말하며 침상에 꼭꼭 찔러 넣은 시트를 뒤로 젖혔다. 그러고는 오토가 벗어둔 바지와 셔츠를 개켜 군화와 함께 침상 밑에 놓고 침대 위로 몸을 숙였다. 그녀의 숨결이 오토의 뺨에 닿았다.

잘 있어요, 오토. 당신은 정말 내가 아끼는 병사였어요. 당신 차트는 침대 발치의 봉투 속에 들어 있어요. 군화 속에는 위니가 쓴 편지가 있고요. 당신은 정말 내가 아끼는 병사였어요.

지젤은 더욱 몸을 숙여 그의 입꼬리에 키스했다. 소리 없이 재

빠르게. 정말로요.

그러더니 몸을 일으키고 시트를 그의 목까지 덮어준 다음, 앞을 똑바로 보고 걸어 나갔다.

지젤이 떠나자 오토는 잠시 기다렸다가 100까지 세고 다시 거꾸로 센 다음, 일어나 앉아 침대 발치로 손을 뻗어 그의 차트가 들어 있다는 봉투를 집어 들었다. 다른 침대 발치에 놓인 봉투들과 똑같아 보였다. 차트에는 그의 이름과 계급, 부대, 고향과 건강 상태가 적혀 있었다. 심각한 고막 파손과 정신적 쇼크/트라우마. 3주 이틀 전의 소인이 찍혀 있었다. 오토는 다시 조심스럽게 차트를 봉투에 넣고 이번에는 군화 속으로 손을 넣었다. 왼쪽 군화 속에 작게 접힌 쪽지가 있었다. 새스커툰에서 핼리팩스로 가는 옛날 기차표였는데 뒷면에 검정 펜으로 글이 적혀 있었다.

다 해결됐어. 오빠는 곧 집에 가게 될 거야. 그때까지 건강해. 집에 가서는 가족들 잘 챙기고. 에타에게 안부 전해줘. 만나서 반가웠어, 오빠. 또 보자고. 이 일이 다 끝난 후에.

오토는 기차표를 원래대로 접어 다시 군화에 넣은 다음, 얇은 시트 안에서 기지개를 켜고 눈을 감고 잠들었다.

잠에서 깼을 때는 의사와 간호사가 침대 옆에서 그를 지켜보고 있었다. 아, 맞아, 이 친구는 전역할 거야. 의사가 간호사에게

383

말했다. 웨스턴유니언 전보로 보내. 그게 가장 빠르니까. 귀와 머리가 나으면 바로 퇴원할 거야. 잘 지켜보고 있다가 알려달라고. 의사가 몸을 돌려 오토를 내려다봤다. 이봐요, 보걸.

네? 오토는 일어나서 앉아야 할지 아니면 그냥 누워 있어도 되는지, 어느 쪽이 예의 바른 행동인지 알 수 없었다.

집 주소를 알려줄 수 있어요?

캐나다, 서스캐처원 주, 고퍼랜즈, 고퍼랜즈 학교, 교사 사택. 오토가 말했다. 그대로 누운 채, 생각할 필요도 없이.

19

그리고 에타와 제임스는 걸었다. 동남쪽으로. 바람에서 소금기와 바다가 느껴졌다.

그리고 오토는 믹싱볼과 스푼을 치워 식탁에 공간을 만들었
다. 밀가루와 물을 섞었다. 마지막 남은 신문을 길고 가늘게 찢
었다.

그리고 러셀은 손님이 거의 없는 카페에서 진한 커피를 마셨다. 그보다 더 나이 든 노인이 비닐 식탁보에 손가락으로 보이지 않는 선을 그렸다. 이 길로 가다가 이 길로 가서 이 길로 가면 공항이 나올 거요. 일주일에 두 대씩 있소.

***

한번 일어나보세요. 간호사가 말했다.

네. 오토는 시트에서 두 다리를 빼 침대에서 내려왔다.

좋아요. 저쪽 벽까지 갔다가 돌아올 수 있겠어요?

가능할 겁니다. 오토는 저쪽 벽까지 걸어갔다가 돌아왔다.

좋아요. 이름을 말해보세요.

오토 보걸.

미들 네임은 없나요?

음, 가끔씩 7번이 들어가긴 했죠.

7번?

아닙니다. 미들 네임은 없어요.

좋아요. 발가락을 만질 수 있겠어요?

가능할 겁니다. 오토는 허리를 숙여 발을 바라보면서 팔을 뻗었다. 발이 그에게 돌진해오는 기분이었다. 다시 허리를 펴고 침대에 쓰러졌다.

좋아요. 됐어요. 이번에는 창가에 가서 보이는 걸 말해주겠어요?

글쎄요.

어서요. 간호사가 말했다.

오토는 가장 가까운 창문, 눈에 붕대를 감은 소년의 침대 옆 창문으로 걸어갔다. 하늘이 보여요. 나무 꼭대기와 성당 첨탑도요.

아래쪽은요?

몰라요. 못 보겠어요.

못 보겠다고요?

네.

좋아요. 됐어요. 이제 돌아오세요. 원한다면 침대에 앉으세요.

고마워요.

간호사가 오토 옆에, 왼쪽에 앉아서 속삭였다. 들려요?

네. 오토도 속삭였다.

간호사가 일어나 이번에는 오른쪽에 앉았다. 그녀의 부드러운 입김이 귀에 닿았지만 소리는 전혀 들리지 않았다.

좋아요. 간호사가 다시 일어났다. 됐어요.

이튿날 의사와 간호사가 다시 침대 옆에서 그를 지켜봤다. 이 봐요, 보걸. 챙겨야 할 짐이 있나요? 이 군복 말고 다른 소지품이 있어요? 의사가 물었다.

없습니다.

좋아요. 의사가 말했다.

간호사는 기차역까지 오토를 데려다주었다. 지젤이 그랬던 것처럼 팔로 부축해서. 너무 시끄럽거든 이렇게 해요. 그녀는 오토를 부축하지 않은 팔로 귀를 누르더니 눈을 감고 얼굴을 찡그렸다.

네. 고마워요. 오토가 말했다.

떠나기 전에 그녀가 물었다. 머리카락은 처음부터 백발이었나
요?

네.

오토는 기차역 카페에서 샌드위치와 커피를 사서 플랫폼에
서서 먹고 마셨다. 기차들이 내뿜는 바람 덕택에 훨씬 시원하고
숨쉬기가 편했다. 그가 탈 기차는 30분 뒤에 도착해 서쪽으로
갈 예정이었다.

봉투 안에는 달랑 종이 한 장이 들어 있었고, 달랑 세 줄이 적혀 있었다. 이번에는 구멍이 하나도 없었다. 에타는 편지지의 접힌 자국을 손끝으로 계속 문질러 반듯하게 폈다. 자국이 거의 보이지 않을 때까지. 종이에는 이렇게 적혀 있었다.

오토 보걸 이등병이 부상으로 제대합니다.
9월 14일에 캐나다행 HMS 노바스코샤에 승선할 예정입니다.
보걸 이등병이 당신에게 이 사실을 알려달라고 요청했습니다.

에타는 부엌 창문으로 걸어가 유리창에 편지를 댔다. 러셀은 고삐를 잡아당겨 민들레를 먹는 말의 머리를 돌려 창가로 다가갔다. 전보에 적힌 세 줄을 읽고 에타를 올려다봤다. 유리창 너머로 보이는 그의 얼굴은 울퉁불퉁하고 늙어 보였다.

아, 그의 입이 벌어졌다.

네, 에타의 입이 움직였다.

아, 잘됐네요, 그의 입이 소리 없이 움직였다.

네, 에타의 입도 소리 없이 움직였다.

20

몇 킬로미터 떨어진 곳에서 브라스밴드의 음악 소리가 들렸다. 현수막과 깃발도 보였다. 여기 사람들은 유독 더 열렬하게 환영하는데? 제임스가 말했다.

돌아가자. 이 사람들은 돌아올 때 만날래. 에타가 말했다.

그녀는 반도의 바깥쪽 가장자리를 따라갔다. 한쪽에는 바다가, 반대쪽은 집들 뒷면이 펼쳐졌고 그 너머로 브라스밴드의 〈우리를 기쁘게 하네(Make We Joy)〉 연주가 들렸다. 파도와 박자가 맞지 않았다. 에타는 연주에 맞춰 흥얼거렸다.

핼리팩스는 멋진 곳이야. 제임스가 말했다.

오토는 소녀상의 머리가 말랐는지 만져보았다.

다 마른 거 같아요. 카시아가 말했다.

그렇구나. 이제 완성됐어. 오토가 말했다.

그들은 소녀상을 조심스럽게 현관 밖으로 운반해 마당으로 나갔다. 오토는 소녀상의 어깨를 잡았고, 카시아는 다리를 들어 올렸다.

여기가 좋겠어요. 집에서 제일 가까운 곳에 둬야 하니까요. 카시아가 말했다.

그러자꾸나.

그들은 조각상을 내려놓은 다음, 나란히 현관 계단에 앉았다.

정말 훌륭한 작품들이에요. 카시아가 말했다.

고맙구나.

할아버지가 죽으면 내가 가져도 돼요?

그러렴.

★★★

HMS 노바스코샤는 아름다운 배였다. 정말 아름답지 않아? 오토가 목발을 짚고 서 있는 군인에게 말했다.

다른 배와 똑같은 거 같은데. 군인이 말했다.

오토는 균형을 잡는 데 애를 먹었지만 그래도 대부분의 시간을 난간을 꽉 잡은 채 갑판에서 보냈다. 축축하고 서늘한 공기에 머리카락이 엉겨 붙었고, 목 아래쪽에는 굵은 물방울이 맺혔다.

에타는 연푸른색 원피스를 다리고, 앞머리와 옆머리만 뒤로 넘겨 핀으로 고정시키고 나머지는 그냥 풀어서 어깨까지 구부구불 내려오게 했다. 더 나은 신발이 없었기에 평소 신는 부츠를 거의 새것처럼 보일 때까지 반질반질하게 닦았다.

반도 끝에 다다르자, 에타는 철책을 넘어가고 제임스는 철책
아래로 빠져나가 바다로 이어지는 평평한 회색 자갈밭으로 나
갔다.

난 여기 있을게. 조심해. 바위 위에서 제임스가 말했다

그래. 에타는 제임스 옆 바위에 가방과 라이플을 내려놓았다.

카시아가 돌아간 뒤, 오토는 설거지를 했다. 조리대 위에 양철 통만 남을 때까지. 모두 합쳐 여섯 개의 꽃잎을 떼어내 절구에 넣었다.

★★★

오토는 기차를 두 번 탔다. 한 번은 핼리팩스행, 한 번은 리자이나행. 창가 자리에 앉았고 앞에 놓인 탁자에는 편지가 펼쳐져 있었다.

거기에는 이렇게 적혀 있었다.

숨을 쉬어야 한다는 것만 기억하세요.

러셀은 에타에게 시내 역까지 타고 가라고 말을 빌려주었다.

오늘 정말 예쁘네요. 러셀이 말했다.

당신도 함께 가요.

아뇨, 난 안 갈래요.

큼직한 자갈이 작아져서 바다와 만나는 지점에 이르자, 에타는 주머니에 있던 물건을 모두 꺼냈다. 종이학, 실핀, 5센트짜리 동전, 초록색 리본, 로켓, 작은 플라스틱 병정, 완벽하게 동그란 조약돌, 단추, 사진, 화살촉, 반지, 마른 라벤더 줄기, 반쯤 녹은 양초, 손잡이가 구부러진 아기용 은수저를 꺼내 일렬로 정렬했다. 에타는 파도가 밀려와 이 물건들을 덮쳤다가 끌고 가는 모습을 지켜봤다. 그러고는 신발과 스타킹과 원피스를 벗고 물속으로 들어갔다.

오토는 반죽을 눈꺼풀에 펼치고 더듬더듬 복도를 내려가 침대에 누웠다. 이불 속에서 양말 신은 발을 힘껏 잡아당겼다가 이완시켰다.

편안하게 심호흡을 여섯 번했다. 점점 느리게.

그러고는 멈췄다.

그러고는 바닷속에 있었다.

재빛 바닷속, 하지만 차갑지도 시끄럽지도 않았다. 해변에 가까워질수록 에타의 발과 발목, 무릎이 보였다. 오토는 에타에게 헤엄쳐 갔다. 가까이 다가가자 에타가 알아보고 물속으로 다이빙해 그에게 왔다. 두 사람은 바위와 모래가 깔린 바다 밑바닥에 함께 앉았다.

보고 싶었소. 오토가 말했다.

알아요. 미안해요. 에타가 젖은 모래 속에 손가락을 넣었다. 당신이 그리울 거예요.

알고 있소. 미안하오. 오토가 말했다.

하지만 난 괜찮을 거예요.

정말이오?

네. 이건 고리예요. 오토. 그냥 긴 고리.

바닷물이 그들의 얼굴을 흐릿하게 만들어 나이를 가늠할 수 없게 되었다.

그들은 에타가 숨을 참을 수 있을 때까지 그렇게 앉아 있었다. 에타는 몸을 돌려 오토에게 키스했다. 그의 입은 이미 소금물로 가득 차 있었다. 에타는 그의 손을 꼭 잡았다.

한 번,

두 번.

그러고는 그의 손을 놓고 눈을 찡그리며 수면 밖으로 나갔다.

에타는 육지에서 멀어져 바다와 맞섰다. 그녀가 볼 수 있는 곳까지 모든 게 회색과 초록색으로 움직이고 있었다.

오토의 기차는 7분 뒤에 도착할 예정이었다. 에타는 플랫폼에 서서 기차가 몰고 올 바람을 기다렸다.

감사의 말

내게 든든한 산이 되어주는 아이온과 에린과 크리스 후퍼,

내 삶의 균형을 잡아주는 찰리 윌리엄스,

그리고

끝없는 도움을 준 WME의 식구들 캐서린 마리 서머헤이스,

앤마리 블루멘헤겐 그리고 클리우디아 밸러드

내게 영감을 주고 기꺼이 날 도와주는 편집자 줄리엣 애넌

니콜 윈스탠리 그리고 메리수 루치

그리고

반짝이는 생각과 말을 들려준 브렌 시머스와 클레어 포둘카

프랑스어를 도와준 이자벨 케이시어

그리고

책을 빌려준 피터 삼촌

레시피를 알려준 글로리아 외숙모

그리고

시간과 장소와 사람을 제공해준 버몬트 스튜디오 센터

출판의 기회를 준 캐나다 예술 협회

그리고

당연히

캐럴라인과 테드 올드, 그리고 그들과 함께한

역사의 행복한 부담과 연결성과 서스캐처원

이 모두에 감사합니다.

에타와 오토와 러셀과 제임스

초판 1쇄 인쇄 2017년 6월 21일
초판 1쇄 발행 2017년 6월 26일

지은이 엠마 후퍼
옮긴이 노진선
펴낸이 이수철
주　간 하지순
교　정 정사라
디자인 이다은
마케팅 정범용 김지운
관　리 전수연

펴낸곳 나무옆의자
출판등록 제396-2013-000037호
주소 서울시 마포구 성미산로1길 67 다산빌딩 301호
전화 02) 790-6630 팩스 02) 718-5752

페이스북 www.facebook.com/namubench9
인쇄 제본 현문자현 종이 월드페이퍼

ISBN 979-11-6157-006-8 03840